그는 흰 캐딜락을
타고 온다—

그는 흰 캐딜락을 타고 온다

추정경 장편소설

다선
책방

1

조수석에 앉은 진은 하늘의 구름을 향해 손을 뻗어보았다. 손안에 든 구겨진 종이컵을 던지면 어디쯤 갈 수 있을지 가늠하면서. 목표는 구름의 끝자락인데 가보지도 못하고 땅바닥에 처박힐 운명이라 생각하니 손톱으로 자꾸만 컵을 갉죽거리게 된다. 손안에 든 컵이 구겨졌다 펴지기를 반복하는 사이 낮은 고개가 훅 들어왔다가 훅 사라졌다. 그 고개를 넘어보고 싶었다. 태어나 한 번도 벗어난 적 없는 이 먹먹한 탄광촌을 벗어나면 펼쳐질 눈이 시리게 아름다운 세상으로.

이것이 빌어먹을 거대한 세상과 자신과의 연애라면, 상대는 너무 찬란하나 자신은 너무나 초라해서 일방적으로 기운 채 시작된 감정이었다. 외롭고 초라해서, 그것은 마치 소주잔에 비친 불쾌한 내 얼굴을 보는 것 같아서, 들키지 않고 속으로 삼켰으나 언젠가 취기로 올라와 얼굴을 붉히고야 만들 제 본심이었다.

진의 시선에 자신처럼 이 고개를 벗어나지 못한 지박령이 보였다. 입장권 추첨에서 떨어져 하루를 공친 장수꾼들이 터덜터덜 걸어 내려가고 있었다. 가진 거라곤 입장권을 살 현금 만 원이 전부인, 개털도 못 되는 먼지 신세가 되어. 한 달에 보름만 입장이 가능해 입장 추첨에 걸리면 웃돈 얹어 팔아 연명하면서 내일의 한 방을 기다리는 사람들, 도박 중독이 그들을 이곳의 붙박이로 만들었다. 차를 본 몇몇이 태워달라고 엄지를 치켜올렸으나 진은 그들을 외면했다. 초심자의 행운으로 돈을 따거나 조금 잃은, 아직 처분할 것이 많은 '프레시'한 초짜들이 고객이지 자리를 잡아주고 번 돈으로 게임하는 앵벌이들은 전당사와의 인연이 다했다.

운전대를 잡고 있던 철민이 1시 방향 현수막을 가리켰다. 읍내로 들어서는 다리 위에 매달아놓은 현수막이 찢긴 채 너덜거리고 있었다. '캐딜락 전당사, 시계 카드 휴대폰 고가 매입'이라고 적힌 현수막이 명당자리에 달아놓은 지 하루도 안 돼 걸레짝이 되었다. 현수막을 끊어내 걷어가는 것은 불법광

고물 단속반이지만 너덜거리는 몰골로 전시해 속을 쓰리게 하는 것은 이른바 동종업계 종사자들이다.

"형, 세워."

철민이 차를 갓길에 대자 진은 길을 건너 반대편 차선으로 넘어갔다. 내려오는 길의 왼쪽, 통행량이 많은 다리, 개털이 된 운전자의 시선이 메다꽂힐 수밖에 없는 자리를 그 누가 탐내지 않겠는가. 차를 세우고 뒤따라 나온 철민이 심드렁하게 물었다.

"황금 애들이 그랬나?"

"누군들."

진은 짧게 답하고 주머니의 커터 칼을 꺼내 나일론 줄을 끊어냈다. 막대라도 떼어 현수막 사장에게 맡기면 다음 주문 단가에서 돈을 빼주니 둘둘 감은 현수막을 뒷자리에 쑤셔 넣고 차에 올랐다.

공영주차장 일대를 한 바퀴 돌며 주차된 차의 운전석에 명함을 꽂았다. 이미 서너 개의 명함이 영업 중이었으나 잡풀 솎아내듯 뽑아낸 뒤 캐딜락 명함만을 남겼다. 뽑아낸 명함은 야무지게 모아 주머니에 챙기는 것도 잊지 않았다. 가게로 돌아온 건 그로부터 한 시간 뒤였다. 캐딜락 전당사의 성 사장은 낯선 손님과 독대 중이었다. 철 지난 명품 스웨터를 입은 사내는 언뜻 봐도 카지노에 온 지 석 달 이상, 종목은 바카라 아니면 블랙잭이었을 테고 현금은 진즉 바닥이 났고 손목이 빈 걸로 봐선 시계 아웃, 신용카드 아웃. 이제 휴대폰 하나 남았으려나.

게다가 한여름에 긴소매 스웨터. 팔뚝의 주사 자국을 감추려 여름에도 긴소매를 입는 과라면 더더욱 거래 불가.

눈대중으로 견적을 뽑은 철민과 진은 성 사장에게 인사하고 자리로 가 전기 포트에 물을 올리고 컵라면을 뜯었다. 성 사장은 낯선 사내를 정 사장이라 높여 불렀다. 이 바닥에서 성 뒤에 붙은 사장 꼬리표는 야산에 묻히기 직전인 인간들에게 주로 쓰이는 직함임에도.

진은 라면에 물을 붓고 슬쩍 두 사람을 바라봤다. 정 사장은 계속 말을 붙이려 했지만 성 사장은 그 말을 받고 끊는 쪽이었다. 몇 번 대화가 끊기자 어색한 분위기가 감돌았다.

"그래도 캐딜락이 제일 잘 쳐준다고 하던데요."

"저희는 차는 취급하지 않습니다."

차가 남았다니, 의외로 선방하셨네. 진은 후루룩 라면을 빨아들였다.

"전당사가 차를 안 잡아요?"

그는 주위를 둘러보더니 시계 전문이라는 시트지 광고를 읽고 코웃음을 쳤다.

"커피숍에서 커피는 안 팔고 주스만 파시네."

괜한 말로 제 살을 깎아먹는 쪽이었다. 분위기가 냉랭해지자 그제야 아차 싶은지 친근스레 말을 붙였다.

"똥줄이 타서 입방정을 떨었수다. 일주일 만에 오천 날렸는데 본전은 회수하고 가야지요. 사정 좀 봐주십쇼."

"차는 골목 아래 제일이나 황금이 잘 받습니다. 그리로 가보세요."

하필 이 가게에 차를 가지고 온 걸 보면 이 동네 초짜는 맞는데 묘하게 경계심이 발동되는 손님이었다. 까칠한 손으로 마른세수를 하던 정 사장은 신경질을 부리듯 속사정을 털어놓았다.

"벌써 털렸어요! 시계랑 휴대폰을 그 집에서 했는데 완전 양아치들! 반의반도 못 받고 나왔더니 개털이 됩디다! 재수가 없을라니!"

'운발'이 막힌 테이블을 옮겨가듯 전당사를 옮기겠다는 의미라면 이해가 간다. 도박판 사람들이 하늘로 모시는 게 그놈의 운발이니. 하지만 이 미신의 세계에도 지켜야 할 마지막 울타리가 휴대폰이었다. 가족과 통하는 마지막 통로를 버린 사람들의 말로는 좋지 않았다. 자살하거나 신장을 떼이거나, 오도 가도 못하는 지박령이 되거나. 도박에 미친 사람들은 눈앞에 폭포의 굉음이 들리는데도 그 물살을 보지 못했다.

전당사 사람들은 백태가 낀 그 눈을 찾아낸다. 눈앞을 보지 못하는 이들을 잘 구슬려 털 수 있는 모든 것을 터는 게 그 세계의 생리였지만 성 사장은 달랐다. 그는 돈을 좇는 이들과 다른 눈을 가지고 있었다.

정 사장은 흘깃 가게 앞에 세워진 흰 캐딜락을 내다보며 말했다.

"사장님 겁니까?"

성 사장은 이렇다 할 대꾸 없이 장부로 고개를 돌렸다.

"연식이 십 년 정도 됐던데 오래 타시는 편이네요. 관리도 잘돼서 쌩쌩하고요."

"차 좋아하시나 봅니다."

"좋아야 하죠. 사지는 못하고 엠블럼 모으는 취미로 살긴 했어도…… 전당사 하면 외제차도 자주 들어올 텐데 좀 업그레이드 하면서 타지 그러셨어요. 아, 차는 안 잡는댔나?"

"저건 사연이 많은 녀석이라."

"엠블럼 바뀐 지 오랜데 그거라도 바꿔 달고 튜닝이라도 했으면. 하긴 옛날 엠블럼이 더 돈이 될 때도 있죠. 사실 64년 백조 여섯 마리와 진주 일곱 알일 때가 저것보다 더 비쌉니다. 요즘 사람들이야 약장略章 모양이라고 비웃지만, 미국에서는 의전차로 알아줬어요. 십자군 방패 달고 나가면 다른 차들이 끼어들기를 못했지. 날개도 달고 월계관도 쓰고, 바뀌기야 꾸준히 바뀌었지만 저 십자군 방패는 그대로니까."

"그렇습니까."

물음표를 뗀 말이었으니 질문이라기보다 종결형에 가까웠다. 성 사장이 무심히 장부만 넘기자 성마른 고객의 엉덩이가 소파를 비비적댔다. 그가 무심히 창밖으로 고개를 돌리며 한 마디를 보탰다.

"이제 보니 올드카가 아니라 클래식카네요."

그 말에 성 사장의 입 끝에 살짝 웃음기가 머물렀다. 전쟁통을 함께 살아나온 전우 같은 저 차의 의미를 모른 채 한 말이었겠지만 어쨌든 블랙잭의 21에 근접한 배팅이었다. 정 사장은 그 틈을 놓치지 않았다.

"사정 좀 봐주십쇼. 제발 정들기 전에 치워버리게요. 딱 천만, 예?"

아기 카시트 달린 차까지 그대로 맡기는 사람부터 법인차를 끌고 오는 간 큰 인간까지, 도박에 미친 사람 혓바닥이 어찌나 길게 늘어지는지를 전당사 사장이 모를 리 없었다. 하루 이자가 일 프로라 열흘이면 차량 대금의 십 프로가 날아가고 그게 석 달이 넘으면 와이퍼 하나 정도 건진다는 걸 그들도 알고 있다. 성 사장이 시계 감별의 초고수가 아니라 그 세 치 혓바닥 거짓말 잡아내는 데 고수라는 걸 눈앞의 남자는 모르고 있었다. 성 사장은 시선을 거둬 장부를 들여다볼 뿐 남자의 이야기에 반응하지 않았다. 정 사장만 애가 달아 카지노에서도 안 먹히는 운발을 비벼보려 뭉그적거리고 있었다. 천에서 구백, 팔백으로 내려가는 타이밍이겠다 싶었는데 그는 생뚱맞은 이야기를 꺼냈다.

"김수창이, 아시죠?"

정 사장이 뜬금없는 이름을 말하자 컴퓨터 장부에 숫자를 써넣던 성 사장의 손가락이 멈췄다. 순간 진은 그의 얼굴에 감정이 스치는 걸 보았다. 성 사장은 이내 독수리 타법으로 돌아갔지만 진은 그 짧은 머뭇거림이 과거의 인연 때문임을 알았다.

"사장님이랑 오래된 인연인 줄 아는데요."

"……오래됐죠."

"긴가민가해서 아직 그쪽에 연락은 못 넣었어요."

연락을 넣고 말고는 너 하기에 달렸다, 칼집을 들썩거리며 바짝 벼린 칼날을 번쩍거리는 협박조였다. 그게 누구든 사람 이름 석 자에 성 사장이 주눅이 들까 싶었지만 그는 탁자 위에 놓인 스마트키로 눈을 돌리며 진을 불렀다.

"진아, 네가 다녀와라."

"네?"

"이 사장님이 차 세워뒀다는 데 가서 차 상태 확인해보고 전화해."

차는 받지 않는다는 사장님 규칙을 왜 깨시냐고 묻는 게 먼저여야 했지만 진은 질문 대신 남은 컵라면을 한입에 쑤셔 넣고 자리에서 일어났다. 밥때를 골라 들어온 썩 달갑지 않은 김수창이의 지인에게 말했다.

"어디 있어요?"

"아, 다리 건너 주차장에."

"왼쪽이요, 오른쪽이요?"

"나도 어딘지는 정확히 기억이 안 나는데……."

"일주일 됐다면서요."

"카지노에서만 살았는데 그딴 게 머릿속에 남았겠냐."

허점을 찔러도 유연한 태세 전환 능력을 보인다. 거짓말에 능숙한 이런 사람에게는 위기가 없다. 그런 순간이 온들 이따위 거짓말로 빠져나왔을 테니.

진은 휴대폰에 저장된 사진 몇 장을 불러왔다.

"이 중에 어디예요?"

"여기쯤인가……."

"차종이랑 번호요."

남자는 메모지에 번호를 휘갈겨 썼다.

"사장님, 주차료는요?"

잔뜩 밀렸을 주차료 정산은 빼고 차를 잡아야 하지 않겠느냐는 뜻이었으나 성 사장은 대꾸 없이 신용카드를 내밀었다. 카드를 받아들자 국물까지 비운 철민이 서둘러 입을 닦으며 자리에서 일어났다. 진은 살짝 고개를 저었다. 누구 하나는 남아서 김수창인지 김화창인지의 뒷얘기를 듣고 이 찝찝한 놈을 성 사장에게서 떨어뜨려 놓아야 했다. 철민이 다시 자리에 앉자 두 사람 사이에 더 이상의 대화가 오가지 않았다.

차를 잡으러 가는 길이라 제 차를 가지고 갈 수도 없어 두 발로 고갯길을 올랐다. 1킬로미터 남짓한 거리에 온갖 전당사 전단과 현수막이 내걸려 있었다. 진은 보이는 족족 전단을 뜯어내고 현수막에 칼집을 냈다. 이 동네에서 경쟁 전당사의 현수막에 칼집을 내는 전통을 만든 건 자신이었다. 물론 처음에야 묶인 끈을 푸는 정도였지만 상대가 점점 복수극으로 치닫는 통에 그 장단을 맞춰주기 위해 어쩔 수 없이 바람구멍을 뚫게 되었다.

정 사장이 에둘러 말한 주차장으로 왔으나 공영주차장은 대부분 만차였다. 어쩌다 생긴 자리는 관광객들이 들어왔다 빠지는 자리였고 가장 안쪽 자리는 장기 고객들이 진을 치고 있었다. 입구부터 스마트키를 꾹꾹 눌러보았으나 반응하는 녀석은 없다. 정 사장이란 놈이 '뻥카'를 날렸든 스마트키가 방전됐든 둘 중 하나겠지. 이런 일이 한두 번도 아니고.

진은 주머니 속에 넣어둔 쪽지를 꺼냈다.

아우디A6 실버, 5018.

다시 주차장 안을 돌며 아우디를 눈으로 골라냈다. 십 분 정도 돌았을 때 실버는커녕 홀라당 태워먹은 스테인리스 냄비처럼 생긴 먼지투성이의 5018이 모습을 드러냈다. 다시 한번 스마트키를 눌러보았으나 여전히 무반응. 주머니에서 오십 원짜리 동전을 꺼내 스마트키를 쪼개고 건전지를 빼냈다. 자주랄 것도 없지만 종종 있는 일이라 늘 여분의 건전지를 챙겨두는 게 습관이 된 지 오래다.

건전지를 갈아 끼운 스마트키는 삑삑 소리를 내며 새 주인을 받았다. 차 문을 열자 오만상이 찌푸려질 썩은 내가 진동했다. 뒷좌석 바닥에 잔뜩 쌓인 햄버거 비닐과 운전석 문 옆에 꽂힌 노란 액체가 담긴 음료병이 아까 들은 말과는 달리 정 사장이 카지노 바닥에서 오래 굴러먹은 인간이었음을 알려주었다. 시동을 걸고 주행거리를 확인하고 계기반과 쓰레기투성이인 내외부 사진을 찍어 성 사장에게 전송했다. 블랙박스는 전원을 뽑아둔 채로 먹통이 되어 있었고 엔진 소리도 깨끗하지 않은 것이 연식이 무색하리만큼 곪은 곳이 많은 차였다. 오는 내내 예상했던 바에서 한 치도 벗어나지 않은 결과였지만 성 사장이 견적이 뻔한 이런 차를 왜 받겠다고 한 건지 의문이었다. 그건 돌아가서 심어놓은 철민의 이야기를 꺼내 들으면 될 일이고.

그때였다. 누군가 아우디의 운전석 문을 활짝 열어젖혔다. 진은 문을 잡고 자신을 노려보는 남자의 얼굴을 물끄러미 올려다보았다. 사람이 코빼기도 안 보이는 시각, 외진 장소, 만나기 싫은 놈, TPO가 딱 맞다. 황금 전당사에서 일하는 진규의 등 뒤에 똘마니 몇이 더 달려 있었다. 제길, 문이라도 잠가 둘걸.

"남의 차에서 뭐 하냐?"

"뭐 하는 것 같냐?"

"하, 이 새끼! 입 까진 거 보소! 그 키 어디서 났어?"

"고객이 담보로 넘긴 거야."

"고객? 겨울 스웨터 아저씨?"

"알아?"

"이 차는 어제 우리한테 넘긴 거라고. 하, 그 잡놈이 키를 한 개 더 들고 있었네."

차 한 대로 두 군데 전당사를 사기 쳐 돈을 챙기는 기가 막힌 사기꾼이다. 사진을 받은 성 사장이 그놈에게 돈을 건넸다면…… 좆됐다! 진은 다급하게 휴대폰을 빼 들어 성 사장의 단축번호를 눌렀다.

"내리라고, 새끼야!"

진규가 진의 휴대폰을 빼앗으며 그의 목덜미를 잡아 차 밖으로 끌어내었다.

"사장님 몰래 차를 잡아?"

"미쳤냐?"

"새로 온 새끼랑 붙어서 몰래 뒷주머니 판 거잖아!"

"미친놈아, 내가 어딜 봐서……."

설명할 기회도 주지 않고 녀석은 주먹을 날렸다. 한 번만 걸려라, 벼르고 있었는데 제 발로 걸려주었으니 얼마나 반가웠을까. 휘청이는 진을 다시 일으켜 세운 진규는 다시 멱살을 단단히 잡아 쥐었다.

얻어터져 흐릿해진 시야에 진규의 포악스러운 눈이 들어왔다. 진은 제 멱살을 잡은 녀석의 주먹을 잡았다. 분노가 온몸을 데우자 두 손이 뜨거워졌다. 손을 델 듯한 열기에 소스라치게 놀란 녀석이 진의 멱살을 놓았다. 그 순간을 놓치지 않고 눈앞의 코를 들이받았다. 터진 코를 부여잡고 흙바닥을 구르는 녀석을 한 대 걷어차준 뒤 들입다 달리기 시작했다. 똘마니들이 득달같이 쫓아오기에 주차장 내리막길에서 오른쪽 공원으로 틀었다. 몸을 숨길 곳을 찾아 본능이 움직였다. 외진 주차장을 내려가는 길목에 있는 건물이라곤 장수꾼들이 산다는 공중화장실뿐이었다. 진은 안으로 뛰어 들어갔다. 구역질나는 화장실 칸으로 들어와 자물쇠를 거니 녀석들이 안으로 들어왔다. 뒤늦게 쫓아온 진규는 코를 꾹 쥐고 똘마니들에게 입구를 지킬 것을 명령했다. 그는 깨진 거울에 비친 제 몰골을 보고 어이가 없어 웃음을 흘렸다. 흐르는 코피를 녹 냄새 나는 수돗물로 대충 닦고 진에게 소리쳤다.

"5대 1인데 쫄지도 않고, 용감하다 새끼야!"

첫 칸의 문을 확 열어젖혔다. 막혀버린 변기와 토사물, 쓰레기들이 산을 이루고 있었다. 얼굴을 찡그리며 다음 칸을 발로 밀었으나 그 칸의 상태도 마찬가지. 보는 것조차 역겨워 토악질이 올라왔다.

"장진! 성 사장만 믿고 간땡이가 부어서는 선배 보고도 대가리 빳빳하게 들고 다니시고, 응? 요즘 좀 컸다고 남의 영업장 기물 파손도 하시고."

세 번째 칸을 열자 바닥 가득한 배설물이 절로 코를 움켜쥐게 만들었다.

"어우씨, 비위도 좋다, 그냥 나와 새끼야!"

똘마니들이 숨을 참으며 그의 뒤로 늘어섰다. 마지막 칸에 다다른 그들은 문이 잠겼음을 확인하고 비릿한 웃음을 흘렸다. 진규가 잠겨 있는 문을 박찼다. 너덜거리는 경첩이 떨어져 나가고 문이 열렸다. 더러운 양변기 위에 한 남자가 몸을 웅크리고 돌아앉아 있었다. 진규가 손가락으로 가리키자 똘마니 하나가 내키지 않는 듯 들어가 그의 뒷덜미를 끌고 나왔다. 얼굴을 확인하기도 전에 역한 냄새가 훅 끼쳤다. 때에 찌든 머리카락을 잡아당기자 흐릿한 눈의 남자가 고개를 들었다. 약에 찌든 노숙자였다.

같은 시각, 몰골이 된 진이 성 사장의 전당사로 뛰어들었다. 얼굴이 피투성이인 채 다리에 힘을 쓰지 못하는 걸 보고 철민이 달려와 소파에 눕히고 팔다리를 주물렀다. 철민이 가져온 냉수를 벌컥벌컥 들이마신 뒤에야 진은 겨우 한숨을 돌렸다.

"……그 새끼."

"뭐? 누구?"

"쪄 죽게 입은 놈."

진은 숨을 돌리자마자 스웨터부터 찾았다. 맞은편 소파에 앉아 있던 당사자가 손가락으로 자신을 가리키며 말했다.

"나?"

진은 용수철처럼 튀어 올라 남자의 멱살을 잡았다.

"사기꾼 새끼! 황금에 팔아놓고 누굴 좆밥으로 알아!"

"얘, 왜 이래!"

정 사장은 영문을 모르겠다는 듯 발뺌을 했다. 철민이 뜯어말리지 않았다면 진은 진규에게 맞은 주먹을 정 사장에게 되돌려줬을 것이다.

"어린놈이 실성했나!"

"사장님, 이 새끼 차는 어제 황금에 넘기고 스페어 키 들고 온 거예요."

멱살을 잡힌 정 사장은 말문이 막힌 듯 어이없는 표정을 지었고 성 사장은 낮은 목소리로 진을 타일렀다.

"소란 피우지 말고 앉아."

"사장님!"

성 사장의 서늘한 눈빛이 진을 향하자 진은 툭- 정 사장의 멱살을 놓았다. 그는 구겨진 목덜미를 바로잡다 뭔가 생각난 듯 소리쳤다.

"그놈들 차 문 따서 스페어 키를 훔친 거고만! 와, 이 날건달들이 남의 차를 꿀꺽하려고!"

"사장님, 저거 다 뻥이에요. 저 미친놈 말 믿지 말라고요."

"야! 너 몇 살이나 처먹었어? 어린놈의 새끼가 말끝마다 사기꾼, 사기꾼 소릴 하고, 그놈들이 내 키 훔쳐간 거면 넌 내 앞에 무릎 꿇고 싹싹 빌어, 새끼야!"

진은 억울해 미칠 지경이었다. 기가 막혀 말도 나오지 않았다.

"사장님 직원 교육 좀 제대로 하세요!"

정 사장은 도리어 큰소리를 치더니 정수기로 걸어가 물을 따라 벌컥벌컥 마셨다. 누가 봐도 억울해 천불이 난 얼굴이었지만 이놈이 사기를 치고 있다는 진의 생각은 변함이 없었다. 진이 성 사장 몰래 차를 잡는다고 불같이 화를 내던 진규는 진심이었다. 정 사장이란 놈은 썩은 열 길 물 속이어도 진규의 속은 한 치 깊이도 되지 않는다. 얻어맞고 산 세월이 얼마인데 그 속을 모를까. 그러나 꼬투리를 잡은 정 사장은 갑의 위치에 올라선 듯 물었다.

"곧 문 여는데 언제까지 기다려야 합니까?"

"다시 가서 차 상태 보고 견적 내죠."

"그럼 이놈 말고 저기 키 큰 놈으로 보내쇼. 전당사 애들이 하나같이 거칠어서는……."

철민이 독이 오른 진을 달래는 사이 성 사장의 전화벨이 울렸다.

"어, 왜?…… 파텍필립이 들어왔어? 누구?…… 회사 임원이면 뭐, 얼마 잡으려고?"

자주 들어오는 다른 전당사의 시계 감정 의뢰였다. 이 동네에서 진품 시계와 그 가치를 감별하는 데 성 사장만 한 이가 없기에 제일이나 황금에서도 종종 어려운 시계 감정을 요청하곤 했다.

"보내봐. 참, 혹시 어제 은색 아우디 하나 잡은 거 있어? 손님 한 분이 오셨는데 진이가 이 차는 황금에서 잡은 거라고 해서. 아, 번호가……."

진은 냉큼 달려가 주머니 속에 쑤셔 박아놓은 쪽지를 꺼냈다. 진이 구겨진 메모지를 펴는 사이 정 사장은 배를 문지르며 일어나더니 슬그머니 밖으로 사라졌다. 어찌나 급한지 쫓아갈 틈도 없었다. 뒤가 급한 게 아니라 뒤가 구리셨겠지만.

철민이 뒤쫓아 나가려 했지만 성 사장은 손을 들어 제지하며 통화를 계속했다.

"뭐, 그럴 거 있나. 스마트키는 우리가 가지고 있으니까 시계 보내는 길에 가져가."

성 사장이 통화를 끝내자 철민이 흥분하며 소리쳤다.

"와, 진짜 사기꾼이었어요?"

성 사장은 코끝으로 웃었고 열불이 솟구친 진이 분통을 터뜨렸다.

"내가 뭐랬어! 저놈 진짜 사기꾼이라고! 근데 사장님은 어째서 김수창인지 뭔지만 듣고……."

"헛소리하는 걸 몰랐냐고?"

진은 그제야 성 사장이 처음부터 사기임을 알았으면서도 내색하지 않았음을 눈치챘다.

"우와, 살다 살다 전당사에 차 두 번 팔아먹는 놈 얘기는 처음 듣네. 진아, 근데 너는 어떻게 바로 눈치를 톡 까고 달려오냐. 설마 황금 갔다 온 거야?"

"내가 거길 왜 가! 그 새끼들이 나한테 왔다고! 진규 새끼가 내가 사장님 몰래 차로 뒷주머니 찬다고 주먹질했다니까."

"그렇지. 사장님이야 차는 안 잡으니까 오해했겠지."

"오해는 얼어 죽을! 언덕 주차장에서부터 죽어라 쫓아와서 겨우 여기까지 도망쳤다고."

"거길 다녀왔다고? 너 방금 나갔잖아."

"방금이라니 그게 무슨 말도 안 되는……."

진은 그 말을 하면서 벽에 걸린 시계를 보았다. 가게를 나선 건 11시 반 무렵이었는데 시계의 긴 바늘은 35분을 넘지 못하고 있었다. 휴대폰 시계 역시 마찬가지였다. 진은 제 손목시계를 들여다보았다. 성 사장에게 선물로 받은 롤렉스 시계만이 오후 12시 57분을 가리키고 있었다. 이상한 거짓말을 하는 게 자신이라는 걸 깨닫자 설명할 수 없는 한기가 찾아들었다.

감정을 의뢰받은 파텍필립이 진규의 손에 들려 캐딜락 전당사로 왔다. 장진이 가게로 돌아온 지 딱 한 시간 뒤 두 사람은 다시 조우했다. 진규는 흰색 나이키 티셔츠 차림 그대로지만 들이받았던 코에는 맞은 흔적이라고는 없었다. 한 시간 전의 일은 삭제된 듯 사라져버렸다. 그는 진을 보고도 태연한 얼굴로 성 사장에게 인사를 했다. 각을 잡고 서 있다가 소파를 권하니 재깍 자리에 앉았다. 교복 입던 시절부터 알아주던 덩치인 진규도 꽉 찬 110사이즈를 입는 성 사장의 앞에선 왜소해 보였다. 늘 긴소매 셔츠로 문신을 가리는 성 사장과 달리 화투판 같은 문신을 위압적으로 보이려 팔뚝을 드러내고 다니는 진규의 몸은 묘한 대조를 이뤘다.

호랑이 앞에서 오금을 못 펴는 길고양이로 비치는 이 대비는 성 사장이란 사람의 존재감이 워낙 큰 탓이다. 십 년 전 성 사장이 캐딜락을 타고 와 자신이 차고 있던 시계를 저당 잡고 전당사를 열었다는 소문은 이 바닥의 전설이었다. 한눈에 봐도 힘 쓰는 조폭으로 살았을 그가 왜 이 시골 카지노판에서 지폐나 세는 전당사를 세웠는지 그 누구도 알지 못했다.

성 사장의 손은 시계를 감정하거나 돈다발을 건네는 일에 쓰지 주먹질에 쓰이지는 않았다. 그는 파벌도 없고 사람도 두지 않아 '독고다이'라고 불렸다. 양아치를 홀리는 건달로 소문이 나고 힘깨나 쓴다는 놈들이 형님으로 모시겠다고 캐딜락 전당사 앞에 줄을 섰다. 진규도 그런 놈 중 하나였다. 코딱지만 한 읍내에서 성 사장을 볼 때면 제 무릎에 코를 찍을 정도로 인사를 올렸다.

진규가 교복 입은 양아치였던 시절에 시작된 좀 묘한 관계였다. 주점에서 공짜 술을 먹고 PC방에서 공짜 라면을 먹던 양아치들이야 한둘이 아니지만 하필 성 사장의 단골집에서 손님과 손님으로 만났다.

단골 대창집 사장은 성 사장의 덩치에 매달려 동네 양아치 놈들을 혼내달라 부탁했고 성 사장은 그 부탁을 들어주었다.

소문만 무성한 성 사장의 주먹 실력을 볼 절호의 기회였으나 진규 패거리를 굴복시킨 것은 성 사장의 주먹이 아닌 그의 카드였다. 그는 말없이 패거리가 먹은 술값을 계산했고 급이 낮던 양아치들을 부끄러움의 세계로 이끌어주었다. 희한하게도 그날 이후, 녀석들은 개과천선이라도 한 양 제가 먹은 술값을 내기 시작했다.

구멍만 뚫어 고름을 짜내면 잘 아물 놈이라며 진규를 황금에 소개해 일을 시킨 것도 성 사장이었다. 그러자 하루가 멀다 하고 동네 시끄럽게 하던 양아치들이 눈에 띄게 잠잠해졌다. 가게 사장들은 성 사장이 똥통에 들끓는 구더기를 한방에 걷어냈다고 혀를 내둘렀지만 정확히 말하자면 성 사장은 시키지도 않은 일이었다. 진규가 그의 보이지 않는 오른팔을 자처해 똘마니들을 교통정리했던 것이다. 그러나 그 시발점은 캐딜락 사장이었음을 누구도 부정하지 않았다.

진규는 학교를 때려치운 이후부터 자신을 키우라고 쫓아다니는 길고양이처럼 성 사장에게 매달렸다. 진규를 포함해 나머지 어깨들을 거절하고 다른 가게들에 소개한 이유는 모양 빠지게도 돈이 없어서라고, 일단 소문은 그리 났다.

뒤를 받치는 애들이 없어도 성 사장은 이 동네에 혼자 뿌리를 내렸다. 살덩어리든 근육 덩치든 한둘은 위세용으로 달고 다닐 법도 한데 그는 늘 혼자였다. 혼자여도 그 자신이 서

넛은 너끈히 상대할 덩치인 것도 있지만 쓸데없이 어울리는 걸 좋아하지 않아서였다. 외지에서 비벼볼 만한 군번도, 향우회도 접은 채 철저히 고립되는, 아니 넉넉한 울타리를 두르고 자기 세상에서 살아가는 인생이었다.

어쨌거나 그는 오래된 캐딜락을 타는 '마이웨이'니까. 그랬던 그가 고등학교도 졸업하지 않은 새파랗게 어린 진과 군인 티도 벗지 못한 애송이 철민을 거둬들인 걸 두고 말이 없을 수가 없었다. 그의 오른팔을 자처하는 진규를 마다하고 빌빌거리는 젓가락 같은 놈이라니. 캐딜락 전당사를 풀방구리의 쥐처럼 드나들던 어린놈이 숫제 주인 행세를 하며 눌러앉은 것에 진규는 속이 뒤틀렸을 것이다. 덩치가 좋은 철민은 건너뛰고 경량급 진이 눈에 띌 때마다 사소한 꼬투리를 잡아 강짜를 부리던 것이 오늘의 사달에 이르렀다.

진규는 제 앞에 날라져 온 철민의 믹스커피를 마시지 않았다. 돈이 될 손님은 원두커피, 그 외의 모든 영양가 없는 사람에게는 믹스라는 철민의 철칙을 어찌 알고. 철민은 진규를 처음 본 순간부터 그를 탐탁지 않아 했는데 이유가 인간 말종으로 굴던 재수 없는 선임과 생긴 게 닮아서였다.

진규는 황금 사장이 감정을 의뢰한 고가의 명품 시계를 내어놓았다. 한눈으로 봐도 육중한 케이스와 브레이슬릿이 남달라 보였다. 성 사장은 라텍스 장갑을 끼고 스탠드 불빛을 밝혔다. 그는 고배율 확대경을 끼고 조심스럽게 본체를 열어 무브먼트를 확인했다. 미세한 부품들로 이루어진 태엽들이 복잡하게 얽혀 있었다. 머리카락만큼이나 가는 나사와 부품들을 확인하고 다이얼 안의 숫자판도 수동으로 제어해보았다. 주요 부품마다 각인된 이름을 확인하고 시리얼 넘버로 정품 확인도 빼놓지 않았다. 장장 삼십 분에 걸쳐 시계의 상태와 진품 여부를 확인한 성 사장은 다시 커버를 덮은 뒤 조심스럽게 본체를 닦았다.

"상태 좋네."

"어느 정도 되겠습니까?"

"관리도 잘 됐고 인기 있는 모델이라 오천 이상. 뭐 내주는 거야 황금 사장이 알아서 하겠지만. 상자랑 보증서 택배로 받기 전에는 일단 오십 프로만 내보내고."

"꼭 상자까지 받아야 합니까?"

"돌아갈 집이 없으면 사람도 시계도 얼마 못 가."

지독하게 손님의 담보를 빼내는 진규의 속을 뜨끔하게 할 말이기도 했다. 그 속뜻을 아는지 모르는지 녀석은 묵묵부답이었다. 진은 이를 갈았다. 뒤통수치는 양아치 새끼. 성 사장 앞에서는 넙죽 엎어지는 녀석이 우리가 시계 전문이라고 붙이고 다니는 현수막을 북북 찢어놓으셨나. 감정 필요할 때만 찾아와서 단물 빼먹는 뱀 같은 놈이!

"상자 잘 받아두겠습니다."

진규의 입에서 그 말이 나오자 진은 참지 못하고 한 마디를 뱉었다.

"그놈의 현수막은 왜 맨날 찢어져서는."

터럭 같은 양심은 있는지 진규는 푹 고개를 숙였고 성 사장은 그 말을 모른 체했다. 진규는 일수 가방에서 두툼한 봉투 하나를 내놓았다. 황금 사장이 보냈을 감정비였으나 두께로 봐선 삼십 언저리, 아우디 스페어 키를 찾아준 공임도 빠진 애기 오줌 같은 돈을 찔끔 싸 보냈다. 일 년에 한 번 들어올까 말까 하는 파텍필립을 우리가 잡았으면 오천, 아우디는 이천, 못 먹어도 칠천짜리 큰 건을 삼십만 원으로 퉁치자고, 이런 양아치 같은 새끼들! 진은 이가 벅벅 갈렸다.

성 사장은 진규 앞에 아우디 스마트키를 내놓았다.

"차 잡을 때는 몇 번이고 조심해라. 스페어 키는 꼭 회수하고."

"죄송합니다, 사장님."

"진이가 학교 후배라고?"

"……네."

"황금 사장이 너 일 잘한다고 칭찬하더니 소개한 보람이 있네. 더운데 애썼다. 진이 데리고 사우나나 다녀와라."

성 사장은 봉투를 진규에게 돌려주었지만 그는 선뜻 받지 못했다. 돌아온 봉투의 의미를 모를 만큼 바보는 아니었다. 녀석을 거절했던 이유에 대한 복기이며 진과 진의 손을 탄 모든 것을 건드리지 말라는 온화한 충고가 담겼기에. 진도 진규 녀석과 아랫도리를 내보일 사이는 아니었다. 하지만 성 사장의 명령이니 사우나를 다녀오는 척이라도 해야 했다.

진규가 무겁게 돈 봉투를 받아들며 진을 불렀다.

"……가자."

진이 성 사장을 보자 그는 철민을 손가락으로 가리켰다. 혹처럼 달고 가거나 혹시나를 위해 데리고 가거나.

습기로 가득 찬 사우나실 안에서 둘은 모래시계를 사이에 두고 띄워 앉았다. 시계가 한 번 뒤집힐 정도만, 둘은 눈빛으로 그렇게 합의를 봤다. 진은 문신으로 알록달록한 그의 몸을 흘낏 보고 실소를 삼켰다. 등에 있는 관세음보살상과 팔뚝의 묘법연화경 일부는 성 사장의 문신과 판박이였다. 아이돌 팬클럽도 이렇게 일편단심이지는 않겠다. 그걸 감추느라 남들에게 보이는 부분에만 알록달록 용트림하셨네. 그렇게도 큰형님이 좋을까. 진은 잘 보이지 않는 성 사장의 허벅지 안쪽 문신을 사진이라도 찍어다 줄까 싶어졌다. 유비 형님이 가시는 곳이라면 어디든지 따라가겠다는 것도 아니고, 이놈은 삼

국지 게임을 너무 많이 해 도원결의에 미친 놈인가.

"현수막은 그렇다고 쳐도 인간적으로 명함은 베끼지 말아야지."

진규는 대답이 없었다. 끓어오르는 화를 참으려는 기색이 역력한 절호의 기회를 놓칠 수 없었다.

"새 명함 할 때마다 똑같이 베끼나."

"처맞기 싫으면 조용히 있어라."

"황금이면 금괴 사진을 넣든가 캐딜락 방패까지 따라 하면 어떡하냐. 그리고 이번에 새로 들어온 애 맹탕이지? 걔가 그 명함을 성 사장 차에다 꽂아놓은 건 아냐."

진은 웃음을 참다 결국 흐느끼기 시작했다. 참다 보니 눈물이 날 만큼 웃겼다.

"와, 사장님 표정을 봤어야 하는데."

진규는 눈을 질끈 감았다. 녀석이 낄낄대는 걸 보니 울화가 치밀었다. 성 사장은 이런 애송이 같은 놈을 왜 일수 가방처럼 끼고도는지. 모기 팔다리같이 가는 걸 달고 있는 저런 놈을!

말을 해봤자 저만 손해임을 알기에 더 화가 치밀었다. 모기 같은 놈이 웽웽거리며 성 사장에게 말을 부풀려 전하기라도 하면 기껏 자신을 인정해준 성 사장의 눈 밖에 날 것이다.

"사장님이 한 말은 시계를 케이스에 넣어두라가 아니고 사람 좀 그만 잡고 적당히 돌려보내라는 말이야. 말귀를 몰라 처먹으니 밑에 못 두지."

진규는 어금니를 꽉 깨물며 앞만 노려 보았다. 모래시계의 마지막 모래가 툭– 아니 빼액 소리를 내며 시간 종료를 알리자 진규는 뒤도 돌아보지 않고 사우나를 나갔다. 진규가 나가자 탕에서 기다리던 철민이 들어왔다.

"와, 대단하네, 임진규! 너를 참고 나가네."

"성 사장 빠돌이 새끼!"

진은 이를 갈며 모래시계를 다시 뒤집었다. 철민은 아랫도리를 덮고 있던 진의 수건으로 얼굴을 닦으며 말했다.

"거기는 왜 덮고 있어?"

"저 새끼가 자꾸 쳐다보니까."

철민은 피식 웃음을 흘렸다가 서늘한 진의 눈빛에 손을 들어 입을 막는 시늉을 했다. 땀을 닦은 수건을 다시 진의 허벅지에 살살 덮어주며 말했다.

"네가 그렇게 새침하게 구니까 저놈이 더 싫어하잖아. 성 사장 새끼면 성 사장 팔뚝의 반절이라도 돼야……."

"형!"

"농담이야, 새끼야! 쟤는 네가 얼마나 부럽고 밉겠냐. 사자 개 같은 저는 그렇게 매달려도 안 받아줬는데 부들부들 떠는 치와와 같은 너는 왕왕거려도 예뻐하고."

"뭐, 부들부들 떨어?"

"입에 거품 좀 물지 마. 너랑 진규랑 체급 차이가 얼만데 그만 좀 덤비라고. 솔직히 사장님이 너 특별 대우 하는 건 사실이잖아."

"특별 대우 좋아하시네. 사장님이 돈을 많이 줘? 일을 적게 시켜? 맨날 신문 읽으라고 닦달만 하고, 장수꾼은 터미널에서 버스 태워 보내라고만 하고. 이 동네서 제일 빙구 핫바지 같은 양반이 뭐가 좋다고 못 들어와서 안달인데. 황금 사장이 돈 많이 주니까 배불러서 딴생각이 처드시나 보지."

"진규 나갔어. 그만 나가자."

그렇지 않아도 머리가 핑 돌고 있었다. 비척대며 사우나실을 나오는 제 꼴이 한심해 보여 또다시 짜증이 올랐다. 저쪽은 사자와 사자개, 어쨌거나 저는 기절 직전의 치와와, 이 구역에 저 하나만 치와와라 쥐어 터진다는 사실에.

진은 집으로 돌아와 침대에 멍하니 앉아만 있었다. 초침 소리가 요란한 벽시계에 눈이 고정된 채였다. 벽시계는 저녁 8시 13분을 지나고 있는데 제 롤렉스의 바늘은 9시 35분에 걸쳐 있었다. 이천만 원짜리 비싼 시계가 온종일 한 시간 이십이 분짜리 거짓말을 하고 있다.

낮에 있었던 일이 줄곧 머릿속을 떠나지 않았다. 공원 화장실에 숨었다가 잠시 의식이 끊기고 깨어보니 성 사장의 차 뒤였다. 기면증이 시작되고 혼미한 정신으로 어떻게 그곳까지 왔는지 전혀 기억이 나지 않았다.

정신을 잃고 쓰러진 일은 여러 번 있었다. 하지만 오늘처럼 한 시간 반과 1킬로미터의 거리가 증발해버린 적은 없었다. 진은 분명 제 5주차장에 가서 차를 확인하다 진규 패거리에게 쫓겼고 공중화장실 안으로 도망쳤다가 그곳에서 또 기면증이 도졌다. 전당사 식구들은 진이 단 몇 분 만에 돌아왔다고 했다. 그러나 손목시계는 제 기억이 거짓이 아니라고 말하고 있었다. 진은 모든 것이 혼란스러웠다. 바뀐 약 때문인가. 그의 시선이 침대 옆에 놓인 바구니 가득한 약봉지에 닿았다. 그는 매일같이 한 움큼씩 약을 털어 넣어야 일상을 지탱할 수 있었다.

문소리가 들렸다. 호텔 객실 청소원으로 일하는 정희 아줌마의 퇴근 시간은 늘 밤 9시다. 이 시간에 들어올 사람은 하나뿐이다. 진의 방문이 열리고 어두운 거실 등불을 등진 남자의 실루엣이 보였다.

"밥은?"

"아직요."

"나와라."

장만호가 가스불에 국을 올리는 사이 진은 냉장고에서 밑반찬을 꺼냈다. 김치와 몇 가지 마른반찬을 꺼내고 밥을 덜자 장만호가 국을 날라 왔다. 두 사람은 여느 때처럼 말없이 밥을 먹었다. 밥을 먹던 그의 손이 뚝 멈추자 진의 숟가락도 멈췄다. 진은 아버지가 자신의 터진 입술을 보고 있음을 알아차렸다.

"싸웠냐?"

"아니에요, 넘어졌어요."

"또 그게 왔어?"

"잠깐 가게에서. 그때 터졌나 봐요."

"성 사장 차 옆에서 깨어난 거고?"

"네, 아줌마는 요새 늦던데 호텔 일 바쁘대요?"

　무심히 말머리를 돌렸다. 아버지는 원체 말수가 적은 사람이었다. 빈말, 괜한 말이 빠지니 늘 입이 잠긴 채였다. 진은 자신의 생모에 대해서도 묻지 않았다. 어렸을 때 몇 번 물어본 적은 있었으나 아버지는 입이 아닌 귀가 막힌 사람처럼 반응하지 않았다. 유일하게 반응하는 이야기가 정희 아줌마에 대한 것이었다.

"조장 달고 바빠진 거지."

"골목길 어두운데 마중이라도 나가요."

　푸흐. 장만호는 가소로운 듯 웃음을 흘렸다.

"요새 장수꾼들이 동네 사람들한테 아리랑치기도 한다던데요."

"그랬다간 정희한테 뒈지겠지."

아버지는 함께 사는 정희 아줌마를 늘 그렇게 대했다. 무심하게 툭 던져둔 듯하면서도 걱정하고, 생각하지 않는 듯하면서도 변변찮은 화장품을 선물이랍시고 건네는.

진은 정희 아줌마를 열두 살에 처음 만났다. 어느 날 학교를 다녀오니 집앞 평상에 앉아 무심히 담배를 태우는 어른 여자가 하나 있었다. 마당엔 집안 가득 들어차 있던 소주병과 쓰레기들이 굴러 나와 마대 안에 담겨 있었다. 그 쓰레기들을 다 치우기 전에는 저 집구석 안으로 한 발짝도 들어가지 않겠다고, 그 말에 구시렁대며 물건들을 치우던 아버지의 뒷모습도 보였다. 낮은 담으로 뒷집, 옆집 아줌마들의 숙덕거리는 목소리가 넘어왔다. 뾰족한 구두와 트렌치코트, 붉은 손톱까지 동네 사람들이 수군거리기에 적합한 외모였던 탓에 어린 진도 속으로 많은 생각을 했다. 이제 내 인생이 꼬이겠구나.

그러나 그의 예상과는 달리 아줌마는 피 한 방울 섞이지 않은 그를 잘 키웠다. 아줌마가 들어온 후로 땟물이 배어 있던 티셔츠가 깨끗해지고, 더벅머리를 제때 이발했고, 운동화가 발에 맞지 않을 때쯤 알아서 새 걸로 바뀌었다. 초등학교 5학년 끝물이라 손을 덜 나이였지만 시간이 갈수록 아줌마에게 의지하는 일이 많아졌다. 그녀 역시 반찬값이 아니라 담뱃값을 벌겠다고 호텔 일을 시작해놓고 제 담배보다 진이 먹을 아이스크림을 더 많이 샀다. 하루 종일 청소만 하고 집에 와 또 청소거리를 보면 질려 도망갈까 봐 진은 늘 살림을 도왔다. 엉망으로 개어놓은 빨래를 보고 아줌마는 어이없어 했다. 그 나이대 여자들과는 무척 달랐다. 줄담배를 피웠고 애들 걱정, 남편 걱정에 종종거리지도 않았다. 동네만 오가는데도 립스틱은 늘 붉었다. 그 립스틱 자국이 묻은 담배꽁초를 손가락을 툭 날려버리면 진은 늘 그 꽁초를 줍고 다녔다.

이런 거 버리면 사람들이 뒤통수에 욕해요. 그 말을 듣고도 먼 산을 보며 피식 웃을 뿐이었다. 다음 날 아줌마는 집 근처 가게 평상에 앉아 진을 기다리고 있었다. 소문의 온상지 한가운데서 더 붉게 입술을 바르고, 보란듯이 그 담배를 꼬나물고.

욕하는 그들 사이에서 담배 몇 대를 태우면서, 봐! 소문이란 건 이렇게 잘라내는 거야, 그런 눈빛으로 웃고 있었다.

뿌리가 얼마나 깊어야 저렇게 단단할까. 놀라워하는 진에게 아줌마는 이렇게 말했다.

"세상에 머리채 잡혀 끌려다니지 마라. 중요한 건 너랑 나다. 그리고 난 누구 뒤치다꺼리는 못 해. 자기 일은 자기가 알아서 하고 각자 인생 살자. 딱 김치냉장고 온도로. 얼어 죽지도 썩어 문드러지지도 않는 4도 정도."

"김치냉장고도 썩긴 썩어요. 노력해도 썩어요."

그 말의 어떤 부분이 그렇게도 웃겼는지 정희 아줌마는 배를 움켜쥐고 한참을 웃어댔다.

"그럼 말린 오징어 같은 네 아버지 식으로 살까."

"아뇨. 4도가 낫겠네요."

"……새끼."

쿨링이 잘된 맥주 같은 온도, 4도는 아줌마와 진을 지켜주었다. 그녀는 덤덤하게 의붓아들을 대했다. 진도 거리를 유지하는 아줌마의 덤덤한 시선이 좋았다. 그러나 아버지는 팔 년이나 한집에서 산 동거녀와 여전히 남인 채로 호적의 잉크를 섞지 않았다. 한때는 두 사람이 가정을 이루길 바란 적도 있지만 아버지는 정희 아줌마와 사실혼 관계 그 이상의 선을 넘지 않았다.

진이 정희 아줌마의 늦은 귀가를 걱정하는 동안에도 아버지는 계속 진의 터진 입술을 바라보았다.

"다 큰 놈이 꼴이 그게 뭐냐. 누굴 닮아서 그리 칠칠하지 못한지."

"낳아준 사람이 할 얘기는 아닌데."

"왜 맨날 길바닥에 엎어지고 지랄이냐고."

"아침에 약을 안 먹어서 그런가 보죠."

"그 병원 놈들은, 네 병 못 고쳐."

대답 대신 밥숟가락을 물었다. 기면증이 쉽게 고칠 수 없는 병이란 건 진도 알고 있다. 시도 때도 없이 의식을 잃고 잠이 드는 바람에 학교조차 제대로 다닐 수 없었다. 병이 본격적으로 심해진 열일곱부터 진은 학교를 그만두고 성 사장 밑에서 일을 배웠다. 얼마 전 수면다원검사에서도 기면증 진단을 받아 병역도 면제받았다.

한 달에 한두 번, 요즘 들어 일주일에 한 번은 그 발작이 찾아왔다. 아버지는 진이 쓰러진 날이면 어김없이 정희 아줌마와 말다툼을 했다. 애를 어쩔 거냐고 묻는 건 아버지였다. 하지만 애절한 부정은 그 하루를 넘기지 못했다.

그 밤 두 사람을 위해 일찍 잠이 든 것처럼 방의 불을 끄고 밖으로 나왔다. 평소 다툼이 없던 두 사람은 진의 문제에 있어서만큼은 자기주장을 굽히지 않았다. 어린 진은 제 병 때문에 정희 아줌마가 아버지와 혼인신고를 하지 않는 게 아닐까 생각했다.

이상을 감지한 것은 열여섯이 되던 해였다. 여느 때처럼 발작이 찾아와 쓰러진 진은 아버지에게 업혀 방에 눕혀진 뒤 의식이 오락가락할 때 환영을 보았다. 뜨겁게 달아오른 제 손의 열상을 두 손으로 움켜쥔 정희 아줌마의 얼굴이 가물거렸다. 까무러치는 의식 속에서도 살을 태우는 듯한 열기가 두 손 안에 가득 찼다. 얼음장처럼 차가운 정희 아줌마의 손은 그의 열상을 꺼뜨렸다.

의식은 마치 터널과 터널 사이를 오가는 듯 빛과 어둠을 휘돌았다. 다시 깊은 터널로 들어서기 전 진은 안간힘을 내어 뒤를 돌아보았다. 자신을 바라보는 정희 아줌마의 얼굴이 보였다. 고통인지 슬픔인지 감정은 알 수 없었으나 그곳 역시 어두웠다는 것은 기억할 수 있었다.

늘 의구심뿐이었다. 때론 제 병이 무병일까도 고민했다. 온통 해결되지 않은 물음표뿐인 질문에 대한 대답은 돌아오지 않았다. 그러나 한 가지 분명한 것이 있었다. 제 터널의 끝엔 늘 성 사장의 캐딜락이 있었다. 어둠 속에서 돌아오는 진을 기다리는 듯. 깨어날 때마다 그의 차를 보는 것은 어느 순간부터 진에게 설명할 수 없는 안도감을 안겨주었다.

그리고 오늘, 그 평온함이 뒤틀린 시차로 인해 깨어졌다. 캐딜락으로 돌아왔으나 시간은 증발되었다. 진은 머릿속을 떠나지 않는 복잡한 생각을 떨치고자 옥상에 올라 담배 한 대를 물었다. 연기가 흩뿌려지는 사이로 날이 선 아버지의 목소리가 들려왔다.

"언제까지 눌러놓을 건데?"

"없어질 거야."

"그 바람에 기면증이 찾아왔잖아. 억누르면 다른 게 오는 거야. 차라리 능력을 키우게 해.”

“…….”

결정권을 쥔 건 정희 아줌마였고 아버지는 설득하는 쪽이
었다.

“정희야, 더는 안 된다고.”

“당신은 몰라.”

“뭘 몰라. 내가 왜 진이를 몰라. 평생 저놈 뒷바라지만 하
면서 키웠는데 왜 저놈을 몰라!”

“그 말이 아니잖아. 한번 게이트로 살면 다시 돌아올 수 없
다고.”

‘게이트?’

진은 낯선 단어에 귀를 곤두세웠다.

“어차피 진이가 여는 포트는 신생이잖아. 조절하는 법만
잘 가르치면 눈에 띄지 않을 거야. 이대로 뒀다간 계속 문제
만 일으킬 거라고.”

“진이 포트는…… 달라. 그건…….”

정희 아줌마는 숨을 골랐다. 답답한 쪽은 여전히 아버지였
다.

“진이가 달라?”

“나도 모르겠어. 에너지 끝을 느낄 수가 없어.”

“무슨 소리야?”

"파장이 너무 커. 제대로 된 포트를 여는 순간 조직이 알게 될 거야. 단 한 번이라도 느낄 거라고. 애를 정선에 숨기고 산 보람도 없이 그놈들은 순식간에 진이를 찾아낼 거라고."

포트. 그 말은 진의 머릿속 어딘가를 각성시켰다. 그토록 자신을 괴롭혔던 증상은 기면증이 아니라 다른 이름을 갖고 있었다. 포트가 무엇인지는 몰라도, 두 사람은 진에게 그 존재를 숨기고 있었다.

"정희야, 진이에게 사실대로 말해."

"조금만 더 기다려. 아직은 아냐."

"……성 사장이 눈치를 챈 것 같아. 그 차, 후면 블랙박스가 뜯겨 있었어."

"뭐?"

"그 사람 왼손가락 두 개 잘린 거, 진이 포트 때문이야."

그 말이 어떤 충격을 주었는지 무언가가 땅바닥에 떨어지는 소리가 들렸다. 진은 작년에 일어난 성 사장의 사고를 떠올렸다. 유리문에 손가락이 절단되어 급히 병원으로 갔던 게 자신 때문이라면 성 사장은 왜 지금까지 그 사실을 숨긴 채 거짓말을 해왔을까.

그는 분명 진이 포트를 연다는 걸 알고 있다. 손가락 두 마디를 내어주면서까지 그 비밀을 지켜주었다. 그 생각은 곧 고통이 되었다. 진의 몸은 늘 고통과 연계되어 반응했다. 제 손이 뜨거워지는 것을 느꼈다.

마음의 한쪽 끝이 발갛게 달아오르면 살을 태우는 듯한 아픔이 되었다. 현실을 회피하고 싶을수록 더 큰 열상이 나타났다. 진은 바닥에 쓰러졌지만 의식을 잃지 않으려 애썼다. 불안정한 포트가 눈앞에 나타나 어른거렸다.

소리를 듣고 옥상으로 올라온 장만호는 어둠 속에서 몸부림치는 진을 보았다. 장만호는 다급하게 달려와 진의 시계와 벨트를 풀고 바닥에 몸을 누이며 소리쳤다.

"네 방! 네 방이야!"

의식이 뒤집히고 있다. 세상의 모든 불빛이 툭툭 꺼져나가고 있었다. 앞으로 고꾸라지기 전에 바닥이 튀어 올라 그를 집어삼켰다. 그리고 또다시 눈앞이 암전되었다. 어두운 터널을 지나는 꿈을 꾸었다. 아무런 빛도 없는 동굴을 터널이라고 믿어야 살아 나갈 수 있는 곳에서 진은 그대로 끝을 향해 나아갔다. 벽에 다다르면 다시 뒤돌아 걸을 것이고 다시 걷는 길 끝에는 빛이 있을 테니.

다시 눈을 떴을 때 진은 자기 방에 누운 채였고 그 앞에 아버지가 앉아 있었다. 방은 어두웠고 창밖의 가로등 불빛뿐이었다. 몸을 일으켜 앉았다. 얼마나 시간이 흐른 건지 가늠할 수 없는 밤이었다. 진이 깨어난 걸 확인한 정희 아줌마는 다시 방으로 돌아갔다. 장만호가 먼저 입을 뗐다.

"괜찮냐."

"네……."

"한밤중에 옥상에는 왜 올라가. 거기서 쓰러져서 너 업고 계단 내려오느라 용썼다."

그는 거짓말을 하느라 애를 쓰고 있었다. 그 말을 아무렇지 않게 넘기기에 너무 많은 생각이 넘어와버렸다.

"슬리퍼는 벗기지 그랬어요."

"뭐?"

장만호는 그제야 진의 발에 끼워진 슬리퍼를 보았다. 업고 왔다면 진즉 벗겨졌을 것이다.

"……옥상에서, 그게 포트예요?"

"뭐?"

"아버지가 방으로 가라고 했잖아요. 정말 그 말대로 방으로 오는 포트를 연 거냐고요."

자신이 공간을 이동한다는 걸 아버지는 알고 있었다. 숨길 수 없는 한계점에 달했다는 걸 그의 한숨이 대신했다.

"……쓰러지기 전에 그런 느낌이 오냐?"

"어떤 느낌이요?"

"그 손이 뜨거워진다는 거."

"잠깐 몇 초 정도."

"보통…… 무슨 생각이 드냐?"

"그냥 거기서 도망치고 싶다는 생각."

"어디로?"

"뭐, 아무 데나 숨을 수 있는 곳……."

그 무의식이 선택하는 곳이 캐딜락 뒤였다. 사람들의 눈을 피해 도망칠 수 있는 가장 안전한 공간이 성 사장의 등 뒤라는 걸, 장만호는 이해할 것도 같았다. 형광등 불빛이 그의 흰 머리 위로 부서져 내리고 그사이 더 늙어버린 듯한 얼굴로 방안을 둘러보며 말했다.

"이 방 생김새를 자세히 살펴봐라. 뭐가 있는지 느낌은 어떤지."

"왜요?"

"그냥 시키는 대로 해봐. 다 봤으면 창고방으로 가서 휴대폰 켜고."

진은 영문을 알 수 없지만 일단은 시키는 대로 했다. 곧 아버지의 번호로 전화가 왔다.

"눈을 감든 귀를 막든 이 방을 떠올려봐. 방법은 뭐, 네 재주껏."

"왜요? 왜 그래야 하는데요?"

"그래야 그 기면증을 벗어버릴 수 있으니까."

진은 눈을 감고 제 방의 이미지를 떠올렸다. 스프링이 주저앉은 싱글 침대와 달력 하나 걸려 있는 벽, 그리고 아무것도 없는 낯익은 공간. 사진처럼 머릿속에 저장된 그곳을 떠올려도 아무 일도 일어나지 않았다.

스피커폰 너머의 아버지는 묵묵히 진을 기다릴 뿐이었다. 자신이 무엇을 증명해 보여야 하는지 조금의 힌트조차 주지 않았다. 다시 방의 이미지를 떠올려봤지만 변화는 없었다. 진은 한참 만에 눈을 뜨고 말했다.

"잠이 안 드는데요?"

"손은?"

제 손은 희멀겋기만 할 뿐 붉은 기 하나 찾아볼 수 없었다.

"없어요."

"기다려."

진은 인상을 쓰며 또다시 눈을 감았다. 하지만 기다림은 그를 무의식의 세계로 안내하지는 못했다. 뭔가를 떠올리려고 애쓸수록 하품이 나왔다. 기면증이 스위치를 툭 꺼버리는 것이라면 밤잠이 드는 건 서서히 사그라드는 화톳불이었다. 검부잿빛을 바라볼수록 몸이 노곤해지고 눈꺼풀이 감겨들더니 밤잠이 찾아왔다.

다음 날 아침, 진은 고꾸라져 잠이 들었던 채로 창고방에서 눈을 떴다. 아버지가 덮어줬을 얇은 이불 하나를 다리에 휘감은 채였다. 맨바닥에서 잔 탓에 뻐근해진 어깨를 주무르며 거실로 나오니 집이 텅 비어 있었다. 진은 대충 아침을 먹고 여느 때보다 일찍 전당사의 보안을 해제하고 셔터를 올렸다. 캐딜락의 전용 주차장은 비어 있었다. 아침 운동을 다녀와 식사하고 은행에 들렀다가 정시 출근이 성 사장의 십 년째 일상이니 11시가 넘어야 나타날 것이다.

진은 가게 밖에 설치된 폐쇄회로 화면을 열었다. CCTV는 가게 앞과 주차장 앞쪽을 찍고 있고 화면은 48시간 동안 보관된다. 어제 아침에 있었던 사건이니 오늘까지 확인하면 정말 그 포트라는 게 존재하는지 잡아낼 수 있을 것이다.

진은 영상의 시간을 어제 오전 11시 반으로 설정했다. 이상했다. 11시 31분쯤 자신이 가게를 나간 뒤 갑자기 시계는 오후 12시 39분이 되고, 진규가 전당사를 찾아오는 장면으로 바뀌었다. 저도 모르게 주먹이 불끈 쥐어졌다. 누군가가 그 시간 동안의 CCTV 영상을 삭제해버린 게 분명했다.

그 타이밍에 맞춰 돈다발을 든 성 사장이 가게 문을 열고 들어왔다. 일수 가방에 든 삼천만 원은 그의 두꺼운 상완삼두근과 옆구리 근육 사이에 안전하게 끼워져 있었다. 오만 원권 사백 장, 만 원권 천 장은 늘 변함없이 난공불락의 요새 속에 있다. 보디가드 하나 없이 수천만 원을 날라도 동네 사람들은 그 돈 가방만 보면 부처님 가운데 토막이 되었다. 몇 년 전에 캐딜락 사장이 혼자 수천을 나른다고 소문이 나 어중이 떠중이 몇이 달려들었다가 손목 발목이 부러진 일화는 또 다른 전설이 되었다. 오른손잡이는 오른 손목을, 왼손잡이는 왼손목을 골라 부러뜨려 카지노를 뜨게 만들었다는 설도 있었다. 성 사장은 컴퓨터를 보고 있는 진을 보더니 잠시 멈칫하는 얼굴이었다.

"이번 달은 철민이가 연다고 안 했나?"

"볼일이 있대서요."

철민에게 미리 연락해둔 터였다. 성 사장이 금고에 돈을 넣은 뒤 손을 닦고 자리에 앉자 진은 태연히 질문을 던졌다.

"사장님, 혹시 CCTV 건드셨어요?"

"뭐?"

"어제 주차장에서 깨어난 거 좀 확인하려고 보니까 한 시간이 삭제돼서요."

"그건 왜 보려고?"

"맨날 사장님 차 뒤에서 쓰러지니까 웃기기도 하고, 어떻게 그러는지 좀 보려고요."

"그게 가끔 먹통이던데. 사람 불러야겠네."

'성 사장이 눈치를 챈 것 같아.' 진은 아버지가 했던 말을 떠올렸다. 어제 소파에 누워 겨우 의식을 차렸을 때 성 사장은 CCTV 영상이 연동되는 컴퓨터를 들여다보고 있었다. 손을 댔다면 그때가 분명하다. 진은 단 한 번도 넘지 않았던 선을 넘어야 했다.

"사장님……."

"왜."

"작년에 다치신 그 손가락요."

성 사장은 장부를 넘기던 손을 멈췄다. 봉합 수술을 했으나 왼손 약지와 새끼손가락 두 마디가 여전히 다른 색깔이었다.

"사고로 다치신 거라고 했잖아요. 그거 진짜 유리창에 잘린 거예요?"

"내가 선 넘지 말라고 했을 텐데."

캐딜락 전당사의 불문율은 세 가지다. 무슨 일이 있어도 매일 가게 문을 여는 것, 자동차와 사람 몸은 저당 잡지 않는 것, 그리고 성 사장의 개인사를 묻지 않는 것.

그는 예의 덤덤한 표정으로 돌아가 있었다.

"사장님 손가락 자른 게…… 저예요?"

그는 시선조차 주지 않고 침묵했다. 그러나 흉이 선명한 손가락 두 개를 주먹 안에 말아쥐는 성 사장을 보며 확신이 왔다. 내가, 혹은 나의 포트가 그를 해쳤고 그것이 사라진 한 시간 이십이 분과도 관련이 있다. 성 사장은 끝내 어떤 말도 하지 않았다.

14층 스무 개의 객실 중 열여섯 개의 문이 열린 상태였다. 막바지 체크아웃 시간이 되자 문 하나가 더 열리고 부부로 보이는 한 쌍의 손님이 엘리베이터를 타고 내려갔다. 정희는 태블릿에 뜬 체크아웃 룸을 다시 한번 확인했다. 미숙이 1409호를 마무리하기 전 1411호로 먼저 이동해 청소용 마스터키로 문을 열어둘 작정이었다. 1411호가 체크아웃했음을 알지만 정희는 매뉴얼대로 초인종을 누르고 5초를 기다렸다. 카드로 문을 열자 엉망이 된 방안이 한눈에 들어왔다. 미니바는 컨시어지가 확인했겠지만, 베개나 샤워가운, 커피포트 같은 비품은 객실 청소원이 검수해야 했다. 초창기만 하더라도 샤워가운이나 베개를 훔쳐가는 사람이 많아 하루에만 수십 개의 새 비품을 채워 넣어야 했다. 요즘 그런 사람들이 줄어든 건 상식이 생겨서가 아니라 그 비품들의 가치가 떨어져서, 혹은 챙기는 맛이 시들해져서일 것이라고 정희는 생각했다.

가족이나 연인은 전망이 좋은 짝수 룸을, 게임을 하기 위해 혼자 온 남자 손님은 홀수 룸을 선택한다. 카지노 남자 손님이 혼자 투숙했던 방에 두 사람의 흔적이 남았다. 홀에서 암암리에 매춘하는 여자들이 있다는 소문이 사실이란 걸 확인하는 게 정희와 같은 객실 정비팀이다. 버려진 콘돔과 엉망이 된 시트를 빼내 카트에 밀어넣었다. 간간이 혈흔이 있으면 특수 용액으로 혈액부터 지우고 화장실은 조금 더 세정력이 강한 세제를 사용했다. 얼룩이나 손상 없이 소독과 냄새 제거가 가능한 4급 암모늄 세제를 쓰는 게 호텔 청소팀의 불문율이었다.

평범한 사람들은 그들의 흔적을 지우지 않았다. 그 흔적으로 무엇을 쫓을 수 있는지 그들은 상상조차 못 할 것이다.

1409호를 끝낸 미숙이 건너왔다. 엉망인 방안을 보고 미숙이 옅은 한숨을 내쉬었다. 정희는 바닥에 걸레처럼 버려진 수건을 모아 바구니에 담고 세면대와 욕조를 닦았다. 사용한 비누와 샴푸를 치우고 새 비품과 수건을 수량에 맞춰 채워 넣었다. 화장지를 갈아 끼우고 있는데 미숙이 커피포트를 들고 화장실로 왔다.

"봐봐."

정희는 미숙이 내미는 커피포트 안을 눈으로 들여다보았다. 실밥과 정체를 알 수 없는 찌꺼기들이 버리지 않은 물과 함께 채워져 있었다.

"뭐 삶은 거 같지?"

"작동되는지 봐."

미숙이 전원을 연결해 동작 버튼을 눌렀지만 작동 센서는 먹통이다.

"어휴, 인간들!"

"손님들 나갈 시간이야, 목소리 낮춰."

"차라리 옛날처럼 훔쳐 가는 인간들이 양반이지."

"비품 팀에 연락해서 포트 하나 올려달······."

그 말이 끝나기 전 쿵, 하는 소리와 함께 바닥의 진동을 느꼈다. 가까운 어딘가에서 육중한 물체가 떨어지는 느낌, 본능적으로 화장실 옆 객실로 눈길이 돌아갔다. 정희는 복도로 나와 옆의 객실을 바라봤다. 1413호의 문고리에 아직도 'Do not disturb' 팻말이 걸려 있었다. 태블릿에서 연박룸인 걸 확인하고 돌아서려는데 뭔가가 신경을 긁었다. 그녀는 비품 팀에 연락하려던 미숙의 무전기를 빼앗아 들고 매니저를 호출했다. 삼 분 뒤 컨시어지 주연이 빠른 걸음으로 14층으로 내려왔다.

"연락 안 돼요?"

주연은 침착하게 1413호의 벨을 누른 뒤 문을 두드렸다.

"컨시어지입니다."

기묘한 정적에 두 사람이 서로를 돌아보았다. 다급해진 주연은 대기조를 불러 1413호 객실에 다시 한번 전화를 넣어보게 했다. 복도에서 들을 수 있을 만큼 또렷한 내선 벨소리가 1413호 안에서 들려왔다. 주연이 주머니 안에서 마스터키를 꺼내자 정희가 그 앞을 막아섰다. 클린 사인이 걸려 있지 않았기에 문을 열었다가 문제가 생기면 주연이 책임을 져야 한다. 정희가 그녀를 대신해 문을 두드렸다.

"하우스키핑."

문 안에서는 아무런 인기척도 들리지 않았다.

"보안팀장을 부르시는 게 낫지 않을까요?"

정희가 객실 청소원으로 일한 팔 년의 세월 동안 보아왔던 무수히 많은 사건 사고들의 경험치가 지금 저 문을 여는 게 보안팀이어야 함을 가르쳐주고 있었다. 주연은 그 말에 담긴 의미를 알아차렸다. 그녀는 떨리는 손으로 무전기를 들었다.

"보안팀장님 호출해주세요."

오전 11시 20분, 객실 대부분이 비어가는 시간이다. 연박인 룸을 제외하고 10시 50분부터 부지런히 체크아웃 알림 전화가 갔으니 지금 이 시각까지 객실을 비우지 않는다는 건 좋은 뜻으로 해석되지 못할 수밖에. 대개는 카지노 개장 시간 전까지 시간을 때우려는 진상이지만 그 외의 수가 더 골치 아픈 일이다.

정희와 미숙은 1411호를 끝내고 1412호로 이동했다. 그 사이 보안팀장 배준이 도착했다. 올해 서울에서 발령받아 내려온 사람으로 대표가 특별히 신임한다는 소문이 돌았다. 주연이 마스터키를 꺼내 들었지만 배준은 1413호가 아닌 열린 1411호로 들어가 문을 닫았다. 주연은 침착함을 유지하려 애썼지만 긴장한 기색이 역력했다.

잠시 후 1411호로 들어갔던 배준이 다시 나왔다. 그는 표정 변화 없이 손가락으로 1413호를 가리켰다. 주연이 마스터 키로 객실 문을 열고 들어가려 하자 배준이 손으로 막았다. 두 사람의 시선이 허공 속에서 교차했다. 배준은 한 사람이 겨우 지나갈 수 있을 정도로 문을 열고 들어가 안을 확인했다. 정희는 청소 카트를 밀며 지나가다 그 틈으로 1413호의 내부를 보았다. 보안팀장이 제 몸으로 막아선 객실 문 사이로 화장실 안으로 쓰러진 남자의 맨다리가 보였다. 그 다리 사이로 흘러내리는 핏물이 객실 카펫을 흥건하게 물들이고 있었고 그의 맥을 짚던 배 팀장의 손은 천천히 거두어졌다.

14층에 사고 전담팀을 올리고 경찰에 신고한 뒤 배준은 바로 보안팀으로 복귀했다. 11시 52분, 12시 개장을 앞두고 길게 줄을 선 사람들 사이에 문제가 될 블랙리스트를 눈으로 선별하는 작업이 그를 기다리고 있었다. 입장 제한이 걸린 사람들이 난동을 부리기 전에 그들을 대기 줄에서 빼내야 한다. 카지노는 대리로 줄을 서서 입장권을 산 사람들이 약간의 웃돈을 받고 다른 이에게 표를 파는 것까지 간섭하지 않는다. 어차피 입장 제한 수만 지킨다면 카지노 밖의 생태계까지 관여할 이유가 없기 때문이다.

정작 카지노의 생태계를 위협하는 문제는 어제 새벽과 오늘 아침 사이에 카지노 안에서 발생한 세 건의 사고였다. 하나는 칩가방을 잃어버려 룸 전체를 뒤집어놓은 VIP, 또 하나는 일주일 동안 9억을 잃고 1413호에서 자살한 사업가, 마지막은 홀을 돌며 칩을 훔치던 장수꾼. 셋 모두 최악의 수지만 보안팀에게 가장 큰 질책이 떨어지는 것은 VIP의 클레임이다. 죽은 사람은 말이 없고 장수꾼은 돈 몇만 원에 입을 닫는다. 하지만 큰 고객이 떨어져 나가는 것은 카지노에 치명타가 된다. 오후가 되어 범죄수사대 감식팀이 직원용 엘리베이터를 타고 올라왔다. 명백한 자살 사건이지만 경찰의 요청으로 룸 전체를 감식하기로 했다. 연박을 하던 14층 손님에게는 양해를 구해 다른 층으로 룸을 옮기게 한 뒤 14층 전체를 출입 통제했다.

컨시어지 매니저는 14층 고객의 룸을 업그레이드해 옮기고 서비스 와인과 과일을 제공해 소문을 막았다. 14층 손님들이 다른 층으로 룸을 옮기자 14층 고객용 엘리베이터 전체가 하루 동안 사용금지 되었다. 스무 개가 넘는 한 층의 객실을 공실로 두면 호텔의 피해가 막심했다. 하지만 돈을 잃고 자살한 고객의 소문이 새어 나갔을 때의 피해가 더 컸다. 카지노 손님의 자살은 그 카지노와 함께 영업해야 하는 호텔에는 문을 닫는 순간까지 함께 마셔야 하는 독배였다.

배준은 폐쇄회로 화면에 눈을 고정했다. 카지노 전체에 고르게 분포된 CCTV 238대와 객실 복도, 컨시어지, 주차장, 호텔 외관까지 보안팀이 감독해야 할 화면만 300여 대에 달했다. 지금은 AI 프로그램이 한 자리에서 두 시간 이상 게임을 하는 고객과 딜러의 승률 계산과 이상 행동을 하는 잠재적 문제 고객까지 잡아내고 있어 보안팀의 일은 훨씬 수월해진 상태였다. 배준의 눈에 A-7 바카라 테이블의 고객 하나가 들어왔다. 그는 딜러에게 삿대질하며 옆자리 고객에게까지 난동을 피우고 있었다. 무전기를 잡아 홀 담당을 호출했다.

"A7 왼쪽 검은색 셔츠 고객, 음주 측정해주세요."

잠시 후 보안요원들이 게임 하나를 끝낸 남자를 휴게실로 데리고 가는 모습이 보였다. 남자는 이미 칩이 다 떨어져 테이블에서 건져갈 칩 하나가 없었다. 그 모습을 지켜보던 보안팀의 막내 윤 대리가 고개를 절레절레 내저으며 말했다.

"오링 났네. 다 털어낼 타이밍에 딱 난동을 부린다니까."

"쓸데없는 소리 말고."

"네-엡."

모두의 시선이 홀의 소란에 집중된 동안에도 배준의 눈은 14층을 오가는 사건 감식팀의 실루엣을 쫓았다. 유서는 없지만 자살에 무게가 실릴 것이고 가족이 부검을 거부하면 장례를 치르고 사건은 끝이 난다. 컨시어지가 재빨리 연락하지 않았으면 허둥대며 시간을 끌다 일을 키웠을지도 모른다. 컨시어지팀에서 보안팀에 객실 체크아웃 문제로 먼저 연락을 넣는 일은 드물다. 고객과의 문제를 해결하는 가장 좋은 방법은 컨시어지팀이지 보안팀이 아니다. 그럼에도 컨시어지가 접대에 능하지 않은 보안팀을 부르는 건 '살아 있는 고객'이 아닐 때가 대부분이다.

사고가 발생하면 그때부터 그 고객과 객실은 컨시어지가 아니라 보안팀의 문제가 된다. 배준은 연락이 끊긴 1413호가 아닌 1411호로 들어가 문을 닫았다. 화장실로 들어가기 전 만약의 사태를 대비해 룸 전체를 소등했다. 그의 손가락은 1413호와 맞붙은 화장실의 벽에 닿았다. 그리고 천천히 포트를 열었다.

그의 손가락이 닿았던 벽에 조그마한 구멍이 열렸다. 육안으로 내부를 식별할 수 있을 만큼의 구멍을 열고 1413호의 내부를 들여다보았다. 남자는 변기에서 미끄러진 자세로 바닥에 쓰러져 있었다. 변기와 바닥은 피로 흥건하게 물들어 있고 주변에 다른 사람은 보이지 않았다.

배준은 천천히 포트를 닫았다. 벽은 어떤 흔적도 없이 원래대로 돌아왔다. 직원 중 누구도 배준이 공간을 열 수 있는 텔레포트 능력을 갖고 있음을 알지 못했다. 보통의 삶이 생각하는 능력자의 삶은 가고 싶은 곳을 제 마음대로 다니거나, 은행의 금고나 털며 자유롭게 사는 것이라 상상하겠지만 이

가공할 만한 능력의 현실판은 배준처럼 일상 속에 숨어 이따금 제 능력을 쓰며 살아가는 정도일 뿐이다.

평범함을 축복으로 받은 이들은 다른 세상을 알지 못한다. 텔레포트 능력을 가지고 태어난 이들이 그들의 주위에 살고 있다는 사실도, 그들이 한둘이 아니며 스스로를 게이트라 부르고 자신들만의 리그에서 살아감을, 무엇보다 이 능력이 마지막에는 저주가 되어 그들의 삶을 끝낸다는 것을.

생은 축복이나 포트는 축복일 수도 또는 그 반대일 수도 있다.

인간이 노화하듯 포트 능력 또한 쇠퇴하기에, 공간에서 공간으로 사람이 이동할 크기였던 포트가 점점 줄어들어 결국 제 손바닥만 한 크기가 되면 그 능력을 화수분처럼 쓰던 삶의 경계도 쪼그라든다. 범죄 조직에 기생해 큰돈을 받으며 밀수를 돕던 이들이 더 이상 포트를 열 수 없게 되면 조직에서 버려지고 마지막으로 오게 되는 곳이 많은 현금이 모이는 공항이나 카지노 같은 곳이다. 훔친 달러로 자잘한 환테크를 하거나 만 원, 십만 원짜리 칩 하나를 겨우 훔쳐내 하루 끼니를 연명하는 삶. 그래서 내국인이 출입할 수 있는 카지노는 버려진 게이트들의 폐차장이다.

배준의 의식 속으로 목소리 하나가 끼어들었다.

"어이, 배 팀장! 또 룸 하나 폐쇄했다면서?"

점심을 먹고 느지막이 복귀한 한 이사였다. 카지노의 실세한 회장의 사촌으로 낙하산으로 임원 자리를 꿰찬 인물이다. 문제가 생기는 것을 극도로 꺼리는 무사안일주의 편향이었다. 배 팀장은 그가 신경 쓰지 않도록 대수롭지 않게 사건을 축소 보고했다.

"오늘 안으로 끝날 겁니다."

"참, 양심들이 없지. 픽 하면 남의 영업장에서 죽어 나가서 몇 날 며칠을 영업도 못 하게 하고 말이야."

한 이사는 14층의 폐쇄회로 화면을 보며 얼굴을 찌푸렸다.

"한강에 뛰어들어 수색대 개고생시키고, 모텔에서 번개탄 피워 장사 못 하게 하고, 왜 멀쩡한 집 놔두고 밖으로 기어 나오냐 이거야."

"⋯⋯."

누구도 그의 말에 대꾸하지 않았다. 육체의 짧은 고통이나 겪었을, 정신이 수만 가닥으로 쪼개지는 처절한 내면의 절망을 경험하지 않은 그의 인생에서나 나올 법한 개소리였다.

"그래도 구급차보다 감식팀이 낫지. 사이렌 소리 시끄럽게 왔다 가면 온 객실이 들썩거리고 클레임 거는데, 차라리 조용한 감식팀이 덜 시끄럽지, 안 그래? 오늘 언제 끝난다는 거야?"

"최 대리, 14층에 연락 넣어봐."

한 이사의 장단을 맞춰주기 위해 최 대리는 14층에 파견 나가 있는 보안팀과 무전 연락을 나눴다.

"감식팀 작업 거의 끝났다는데요?"

"배 팀장, 클리닝팀 불러서 오늘 안으로 카펫 뜯어내라고 해."

"사인 확정되고 사건 종결되었다고 연락이 와야 영업 재개할 수 있습니다."

"일주일 동안 14층 폐쇄하고 있게? 1413호 쪽 파티션으로 막고 엘리베이터 반대편부터 예약 열면 되잖아."

"네."

배준은 한 이사의 말에 토를 달지 않았다. 어차피 그는 결정권자이고 비루한 결과는 제 등에 떠넘길 인물이었으니 쓸데없이 힘을 빼지 않는 게 상책이다. 한 이사는 서늘한 공기만을 남긴 채 보안실을 나갔다.

2

먼 가로등 불빛이 어둠이 깔린 빈 놀이터를 비추고 있었다. 불빛이 가까스로 닿은 미끄럼틀에 거구의 남자가 기대앉아 있었다. 남자의 왼손은 미끄럼틀을 뚫고 그 안에 쑤셔 박힌 채였다. 놀이터의 어둠 속에서 걸어 나온 또 다른 남자는 심 경장이었다. 굳이 경동맥을 짚어보지 않아도 쓰러진 남자의 숨은 끊어진 상태였기에 심 경장은 무심하게 그의 주머니를 뒤졌다. 남자가 가진 것은 신분증이나 카드 없이 현금만이 가득한 지갑과 최신형 휴대폰이 전부였다. 남자의 팔에서 손끝까지 용 문신이 휘감고 있었다. 심 경장은 남자의 오른손 엄지를 들어 휴대폰 지문 인식 버튼에 갖다 댔다.

주소록은 예상대로 비어 있었고 통화 목록, 검색 기록 역시 지워져 있었다. 지문으로 들어간 은행 앱에도 별다른 입출금 기록이 없었다. 놈들은 생각보다 철저하게 신분을 숨기고 있었다. 휴대폰에서 뽑아낼 게 없다면 죽은 남자에게서 더는 얻어낼 것이 없다. 하지만 놈들은 연락을 취해올 것이니 남자의 휴대폰을 살려둘 필요는 있다. 자신의 손가락 지문으로 바꾸는 게 더 편하겠지만 제 지문은 이미 닳아버렸다. 심 경장은 오백 원짜리 동전만 한 포트를 열어 남자의 엄지손가락에 갖다 댔다. 그리고 순식간에 포트를 닫아 하늘에서 떨어지는 그의 엄지손가락을 받았다. 날카로운 포트는 그 어떤 칼보다 더 깔끔하게 손가락을 절단했기에 피 몇 방울만 닦아내고 가지고 있던 비닐 안에 손가락을 집어넣을 수 있었다.

휴대폰의 사진첩에는 다운로드한 사진들만 가득했다. 죽은 남자는 벗은 여자의 사진만을 모으는 일관된 취향을 가지고 있었다. 그중 일고여덟 장, 직접 찍은 것으로 보이는 사진이 눈에 띄었다. 그 사진 하나를 확대했다. 평범한 산을 배경으로 지어진 시골 별장인데 사진의 위치 정보는 없다. 또 다른 사진은 산으로 올라가는 2차선을 찍은 사진인데 길가에 현수막을 다는 사람의 뒷모습과 현수막의 끄트머리가 걸려 있었다. '캐'로 시작하는 건 확실한데 그다음이 잘려 있어 무슨 현수막인지가 확실치 않다. '캐'로 시작하는 단어라면 캐피탈, 사채 광고일지 모른다. 마지막 몇 장은 몰래 촬영한 것으로 보이는 한 남자였다. 선글라스를 쓰고 있지만 십대 후반에서 이십대 초반으로 보이는 젊은 얼굴이다. 멀리서 이 남자를 찍은 사진만 석 장이라. 용 문신은 이 선글라스를 감시하고 있었던 모양이다.

　그는 진동모드로 바꾼 남자의 휴대폰을 움켜쥐고 어둠이 깔린 길을 걸었다. 지하철에 몸을 싣고 사람들 사이에 자신을 숨겼다. 단 한 번의 포트로 집으로 돌아갈 수 있었지만 소리가 없는 메마른 자신의 세계 대신 군중의 소음이 필요했다. 죽은 남자의 엄지를 들고 전화가 올 때까지 길을 헤맬 작정이었다.
　손가락과 그는 서로 구면이었다. 그의 왼쪽 주머니 안에 있는 잘린 엄지손가락 끝에 용의 발톱, 그 발톱 끝에 새로 새긴 여의주 문신이 있었다. 심 경장의 충고대로 여의주를 새겼지만 그의 생명을 구할 부적이 되지는 못했다.
　환승역에 많은 사람이 내리고 또 그만큼의 사람들이 몸을 욱여넣었다. 심 경장은 시계를 보기 위해 제 휴대폰을 켰다. 배경 화면에서 함박웃음을 띠고 있는 딸아이의 얼굴이 보였다. 친구들과 함께 놀러간 놀이공원에서 찍은 사진이었다. 토끼 귀 모양의 머리띠를 한 채 아이스크림을 들고 있는 모습에서 아이는 더 자라지 않았다.

차라리, 이대로 심장이 다 찢겨버려 더는 고통을 느낄 마음이 없길 바랐다. 눈을 감으면 어김없이 그날이 되풀이되었지만, 눈을 뜬 순간은 더 공허했다. 현실의 괴로움을 벗어나는 유일한 방법은 다시 그 순간을 복기하며 놈들을 찾아내는 일뿐이다.

놈들은 서연이에게 딱 맞는 조건의 심장을 중국에서 공수해주겠다고 약속했다. 딸이 자랑스러워했던 경찰 배지를 버리고라도 아이를 살리겠다는 일념으로 악마 같은 놈들의 손을 잡았다. 고깃배에서 목숨을 걸고 약 가방을 텔레포트시켜 선착장으로 옮겼다. 금괴를 옮기다 바다에 빠져 죽을 뻔했던 순간조차 서연이를 살리기 위해 가방을 놓지 못했다.

그 마지막 밀수가 서연이에게 줄 심장이었으나 목적지는 바다에 떠 있는 배 위였다. 이식 심장의 골든타임이 여섯 시간인 것을 모를 리 없었다. 뇌사 기증자의 심장을 이송한다는 그들의 말과 달리 공여자의 심장이 꺼내지는 건 한국에 다다른 서해 인근이라는 것 또한. 그러나 모든 죗값은 자신 혼자 짊어지고 가면 그뿐이라고, 아이의 수술이 끝나면 죗값을 달게 받겠다고 생각했다. 그들이 제시한 수십억의 돈조차 조직을 떠나려는 그의 결심을 바꾸지 못했다.

서연이를 살릴 심장을 실은 배가 한국 배로 위장해 고깃배들 사이에 숨어 대부도 인근까지 들어와 있었다. 비바람이 몰아치는 밤바다에서 움직이는 배와 배 사이를 텔레포트하는 것은 미친 짓이다. 밤이라 시야가 어둡고 만에 하나 바다에 빠졌다간 센 물살에 빨려 들어가 죽을 수도 있다. 게다가 신설 업체와의 첫 거래였다. 인천과 위해를 오가는 여객선을 이용하던 기존의 거래처가 아닌 새로운 곳인데다 고깃배를 이용한다는 점에서 썩 미덥지 않은 상대였다. 거리와 GPS 위치 정보를 공유할 수 없는 최악의 조건에서 계약이 진행됐다. 심 경장은 고깃배들 사이에서 모스 신호를 보내는 배를 발견했다. 약속했던 신호가 접수되자 심 경장은 그 배의 점멸 신호에 정신을 집중했다. 그가 간발의 차이로 고깃배에 올랐을 때 서늘한 눈빛의 남자들이 그를 에워쌌다. 그들이 입은 방수 작업복은 피로 흥건히 물들어 있었다. 3미터짜리 참다랑어를 잡아 해체한들 저 피를 뒤집어썼을까.

심 경장은 가지고 간 가방을 내려놓았다. 선장으로 보이는 사내가 돈을 확인한 뒤 몇 겹의 방수포로 봉인한 의료 가방을 건네며 알 수 없는 몇 마디를 던졌다. 심 경장이 그의 말을 알아듣지 못하자 그 앞으로 포박된 작은 덩치의 남자 하나가 끌려 나왔다. 선장은 칼을 남자의 심장께에 갖다 대며 손가락

하나를 폈다. 만약의 사태를 대비한 예비 심장이었다. 속에서 뜨거운 것이 올라왔다. 재갈을 문 남자의 눈이 살려달라고 애원하고 있었다. 뛰고 있는 심장이라면 그 어떤 것에도 손가락 하나를 펼 수 있는 그곳은 살아 있는 지옥도였다.

심 경장은 눈을 돌려 뒤를 돌아봤다. 하지만 약속된 모스신호가 보이지 않았다. 수많은 배의 불빛이 어른거려 돌아갈 배가 구분되지 않았다. 더 지체했다간 비싼 포트의 심장이 꺼내질 수도 있다. 심 경장은 바닥에 떨어진 스티로폼의 줄을 잡고 가방을 끌어안은 채 먼 바다를 바라보며 거리를 가늠했다.

그는 가방과 함께 바다 위에 떨어졌다. 대기 중이던 배가 갑자기 움직인 탓이다. 가방이 가라앉지 않게 스티로폼에 단단히 매었다. 가방 안으로 바닷물이라도 스며드는 날에는 모든 것이 수포로 돌아간다. 주변을 둘러보았지만 어떤 배에서도 신호를 보내지 않았다.

차가운 바닷물에 몸이 얼어가고 그의 정신이 까무룩 꺼져버릴 찰나, 백 미터 근방에서 신호가 깜빡였다. 죽을힘을 다해 그 불빛으로 몸을 이동했다. 그가 가방과 함께 갑판 위에 떨어지자 기다리고 있던 사람들이 다가와 가방을 받았다. 몰려드는 한기 때문에 떨리는 몸을 가눌 수가 없었다. 한 이사라 불리는 남자가 담요를 내밀며 말했다.

"이야, 그걸 해내네. 움직이는 배에서 움직이는 배가 된단 말이지."

"……병원."

심 경장은 스티로폼에 감싼 가방에 눈을 떼지 않은 채 겨우 입을 열었다.

"가는 거야 우리가 알아서 할 테니 자네는 좀 쉬어."

한 이사는 주머니에서 울리는 휴대폰을 꺼내 발신자를 확인하더니 언짢은 표정으로 전화를 받았다.

"신호 보낸 지가 언젠데 째깍 안 오고 왜 전화를 넣어? 뭐? GPS? 그딴 거 없이도 더 먼 거리를 뛰는 놈도 있는데 손에 쥐여줬는데 그걸 못 와? VIP 안 살리고 싶지?"

예리한 촉이 심 경장의 심장을 후벼팠다. 대기하던 배가 움직였고 자신이 모르는 다른 게이트가 대기 중이다. 전화를 끊은 한 이사는 그를 노려보는 심 경장의 시선을 마주했다.

"하, 새로 들어온 놈 말이야. 아직 어려서 그런지 신호를 보내줬는데도 거기서 여기가 안 된다고 지랄이야. 누구는 불빛 하나만으로도 톡 점프를 하는데, 요새 애들은 근성이 썩었어."

"……가방 이리 주십시오. 제가 갈 테니까."

"어이! 그 몸으로 어디를 간다고 나서, 나서기를!"

"주십시오."

"어린놈이라 심 경장만큼은 아니어도 개도 한 포트 하니까 믿고 맡기라고."

"……우리 서연이 말고 또 대기자가 있습니까?"

그 말은 아슬아슬하게 진실을 회피하려던 두 사람을 정면으로 맞닥뜨리게 했다. 한 이사는 어설픈 연기를 접고 감추고 있던 냉혈한의 얼굴을 드러냈다.

"참, 그래도 짭새라고 눈치 하나는 끝내준다."

"약속이 다르잖습니까!"

"네 말대로 우리가 약속이란 걸 했다 치자! 치고, 그러면 네 딸내미 심장 보내고 경찰에 자수할 생각이던 너는 뭔데!"

"지금까지 개처럼 일해서 니들에게 가져다준 돈, 마약, 그걸로 내 딸 심장 값은 다 치렀어! 그 심장은 내 목숨이야!"

"웃기네. 저 애송이도 이 심장이 자기 목숨이라던데. 그 VIP를 꼭 살려야 한다고."

한 이사는 손끝으로 가방을 톡톡 건드리며 냉혹한 웃음을 흘렸다.

"심장은 우리 서연이 거야!"

"정 억울하면 저 배에 한 번 더 갔다 오든가. 당신도 알잖아. 지금 가도 싱싱한 심장 구할 수 있는 거."

"안 돼!"

"그러게 하나를 더 받아오지. 왜 그걸 마다해? 하나를 죽이나 둘을 죽이나 네가 살인자인 건 마찬가지인데."

"너 이 새끼!"

심 경장은 그의 멱살을 움켜잡았지만 그 순간 그의 팔뚝에 주삿바늘이 꽂혔다. 잠시 방심한 틈에 등 뒤로 다가온 용문신을 한 녀석의 짓이었다.

"진정제니까 잠이나 푹 자둬."

"안 돼……."

차가운 바다에서 표류하는 바람에 제 몸 하나 가누기 어려울 만큼 힘이 빠져버린 뒤였다. 그는 대기 중이던 용문신을 턱 끝으로 불렀다. 남자가 심 경장을 거칠게 잡아 세웠다. 심 경장은 의식을 잃은 듯 축 늘어졌다.

"내가 그랬잖아. 물에서 힘 좀 빼놓고 건져야 한다고. 바로 건져냈으면 이놈 손에 팔 몇 개 잘려 나갔겠지, 안 그래?"

"어쩔까요?"

"어쩌긴 뭘 어째. 데리고 가서 심장이라도 빼야지. 이놈 GPS도 없이 뛴 거 알면 형님이 깜짝 놀라시겠네."

남자가 심 경장의 두 손을 묶는데 심 경장이 용의 발톱을 움켜쥐었다. 잠든 줄 알았던 그가 용의 발톱을 긁자 덩치는 움찔거리며 겁을 먹었다.

"기억하지. 여의주 없는 용 문신……."

심 경장의 열상이 그의 손가락을 달구자 깜짝 놀란 용의 발톱이 심 경장의 손을 놓쳐버렸다. 심 경장은 그 틈을 타 바다로 뛰어들었다. 밤의 물살은 거센 물보라를 일으키며 그를 집어삼켰다.

빛을 발하던 휴대폰의 배경 화면이 꺼졌다. 심 경장은 다시 딸아이의 사진을 불러오지 않았다. 어차피 그의 세계는 늘 어둠이었다. 환승역에 내릴 무렵 엄지손가락 주인의 휴대폰이 울렸다. 심 경장은 지하철 안내 방송이 잘 들리는 위치에서 전화를 받았다.

"왜 이렇게 전화를 안 받아? 게이트는 찾았어?"

"……."

익숙한 목소리였다. 그 밤에서 지금까지 팔 년의 세월이 무색할 만큼 귓전에서 또렷하게 맴돌던 한 이사의 차가운 목소리. 심 경장은 목소리를 바꾸고 태연하게 말했다.

"여보세요? 혹시 이 휴대폰 주인이세요?"

상대는 어둠 속으로 기어들어가 제 목소리를 감췄다. 전화기가 건너가고 누군가가 말을 이어받았다.

"전화 받으신 분은 누구십니까?"

"아, 저는 좀 전에 이걸 주워서……."

"어디서요?"

처음 받았던 남자보다 더 젊은, 20대 후반에서 30대 초반의 단단하고 무게감 있는 남자의 목소리, 심 경장은 그 음색으로 남자의 이미지를 떠올려보았다.

"지하철 안인데요. 객차 안에 떨어져 있는 걸 주워서 막 역무실 가려던 참이에요. 여기가 어디냐면……."

심 경장은 일부러 확답을 피하고 대화를 길게 이었지만 상대방은 일방적으로 전화를 끊었다. 놈들은 용의 발톱에게 일이 생긴 것을 알아차렸을 것이다.

심 경장은 녹음 버튼을 재생했다. 남자의 목소리가 아닌 주변의 소리에 정신을 집중했다. 왁자지껄한 목소리와 기계 소리, 작은 물건이 부딪치는 소리로 가득 찬 곳이다. 소리만으로 텔레포트를 할 수는 없지만 그 작은 소리가 이미지가 된다면 그가 가지 못할 곳은 없다.

그리고 그들은 누군가를 찾고 있다. 이유가 무엇이든 조직보다 먼저 그 남자를 찾아내야 한다. 심 경장은 다시 갤러리 화면을 불러왔다. 용의 발톱이 찍은 선글라스를 낀 남자, 이 남자가 그들이 찾는 게이트일 것이라는 확신이 왔다.

집으로 돌아온 그는 텅 빈 냉장실에 비닐에 싼 손가락을 넣었다. 그리고 일주일이나 남은 8월의 달력을 뜯어냈다. 어차피 아내의 기일이 지나면 나머지 날짜는 불필요한 숫자일 뿐이다. 아내의 제사상에 나주에서 주문한 막걸리를 올렸다.

생전 좋아했던 술을 봐서 조금은 덜 미워해줄까. 아내는 자신의 생일인 9월 1일을 일주일 앞두고 서둘러 떠났다.

심 경장은 아내가 섰던 현관문 앞을 바라봤다. 일 년 전 그 자리에서 서서 문득 생각난 듯 건넨 말이 마지막이었다.

"……아, 나 당신 미워했었어."

뜻밖에도 과거형이었다. 어울리지 않는 자리에서 고해성사를 한 아내를 물끄러미 바라봤다.

"그날 서연이 심장을 가져간 그 사람들이 아니라 다시 포트를 열지 못한 당신을 미워했다고. 당신은 몰랐지? 지나가는 아이만 보면 그 아이 심장만 바라봤던 거. 그러니까 나쁜 걸로 치면 당신보다 내가 더 나쁜 사람이었어. 이렇게 재미없게 살 거면 내 심장을 주는 건데."

그녀는 알고 있었다. 아내도 자신이 어떤 심장을 구해오는지, 알면서도 함께 그 죄를 떠안았다. 구사일생으로 돌아온 뒤 한동안 서연이 곁으로 가지 못했다. 그는 조직의 눈에 띄지 않게 혼자서 심장을 구할 생각이었다. 심 경장은 집을 팔고 급전을 마련해 중국 측에 직접 접선하려 했다. 하지만 그의 포트 능력이 사라졌다. 한 주가 가고 한 달이 가는데도 그는 손바닥만 한 포트조차 열지 못했다. 다시 조직이 그를 받아준다고 해도 쓸모없는 퇴물이 되어버린 것이다. 끝내 서연을 위한 공여자는 나타나지 않았다.

하지만 아내는 포트의 더 큰 비밀을 알고 있었다.

"사실 게이트 심장이 누구에게나 만능이라는 것도 알고 있었어. 당신 심장을 이식했다면 서연이가 산다는 거 말이야. 그 희망마저 사라지고 당신이 너무 미웠거든."

서연의 수술은 미뤄지고 병원비를 감당하지 못한 아내는 서연을 데리고 다른 병원을 전전해야 했다. 그렇게 다섯 달 만에 딸아이가 떠나고 심 경장은 삶의 의지를 잃었다.

아내는 서연이를 잃고 몇 년을 폐인처럼 살았다. 두 사람은 같은 공간을 피하며 서로를 바라보지 않으려고 애썼다. 시간이 흘러 아내는 점점 생기를 찾았고 조그만 커피숍을 차려 아침부터 밤까지 눈코 뜰 새 없이 일에 매달려 살아냈다. 해가 떠 있는 동안에는 집안에 발 하나 들이지 않으며 깨어 있는 모든 시간을 그곳에 쏟아붓고 돌아왔다. 집으로 돌아온 건 늘 녹초가 된 무거운 몸뚱이뿐 아내의 마음은 함께 있지 않았다. 곯아떨어져 잠이 든 뒷모습을 보며 등을 토닥여주고 싶었지만 그는 비겁했다. 가끔 아내의 가게 건너편에 서서 그녀가 사람들에 섞여 즐겁게 이야기하고 웃는 모습을 지켜보는 걸로 미안함을 대신했다.

그렇게 칠 년이 지난 어느 날, 아내는 모처럼 가게 문을 일찍 닫고 들어와 저녁상을 차렸다. 별다른 말 없이 밥을 먹고 식탁을 치우고 음식물 쓰레기봉투를 들고 집을 나서려 했다.

해가 다 진 저녁에 얇은 카디건을 여미며 남긴 말은 그 말이 전부였다. 그때는 몰랐지만 아내의 다른 손에는 서연이의 중학교 교복이 들려 있었다. 아내는 아무렇지 않아 보였다. 오히려 오래 헤매다 답을 찾은 사람처럼, 조금 들떠 보였다. 그녀는 딸의 교복을 안고 망설이지 않고 뛰어내렸다.

두 사람을 같은 유골함에 넣어주고 돌아와서야 무너져 내렸다. 돌보지 못했던 마지막 가족이 떠나자 비로소 참아왔던 고통이 엄습했다. 그는 어둠 속에서 몸부림치며 제 몸을 쥐어뜯었다. 가족을 지키지 못한 자신을 처참하게 죽이고 싶었다.

굳게 잠겨버린 22층 옥상 문 앞에 섰을 때 참았던 분노가 터져 나왔다. 손바닥만 한 포트조차 열지 못하게 만든 운명에 저주를 퍼붓고 나자 그 운명은 장난처럼 조그만 열상을 돌려주었다. 그 구멍으로 문을 열고 아내의 슬리퍼가 있던 자리에 서서 아래를 내려다보며 생각했다. 아내는 딸아이가 기다릴 먼 하늘을 봤을 것이다. 하지만 자신을 기다릴 곳은 어둠보다 더 깊은 곳의 지옥일 것이라고. 심 경장은 두 사람이 있을 하늘을 바라보다 어둠 속에 몸을 던졌다.

그는 두 눈을 뜬 채 눈앞에 다가오는 검은 구멍에 손을 뻗었다. 순식간에 수십 개의 빛의 고리가 그를 스쳐갔다. 열다섯에 처음 열었던 포트부터 중국 어선에서 선양호로 이동했던 마지막 포트까지 모든 고리가 그의 몸을 관통해 지나갔다.

이제는 이 저주를 거두어가도 좋다고 생각하며, 마지막 불의 고리를 지날 때 눈을 감았다.

죽음보다 차가운 바닷물이 그를 에워쌌다. 제 본능이 몸을 물 위로 끌어올렸다. 출렁이는 파도와 입안에 가득 찬 짠맛이 바다임을 일깨웠다. 바다는 마지막으로 포트에 성공했던 대부도 인근이었다. 몸을 던진 아파트에서 수백 킬로미터 떨어진 곳이었다. 거지 같은 그의 운명은 모든 것을 포기한 순간 최고의 능력을 돌려줌으로써 그를 기만했다. 포트를 여는 능력이 더 강력한 저주가 되어 심 경장에게 돌아오자 그는 어둠 속에서 짐승처럼 울부짖었다.

휴일을 맞은 인천공항 제1 여객터미널 3층 출국장은 사람들로 인산인해를 이루고 있었다. 환전소, 택스리펀드, 면세점처럼 현금이 많은 곳은 포트를 여는 게이트들의 성지가 된다. 평생 손쉽게 포트만 오갔던 게이트들이 소매치기할 정도의 구멍만을 만드는 수준으로 퇴화되면 남은 건 주머니 털이뿐이었다.

심 경장은 몇 날 며칠을 공항에 기거하며 사람들 사이에 숨은 게이트들을 가려냈다. 여객터미널 출국장과 면세 구역을 오가는 게이트들은 서너 명, 대부분 한 손만을 쓰고 열상이 고르지 않은 걸로 봐선 능력치가 떨어진 것으로 보였다.

그들의 패턴은 돈이 될 만한 타깃을 정하고 뒤를 따라다니다가 CCTV 사각지대인 화장실에 들어갔을 때 돈을 훔치고 준비한 옷과 가발로 변장을 한 뒤 도망가는 식이다. 돈이 떨어질 때쯤 다시 돌아오지만 같은 영역 안에 다른 게이트가 있으면 영업을 접고 자리를 뜬다. 그들은 모여 있다가 에너지가 노출되는 것을 극도로 꺼렸다.

심 경장은 그들 중 매일 정장을 입고 서류 가방을 들고 나타나는 한 남자를 골랐다. 그는 멀쑥한 사업가로 보였지만 왼손의 열상은 제 정체를 감추지 못했다. 양복은 일등석 라운지나 유료 라운지만을 골라 다녔다. 그의 타깃은 혼자 출장을 가는 임원급 남자로 장거리 출장을 앞두고 라운지 소파에서 휴식을 취할 때를 기다려 잡지나 신문 밑으로 포트를 열었다. 출장 가방의 어디쯤 달러를 보관하는지는 가르쳐주지 않아도 잘 알고 있었다.

타깃은 일인용 리클라이너 소파에 코를 골며 잠들어 있었고 포트를 연 그의 손끝에 지갑이 포착되었다. 양복이 조심스레 지갑을 꺼내는데 갑자기 포트가 줄어들며 그의 손목을 옥죄었다. 양복은 제가 열었던 포트를 스스로 제어할 수 없었다. 극심한 고통에 몸부림치면서도 잠이 든 남자에게 들키지 않으려 안간힘을 썼다. 그 앞에 심 경장이 나타났다. 양복은 심 경장의 오른손에 뜬 열상을 보고 그가 제 포트를 쥐고 있는 사람임을 알아차렸다.

"넌 뭐야!"

심 경장은 대답 대신 다이얼을 돌리듯 손을 돌려 그의 포트를 옥죄었다. 양복은 또다시 몸부림쳤다.

"질문은 내가."

양복은 힘겹게 고개를 끄덕였다.

"밀수하는 게이트들을 찾고 있는데."

"난 조직이랑 상관없어."

"포트 여는 것도 거짓말도 수준 밑이네."

양복은 심 경장이 조직에 몸담는 동안 봤던 몇 안 되는 게이트 중 하나였다. 팔 년이 흘렀지만 한 번 본 몽타주로 범인을 찾아내던 소싯적 경찰의 눈을 피해갈 수 없었다. 양복은 남은 한 손으로 한 번만 봐달라는 듯 애걸복걸했지만, 심 경장은 요지부동이었다. 주변의 부산스러움에 잠들어 있던 양복의 타깃이 눈을 떴고 잠시 그를 돌아보느라 심 경장의 포트가 느슨해졌다. 그 찰나에 양복은 냅다 줄행랑쳤다. 사람들이 많은 라운지 안 샤워실 쪽으로 도망갈 작정이었다. 보는 눈이 많고 벽이 없는 곳은 되려 포트의 사각지대가 된다. 쫓아오는 인기척이 없자 양복은 씨익 웃으며 탈의실로 들어갔다. 그가 문을 열고 한 발을 디딘 순간 보이지 않던 발밑의 포트가 그를 집어삼켰다. 화장실 천장에서 떨어진 양복은 변기 위에 엉덩방아를 찧었다. 벽을 짚었던 손이 허공으로 빨려 들어간 채 포트가 닫히자 수갑을 찬 것처럼 꼼짝달싹도 못 하게 되어버렸다.

삐걱- 화장실의 문이 열리고 심 경장이 나타났다. 양복은 그가 보통의 게이트가 아님을 직감했다.

"제, 제발! 살려줘."

"아까 대답 다시."

"나, 나는 진즉 조직에서 아웃 됐어. 그냥 이것저것 훔치다가 이게 쪼그라들어서 먹고살려고 하는 거라고."

"다시 접선하려면."

"못 찾아. 조직이 찾아올 때까지 기다려야 해."

그의 말은 반쯤은 사실이다. 심 경장 정도의 에너지라면 그들이 벌써 찾아왔어야 했다. 하지만 지난 반년간 조직은 그 어디에도 모습을 드러내지 않았고 그것은 조직 내 변수가 생겼음을 의미했다.

"젊은 게이트를 찾던 모양인데."

"그, 그건 나도 확실치……."

심 경장은 그의 다리 밑에 구멍을 내어 발목을 그 안에 짓이겨 넣었다. 양복은 또다시 고통 속에 몸부림치며 비명을 질렀다.

"누굴 찾는지는 모르겠고 워, 원주 어디에 뭔 별장이 있다고 배 팀장이 거기로 부른다고 했어."

"배 팀장은 누구지?"

"한 회장 오른팔인데 여자 게이트가 실종된 뒤로 그 사람이 일인자야."

"실종?"

"그, 그, 여자 게이트 말이야. 포트 능력을 읽어. 그래서 게이트들을 찾아내고 조직에 들어오게 했어. 나 같은 퇴물이어도 뭉쳐 있으면 알아내. 근데 바다에 빠져 죽은 것 같대. 지금은 배 팀장이 그 자리야."

바다……. 심 경장은 배를 탔던 그날을 떠올렸다. 그날 어선에는 배의 선장과 한 이사, 용의 발톱과 또 다른 조직원 한 놈, 그리고 비옷을 입고 갑판에 서 있던 여자 하나가 있었다. 여자는 중국 측 연락책이라고 했다. 얼굴을 떠올리려 애써보았지만 기억에 남은 것이 없다. 하지만 그의 희미한 기억 속에 자신을 바다에서 끌어올리려던 붉은 손이 있었다. 포트를 열 수 있는 누군가의 손이었다.

이틀째 두 사람은 면벽하고 있었다. 진은 자신의 방의 한쪽에서, 그 맞은편 벽 방에선 장만호가 서로를 바라보며 면벽

수행을 했다. 이 세상에 없는 답을 구한다는 점에서 구도자라 할 만했으나 장만호는 아들 진을 방에 가두고 요강을 들여놓은 뒤 물 한 병, 밥 한 그릇 들이지 않았다. 두 사람은 수도승이라기보다 간수와 죄수에 가까웠다. 장만호는 정희가 나이트 타임으로 늦게까지 일하는 날만을 골랐다.

늘 무심했던 아버지의 급작스러운 변화에 진은 혼란스러웠다. 하지만 그보다 혼란스러운 건 '포트'였다. 포트를 의지로 불러낼 수 있다는 아버지의 말이 믿기지 않았다. 포트를 열고 싶은 마음은 굴뚝같으나 텅 빈 속이 점점 쓰려왔다. 방 창가에 세탁소 옷걸이에 매어둔 무청 시래기가 있었다. 갇힌 지 열 시간이 지날 무렵 진은 그 시래기 끝을 씹어 먹기 시작했다. 삶아서 말린 것이 아니라 말린 생풀을 씹는 것임에도 입안 가득 침이 고였다. 시래기를 넣어 푹 끓인 된장국을 떠올리자 벽이 아닌 위장에 구멍이 뚫리는 기분이었다.

진은 뚫어질 듯 벽을 노려보았지만 아버지의 말처럼 멀쩡한 벽에 문이 생기지는 않았다. 머리가 어지러웠다. 기면증 치료하다가 굶어 죽은 스무 살 청년으로 소문이 날까. 눈앞에 있는 게 창호지 벽이라도 가만히 앉아서 바람구멍 하나 뚫을 수도 없음에도 아버지는 황당한 치료법에 대한 답을 주지 않았다.

"언제까지 이래요?"

반대쪽 벽면에서는 대답이 없었다. 진은 벽에 등을 댄 채 눈을 감았다. 두 끼니를 건너뛰니 온몸에 힘이 없었다. 모처럼의 휴일을 전당사가 아닌 독방에 저당 잡힌 기분이었다. 제가 벽에 구멍을 낼 수 있을까. 단 한 번도 제대로 본 적이 없는 능력이 있다는 게 믿기지 않았다. 그럼에도 설명할 수 없는 순간들이 희미한 확신을 주었다.

초등학교 5학년 무렵부터 손이 뜨거워지면서 눈앞에 이상한 원이 보였다. 잠을 자다가 천장에서 쏟아지는 빗물 때문에 잠을 깬 적도 있었다. 아버지는 천장이 새는 모양이라고 둘러대면서도 그 천장을 살펴보지도, 누수업체를 부르지도 않았다. 손이 달아오를 때마다 눈앞에 조그만 빨간 원이 생겼다가 사라졌다. 손에 차가운 얼음팩을 대고 있으면 고리가 사라졌다. 하지만 몸이 커질수록 점점 구멍의 크기가 커지고 얼음팩으로도 제어가 되지 않았다. 손에 열상이 떠올라 까무러칠 때쯤 정희 아줌마가 집에 들어왔다.

어쩌면 기면증의 전조일지도 모른다고, 정희 아줌마는 의사보다 더 빨리 병명을 진단했다. 의식을 종종 잃는다는 것이 확실해진 후 일상이 그를 떠났다. 학교와 친구들, 몸에 끼는 교복, 그런 시시한 것들이.

진이 원하는 단 한 가지는 해가 떠 있는 동안의 지독한 불면증뿐. 까무룩 사라지는 의식 사이로 잠깐 전당사 일이 떠올랐다. 인쇄소에 명함 주문 넣은 지가 언젠데, 쪼이지를 않으니 또 일을 안 하네. 오래 알고 지낸 단골이라고 헐렁이 고무줄로 대하니 잔금 지급 날짜 미뤄서 정신줄이나 바짝 조일까 보다. 감은 눈 사이로 번쩍 빨간불이 들어왔다.

곧 날카로운 전화벨 소리가 혼미한 의식을 깨웠다. 진은 눈을 감은 채 전화를 받았다.

"네, 캐딜락 전당······."

"어디냐?"

성 사장의 목소리였다.

"집이요."

"뭐 하는 거냐?"

"그냥 방에 있어요."

"눈 뜨고 말해라."

진은 감고 있던 눈을 게슴츠레 뜨고 정면을 보았다. 그 앞에 성 사장이 있었다. 조그만 구멍 너머에 선 그는 한 손에 휴대폰을 든 채 캐딜락 운전석에서 진을 바라보고 있었다. 구멍은 타들어 가는 붉은 테를 두르고 방의 벽면에 뚫려 있었지만 옆방이 아닌 캐딜락 전당사의 주차장과 연결되어 있었다. 현실이 아니라고 부정하기엔 캐딜락이 내뿜는 매연 냄새가 지독했다. 진이 콜록거리며 기침을 하자 성 사장은 차의 시동을 껐다.

"어떻게 하신 거예요?"

말을 하고 나서야 아차 싶었다. 성 사장의 손가락을 자른 놈이 왜 잘렸는지 물어봤던 것처럼 어이없는 질문이었구나.

"……어디 계신 거예요?"

"전당사 주차장. 그리로 갈 테니까 이거 닫고 집 앞으로 나와."

"닫을 줄 몰라요."

"열 때는?"

"모르겠어요. 그냥 눈 감고 있다가 잠깐……."

"열었을 때 반대로 하면 되겠지."

그 반대를 어떻게 해야 하는지가 문제였다. 전당사를 떠올려서 전당사가 소환된 것이라면 딱 그 장소만 떠올리지 않으면 되려나. 진은 눈을 감고 캐딜락을 떠올리지 않으려고 애썼다. 애를 쓸수록 양손이 뜨거워졌다. 다시 눈을 떴을 때 눈앞의 구멍이 문의 크기만큼 커져 있었고 성 사장이 말문이 막힌다는 표정으로 그를 보고 있었다. 성 사장은 구둣발로 그 문을 넘어왔다. 구멍이 문이 될 수 있음에 진은 소스라치게 놀랐다. 그가 불타는 고리를 넘어오는 찰나 순식간에 고리가 닫히고 성 사장의 양복 뒷자락이 칼날에 베인 듯 잘려 나갔다. 비싼 양복의 끝단이 구운 오징어 다리처럼 말려들어가자 진은 저도 모르게 외마디 비명을 질렀다. 일 초라도 늦었으면 성 사장의 몸 어딘가가 잘려 나갔을 게 분명했다.

벌컥. 방문이 열리고 놀란 표정의 아버지가 방으로 들어왔다. 구둣발로 서 있는 성 사장이 의미하는 바를 아버지는 이미 알고 있었다. 성 사장은 들어올 때와 반대로 현관문으로 걸어 나갔다.

그가 떠나고 담배 한 개비 끝이 다 타들어갈 때까지 아버지는 말을 꺼내지 못했다. 진은 의아했다. 왜 갑자기 이 포트라는 문이 제대로 열렸을까? 어째서 의식을 잃지 않을 수 있었지?

진은 제 몸 이곳저곳을 살펴보았다. 달라진 것이라곤.

"제 시계 못 보셨어요?"

"뭔 시계?"

"사장님이 준 롤렉스 시계요."

"방 어디 있겠지."

"다 찾아봤는데, 없어요. 옥상에서 쓰러진 날, 그때 아버지가 풀지 않으셨어요?"

"그랬나……."

"혹시 팔아먹었어요?"

"미친놈이 아비한테 말하는 싸가지가!"

"그거 비싼 시계예요. 이천만 원도 넘는다고요."

"이천? 짝퉁 아니고 진짜라냐?"

"아, 진짜!"

"정희한테 물어보든가!"

"아줌마가 내 시계 가져갔어요?"

"몰라, 나도."

"두 사람은 도대체 왜 그래요? 왜 맨날 나만 모르게……."

인내심이 한계에 다다랐다.

"내가 포트 여는 거 아줌마가 반대했어요?"

"……."

"혹시 아줌마도 게이트예요?"

"뭐, 뭔 게이트……."

장만호는 게이트란 단어에 놀라 쩔쩔매는 얼굴이었다. 진은 물러설 생각이 없었고 장만호는 섣부른 거짓말이 일을 키울 것임을 알았다.

"정희가 너 같은 구멍을 열면 이 시골 촌구석에 처박혀 살았을까."

"그럼 아줌마는 뭐예요? 두 사람이 하는 얘기 들었어요. 내 에너지 끝을 읽을 수 없다고."

"네가 여는 구멍 크기는 나도 진즉부터 읽었다. 아니, 봤지. 그런 사람들 얘기도 뒷구멍으로 들었고……. 뭐가 됐든 다들 숨어서 살아가는 거야."

"조직 때문에요?"

장만호는 고개를 먼 곳으로 돌렸다. 진이 결코 몰랐으면 했던 존재였다.

"위험해서요?"

"법도 도덕도 없는 놈들이다. 그놈들이야 포트가 돈 찍는 기계일 테고. 근데 그게 사람이 이동할 수 있을 만큼 커지기도 하지만 싹수만 보이다가 없어지는 사람도 있다더라. 차라리 처음부터 시작되지 않는 게 나은 거다."

두 사람 모두 생각의 갈피를 잡지 못하고 헤맸다. 장만호는 진이 아닌 벽지에 튄 얼룩을 보며 말했다.

"이왕 이렇게 된 거 열었다 닫았다만 연습하면 잘 숨겨질 거야."

"어떻게 열렸는지도 모르겠고 조절할 수도 없어요."

"그게 올 때마다 성 사장 차 뒤쪽 벽을 여는 걸 보면 어찌 어찌되는 모양이다. 네가 그리로 들어와 쓰러진 걸 성 사장이 몇 번이나 데리고 왔다더라."

"언제부터요? 그러면 사장님은 계속 알았던 거예요?"

장만호는 고개를 숙였다. 그게 가장 큰 문제였다. 성 사장이 진의 텔레포트 능력을 알게 된 것이 약이 될지 독이 될지. 진이 그를 믿고 따른다고 해도 그 남자가 건너온 세계는 게이트의 조직만큼이나 위험한 곳이었다.

그 시각, 배준은 CCTV를 끈 다음 카지노의 VIP룸을 포트로 점검하다 이상한 기운을 느꼈다. 그가 열어둔 정방형 포트가 뒤틀리더니 제 형체를 잃은 채 닫혀버렸다. 근방 10킬로미터 안에서 열린 포트는 다른 포트에 영향을 미친다. 같은 공간에서 두 개의 포트가 열리면 공간의 충돌이 일어나 경계가 뒤틀려버리기 때문에 주변 공간의 큰 포트는 작은 포트들을 압도해 빨아들인다. 서울이었다면 포트를 열 때 다른 포트의 간섭을 받지 않기 위해 결계를 쳤지만 이곳에 온 뒤로 방심했던 탓이다. 게다가 근래 느껴보지 못한 강력한 텔레포트의 기운이었다.

포트가 닫히지 않게 조절할 수 있는 사람은 몇 되지 않았다. 배준은 칩 몇 개를 훔쳐 살아가는 장수꾼들은 눈감아줬지만 문제를 일으키는 어중간한 포트들은 힘으로 눌러 퇴물로 만들어버렸다. 주변에 몰려든 많은 게이트를 만났지만 단 한 번도 그의 포트를 닫을 수 있는 게이트를 만난 적이 없었다. 하지만 지금은 완전히 새로운 힘이다.

포트의 에너지를 열기로 느끼는 배준에게 이 에너지는 폭발하는 화산과도 같았다. 서둘러 힘의 방향을 추적했지만 포트의 기운은 감쪽같이 사라져버린 뒤였다.

진은 밤잠을 설친 채 전당사로 출근했다. 셔터가 내려진 캐딜락 전당사 앞에 아침부터 손님들이 몰려와 있었다. 진은 사람을 보고도 움직이지 않는 녀석들을 걷어차는 시늉을 하고 쫓아버리려 했지만 녀석들은 겁을 먹기는커녕 진을 빙 돌아 다시 아침 식사로 달려들었다. 그도 공복이었으나 밥맛은 달아난 지 오래였다.

셔터를 올리고 문을 연 뒤 화장실에서 물을 떠다 토사물을 씻어냈다. 잘 차려진 아침 밥상이 물줄기에 흩어지자 남의 밥상을 엎지 말라고 비둘기들이 구구구 하며 역정을 냈다. 바가지에 물을 가득 채워 서너 번을 더 비우고 나서야 문 앞의 흔적은 사라졌지만 그 시큼하고 역한 냄새는 쉬 없어지지 않았다. 플라스틱 빗자루로 바닥을 박박 문지르고 있는데 11시가되기 전에 성 사장의 차가 모습을 드러냈다.

"앞 범퍼에 뭐가 튀었던데 물로 닦아봐라."

진은 고분고분 물을 뿌렸다. 자식보다 아끼는 차라 사흘 건너 세차는 기본이시니, 뭐. 성 사장은 시동도 끄지 않은 채 가게로 들어가 작은 금고에 돈을 채우고 돌아왔다.

"문 잠그고 나와."

"네?"

"갈 데 있으니 타고."

"어디요?"

성 사장이 선글라스를 끼고 있다는 건 장거리 운전을 한다는 뜻이고 진은 그와 함께 멀리 출장을 가야 한다는 의미다. 진은 더 묻지 않고 가게 문을 잠그고 나왔다. 슬쩍 본 내비게이션에 남은 거리는 91킬로미터. 진은 철민에게 성 사장과 장거리를 간다고 문자를 남겼다. 큰 건은 못 받겠지만 휴대폰이나 카드깡 같은 몇백짜리 저당은 작은 금고에서 꺼내 해결하라고.

차가 읍을 벗어나자 진은 오디오 버튼을 눌렀다. 성 사장의 플레이 리스트는 그의 외모를 배반하는 클래식 음악뿐이다. 피아노 줄로 사람 목을 조를 것 같은 외모와 달리 성 사장은 늘 클래식, 특히 피아노곡을 좋아했다. 십여 년 동안 그의 차를 얻어 타며 귀동냥을 한 끝에 진도 몇몇 곡을 기억할 만큼은 되었다. 성 사장 광팬인 진규도 그가 열렬한 클래식 애호가임은 알지 못한다. 그의 캐딜락을 함부로 얻어 타지 못하고, 얻어 탄다고 해도 차 안의 그 어떤 버튼도 그의 허락 없이 손댈 수 없기에. 스피커에서 드뷔시의 「달빛」이 흘러나오더니 또 한 번 이어졌다.

"같네요."

풋– 성 사장이 옅은 웃음을 흘렸다. 귀가 있으면 그걸 모르겠냐, 뭐 그런 뜻으로.

"같은 곡이지."

"아뇨, 같은 사람이라고요."

성 사장은 잠시 고개를 돌려 진을 바라보았다.

"같은 사람, 그다음은 뭐냐."

"돈을 받고, 돈을 안 받고의 차이?"

성 사장은 진의 엉뚱한 말에 입꼬리를 올렸다.

"귀가 좋아졌네."

"그래요?"

"먼저 곡은 삼 년 전 쇼팽 콩쿠르 우승하고 얼마 뒤, 세상으로부터 갑작스러운 찬사를 받아 어깨가 무거울 때고 그다음 곡은 그나마 자유로워졌을 때."

진은 핸들 위에 있는 성 사장의 손가락이 조금씩 움직이는 것을 보았다. 손이 핸들을 잡을 때마다 그는 피아노를 연주하는 것처럼 섬세해진다. 처음으로 그의 큰 손이 피아노를 치는 상상을 해보았다. 손가락이 굵을 뿐이지 피아니스트를 뺨칠 만큼 긴 것도 사실이니까. 사람 말고 피아노를 쳐본 적이 있냐고 물어볼까 하다가 입을 다물었다. 요즘 종종 선을 넘어 그런 농담까지 했다간 진짜 한 대 맞을 것 같았다. 어쨌든 그의 차는 함부로 엿볼 수 없는 봉인된 그의 세계였으니 입을 닫는 게 최선일 듯했다.

"지루하면 딴 거 들어라."

"핸들 넘겨줄 테니 네가 운전해라로 들리네요."

선글라스 안 그의 눈 끝에 긴 눈웃음이 달렸다. 캐딜락은 굽이굽이 산길을 이어 달렸다. 더 빠르고 편한 길이 있을 텐데도 굳이 산길을 가도록 내비게이션이 설정된 듯했다. 굳이, 그 풍경을 보며 피아노곡을 들을 수 있도록.

차가 번잡한 강릉 시내에 들어서자 오디오는 꺼졌다. 그들은 얼마 뒤 인근에서 가장 큰 대학병원 주차장의 한갓진 자리에 차를 댔다. 진은 성 사장을 따라 내렸다. 성 사장은 병원 안 커피숍으로 가 더블샷의 아메리카노와 진의 라떼를 주문했다. 커피 두 잔을 들고 병원 밖 공원으로 나온 두 사람은 말없이 걸었다. 짠 바닷바람이 밀려왔다.

"잘 봐둬라."

진은 주변을 둘러보았다. 간간이 차가 대어진 야외주차장에 사람이라고는 두 사람뿐이었다.

"왜요?"

"사고가 나면 네가 가장 먼저 와야 할 곳이니까."

진은 그 말의 의미를 알아차렸다. 만에 하나 자신의 포트 때문에 자신이 다치거나 누군가가 다치게 되면 지체 없이 포트를 열어야 하는 곳. 그러나 정선에서 이곳까지의 거리는 100킬로미터에 달한다. 아직 포트를 제 힘으로 여닫지도 못하는 진에게 벅찬 과업이었다.

"……근데 언제부터 아셨어요?"

"무슨 소용이냐."

"그럼 내 맘대로 열고 닫지도 못한다는 것도 아시겠네요."

"그게 제어가 안 되면 누군가는 네 손목을 자르려고 들겠지."

그런 세계에서 살아 남았던 사람만이 할 수 있는 섬뜩한 충고였다.

"아버지는 이게, 그냥 공간의 문을 여는 거라고 하시던데요. 그런 사람들이 있다고."

커피를 마시던 성 사장은 먼 바다를 바라보며 오랜 기억을 떠올리듯 읊조렸다.

"내가 보기에 그건…… 칼이다. 아주 예리하고 위험한 칼. 어떤 사람은 공간을 이동하는 데 쓰겠지만 또 어떤 사람은 누군가를 베는 데 쓸 거고. 그 둘의 차이는 크지. 이해 가냐?"

"사람을…… 죽여요?"

"칼은 네 손에 쥐어져 있는데 스스로 조절하지는 못하니까 언젠가는 그렇게 되겠지. 그러니까 여긴 너든 네가 벤 사람이든 피를 흘린 날 와야 하는 곳인 거고."

그 말은 진의 온 마음을 흔들어놓았다. 상상하지 못한 세계를 성 사장은 내다보고 있었다. 마치 그의 지난 과오를 들려주는 것처럼.

진은 커피를 의자에 내려놓고 성 사장의 지시대로 주차장과 주변의 사진을 찍었다. 성 사장은 그런 진을 물끄러미 바라보았다. 그는 이미 오래전부터 진이 캐딜락이 있는 장소로 쉽게 포트를 연다는 것을 알고 있었다. 그러나 그 구멍이 제 손가락을 베는 순간 그 가공할 만한 구멍의 또 다른 실체를 눈치채고야 말았다. 진의 아버지가 말했듯 그런 능력을 가진 이가 한둘이 아님을 성 사장 또한 알았다. 언젠가 진은 그들을 상대로 자신을 지키기 위해 그 문을 칼처럼 휘둘러야 할 순간이 오게 될 것이다.

필연코 생과 사의 갈림길이다. 살기 위해 100킬로미터를 뛰어넘을 수 있느냐 없느냐는 녀석이 해결할 문제고 자신은 첫 문을 열어줄 뿐이다. 당분간만이라도 녀석이 세상의 눈으로부터 숨어 있을 수 있도록. 자신 역시 그러했듯.

심 경장은 사진 속 별장과 눈앞의 별장을 다시 가늠해봤다. 용의 발톱이 가지고 있는 사진을 구글에서 비슷한 이미지로 검색해서 시공업체를 찾아냈다. 해당 업체를 찾고 모든 직원이 퇴근한 새벽에 사무실에 잠입해 고객 명단과 완공된 자료들 중 용의 발톱이 찍은 건물과 같은 건물을 뒤졌다. 원주의 전원주택이었다. 심 경장은 마을에서도 한참 먼 집의 위치를 가늠하며 그곳이 텔레포트의 중간지점임을 간파했다. 그는 위성지도를 찾아 집을 관찰할 수 있는 숲의 가장자리로 이동했다. 몇 시간을 지켜보았지만 집 안에서는 사람의 인기척도 포트의 에너지도 느껴지지 않았다. 그는 감시카메라의 위치를 확인한 뒤 사각지대 안으로 몸을 이동했다. 시골 촌구석에 지어진 별장에 어울리지 않게 집안 곳곳에 동작 감지 센서가 달려 있었다. 심 경장은 집의 뒤편 쪽문으로 이동해 집안을 들여다보았다. 부엌의 오른쪽 벽으로 보일러 배관이 나와 있고 그쯤에 두꺼비집이 있을 듯했다. 그는 조심스레 벽을 열어 두꺼비집의 전원을 내렸다. 전원이 꺼지자 깜박이던 CCTV의 빨간 불빛이 사라졌다. 보안시스템이 종료됐다는 알람이 뜨고 보안업체가 출동하기까지 아무리 빨라도 십 분, 비포장도로임을 고려하면 이십 분 안에 이곳까지 출동하기는 어려울 것이다.

그는 거실과 안방, 부엌을 샅샅이 살폈다. 안전가옥은 이따금 사용했던 것으로 보인다. 그저 사람들의 눈을 피해 최소한만 머물고 떠났을 것으로 추정되었다. 게다가 들어온 포트와 나간 포트가 다르다. 이 문을 연 놈은 제 능력의 한계 때문이라기보다 안전을 생각하며 일정한 거리로 포트를 연 것으로 보인다. 한 회장을 찾아내더라도 그 문지기를 처리하는 것이 먼저다. 용맹하게 제 주인의 곁을 지키며 명령에 의문을 달지 않는, 보나 마나 젊은 심장이겠지만.

특히 사람이 가장 오래 머문 것으로 보이는 안방의 벽에서 육안으로 식별하기 힘든 포트 특유의 미세한 잔상을 찾아냈다. 들고 있던 블랙라이트로 자외선램프를 비추면 숨어 있던 형광물질이 드러나기 마련이다. 포트가 남긴 그 잔상의 정도는 누가 얼마나 많이 그곳을 포트 했는지를 알려주곤 한다.

일정한 크기로 연 안정적인 포트, 거리를 가늠할 수는 없지만 여는 동안 흔들림이 없었다는 건 실력자의 작품이다. 또한 굉장히 계산적이고 강박적인 실력자. 한 회장이 입원했다던 병원에서 이곳까지 70킬로미터, 이 지점에서 직선거리로 딱 그만큼 거리의 포트를 찾아내면 될 것이다.

그는 풋- 웃음을 흘렸다. 한 회장은 그를 타고난 사냥개라고 부르지 않았던가. 무언가를 쫓는 능력 때문이 아니라 힘들게 쫓은 고라니를 주인에게 내어주고 육포 몇 개를 얻으면서도 그 셈법에 토를 달지 않아서라고.

일리 있는 말이다. 앞뒤 못 가리고 돌진하고 제 밥그릇은 챙기지 못한다는 면에서 자신에게 딱인 말이다. 하지만 사냥개는 고라니뿐 아니라 자신이 돌아가야 할 주인도 귀신같이 찾아낸다는 걸, 한 회장은 잊은 모양이었다. 사냥개로 불렸던 남자는 마침내 옛 주인의 흔적을 찾아냈다.

3

철민은 지치지도 않고 계속 스마트키를 눌렀다. 폐차장에 더 가까운 외진 주차장에는 타이어 바람이 빠졌거나 배터리가 방전된 차들이 가득했다. 제 주인의 인생처럼 제 바퀴로 움직일 수 없는 차들이 대부분이지만 진은 오늘 의뢰받은 차를 찾아 끌고 가야 했다. 이미 번호판을 떼고 스마트키까지 먹통이라면 그야말로 카지노에서 김 사장 찾기나 다름없는 일인데 그 욕 나오고 한심한 일이 제 전문이다. 그 바람에 성 사장이 늘 다른 가게 일을 물어와 진을 혀 빼물게 만들고.

누가 뭐라든 진은 이 동네 창조경제의 선봉장이었다. 어려서부터 호텔 손님들 잔심부름하는 알바로 용돈을 벌었다. 열둘이 넘고 나선 집안 전기세, 물세는 제가 번 돈으로 내기 시작했다. 정희 아줌마가 들어오고도 집안일을 떠넘기지 않았다. 아버지가 데려온 아줌마는 살림에 취미가 없다고 못을 박았다. 오히려 눈치를 보는 건 자신이었다. 어린 진은 아줌마가 도망갈까 봐 몇 달은 신발을 숨기기도 했고, 아버지 몰래 화장품을 사주기도 했다. 호텔 객실 청소원으로 일을 시작한 아줌마의 짓무른 손에 약을 발라주고 비닐장갑을 씌워주며 약속을 받아냈다. 도망가지 않겠다고.

피 한 방울 섞이지도 않았으면서 엉성하게 가족의 껍데기 흉내를 내는 기분이었으나, 행복 비슷한 감정을 느꼈다.

그런데 그 무렵 병이 찾아왔다. 아니, 병이 찾아왔던 무렵 정희 아줌마가 왔었는지, 뭐가 먼저였는지도 확실치 않다. 뭐가 됐든 진은 병의 발현으로 평범한 세상에서 밀려났다. 길거리에서 쓰러져 집으로 실려 온 게 서너 번 반복되면서 졸업장을 따려고 버티던 학교를 떠났으니까.

열일곱에 학교를 중퇴한 뒤 진은 매일 성 사장 가게에서 살았다. 그가 던져준 읽다 만 신문과 주간지와 회계장부로 일을 배우고 열아홉 무렵 철민을 만났다.

철민은 제대 후 일자리를 찾아 카지노에서 일하는 선임을 찾아온 길이었는데 손가방을 훔친 소매치기를 1킬로미터나 쫓고 있었다.

자기 애인이랑 바람난 놈 잡으려 탈영한 줄, 그게 진이 본 철민의 첫인상이었다. 주차장 인근에서 혼자 현수막을 매고 있는데 소매치기가 달려오다가 진이 내민 발에 걸려 엎어졌다. 놈은 뒤따라온 철민에게 붙들렸다. 소매치기가 칼을 꺼내 휘두르는 걸 보고서 진은 생면부지의 철민에게 들고 있던 현수막 막대기를 던졌다. 막대로 흠씬 두들겨 팰 줄 알았는데 칼을 뺏고 조곤조곤 다독이는 걸 보고 전당사로 데려와 성 사장에게 보였다. 그는 자장과 탕수육을 시켜 철민을 먹였다. 부지런히 신문지를 깔고 비닐을 떼고 젓가락을 두 사람에게 먼저 건네는 걸 보며 성 사장은 관상을 보는 박수무당인 듯 한참 동안 철민의 몸을 뜯어보았다.

상스럽게도 아랫도리를 유심히 살폈다. 철민의 허벅지 근육은 군복 바지가 터질 듯 부풀어 올라 있었다. 뭔 구석이 그리 미더웠던지 그날로 가게 열쇠를 복제해 철민에게 맡겼다. 사실 말 뒷다리 같은 허벅지를 보고 가게의 기도를 삼은 게 아닐까 싶었지만.

철민은 여전히 스마트키를 누르며 차들 사이를 오가고 있었다. 성실하고 힘도 좋으나 배우는 속도가 더딘 게 흠이라 진은 제 휴대폰에 정리된 장수차들 명단을 불러왔다. 그의 휴대폰에는 방치된 차들의 사진과 구역, 날짜가 빼곡했다. 동네

공영주차장과 근처 야산, 공터, 굴다리를 구획 정리해 이름을 붙이고 날짜순으로 차들을 정리해 모은 갤러리를 보던 진은 성 사장이 준 메모의 카니발이 있을 장소 몇 개를 추렸다.

"산으로 가야겠다, 형."

오갈 때마다 장기 주차된 차들이 보이면 멀리서라도 사진 몇 장을 찍어두는 게 버릇이었다. 뭉개진 실루엣이라도 크기와 색깔만으로 차를 가늠할 수 있기에 발품 몇 걸음을 덜어주곤 했다. 그리고 진의 예상은 적중했다. 야산 근처에 불법 주차된 차들 가운데 그들이 찾던 흰색 카니발이 보였다. 차량 주위로 수풀이 무성하고 바퀴 아래 흙무덤이 올라와 있었다. 철민은 더 헤매지 않고 한 번에 차를 찍어낸 진의 실력에 엄지를 치켜세웠다.

철민이 잠시 수풀에 볼일을 보러 간 사이 진은 주머니에 넣어두었던 시계를 꺼내 다시 찼다. 정희 아줌마 말로는 옥상 화분 옆에 버려져 있었단다. 요 며칠 성 사장이 제 빈 손목을 들여다보는 눈치라 짝퉁이라도 차고 다닐까 고민하던 차였다. 그놈의 의리로 다른 데 못 가게 하는 이천만 원짜리 개 목줄이고만.

스마트키는 예상대로 방전이라 구시렁거리며 여분의 건전지를 꺼냈다. 먹통이 된 키를 분해하는데 또다시 손이 타오르는 듯한 열기가 느껴졌다. 진은 왜 하필 이 순간에 열상이 찾아온 건지 이유를 알 수 없었다. 혹시나 철민에게 들킬까 봐 손을 숨기며 허둥대다 카니발 문을 짚어 구멍이 뚫리고야 말았다. 포트는 공간이 아닌 카니발의 문만을 뚫었다. 진은 까무러칠 것 같은 고통을 참으며 차체에서 손을 거둬들였다. 또다시 의식을 잃지 않으려 정신을 집중하는 통에 얼굴이 붉어졌다. 가까스로 열상을 꺼뜨리고 한숨을 돌리자 볼일을 본 철민이 다가왔다.

땀범벅이 된 진을 보고도 지나치던 철민이 이상한 낌새를 느끼고 뒷문을 잡아당겼다. 열린 문 사이로 차 안에 늘어져 있는 노숙자가 보였다. 역시나 골칫거리를 안고 있었다.

남의 차에서 차박을 하는 장수꾼 때문에 시트까지 스팀 크리닝까지 하는 경우가 다반사인데 카니발은 백발백중이었다. 썩은 내가 진동하는 시트에서 노숙자 행색의 남자가 눈을 비비며 일어났다.

"아, 주인 오셨네."

진은 한눈에 남자를 알아보았다. 손잡이에 대롱대롱 걸려 있는 겨울 스웨터가 눈에 익었다. 며칠 전 여벌의 스마트키로 성 사장에게 사기 치려 했던 간덩이 부은 인간, 제 차를 팔 수 있었던 이유가 주인 없는 카니발을 얻어서라.

"그 사기꾼 새끼!"

뒤늦게 그를 알아본 철민이 소리쳤다. 정 사장은 둘을 보고 겁을 먹기는커녕 쩍 벌어지게 하품을 하며 말했다.

"아, 난 또 누구라고."

"나와요."

"배터리 튀기러 온 거잖아. 끝나면 깨워."

게다가 철면피다. 그런 인간들을 너무 많이 상대한 탓인지 별로 놀랍지도 않고. 카지노 장수꾼이 된 사람은 이 도시 밖에서 자기가 가졌던 최소한의 선조차 버렸다. 양심, 도덕. 어쩌면 원래부터 희박했을지도 모를 것들이 제일 먼저 떨어져 나갔다.

철민은 고개를 절레절레 흔들며 운전석으로 가 시동을 걸지만 역시나, 배터리도 폐업.

노숙자 차박에, 배터리 아웃에, 기름까지 없다면 기가 막힌 삼중주다. 차를 가까이 대고 점프선을 꺼내는데 담배 한 대를 문 정 사장이 진을 물끄러미 바라봤다.

"이런 똥통에서 똥을 안 묻히고 사는 거 보면, 된 놈들일세."

세상에서 떨어진 각질 같은 인간. 진은 입을 닫았다.

"이 차 주인은 어디 있을까."

"남의 걱정할 처지가 아닐 텐데."

열이 뻗친 철민이 대거리를 했다.

"……카시트가 있잖아. 애들 한창 예쁜 짓 할 땐데 그거라도 생각하고 돌아가지. 그런 사람은 차비라도 쥐여서 돌려보내줘라."

"개털된 사장님 걱정이나 해요."

진은 눈빛으로 철민을 나무랐다. 말 받아줬다가 혹 붙이지 말라고.

카니발에 시동이 걸렸다. 철민은 얼른 점프선을 떼서 감고 보닛을 닫았다. 계기반에 불이 들어오고 연료를 확인하는데 게이지가 한 칸 아래에 바닥이다. 역시나 쪽박 찬 기름통까지 삼중주, 이대로 끌고 갔다가 길에서 퍼질 게 분명하기에.

"형, 기름 넣어야겠는데."

철민은 다시 차로 돌아가 준비해온 기름통을 들고 카니발로 왔다. 진이 주유구를 열자 철민은 조심스레 휘발유를 붓기 시작했다. 운전석과 조수석의 쓰레기를 창밖으로 던지던 진은 룸미러를 통해 뒷자리에 앉아 있는 정 사장과 시선이 마주쳤다. 남자는 진을 뚫어질 듯 바라보고 있었다.

"물건 챙겨서 내려요."

"읍내까지 태워줘."

"황금 애들한테 아저씨 여기 있다고 하면 바로 올 건데 전화 넣어드릴까?"

"그래, 뭐 그렇게 가는 것도 나쁘지 않지."

주유구를 닫는 소리가 들리고 기름통을 든 철민이 창가에

와 계기반을 보며 말했다.

"올라갔어?"

"안 올라가. 얼마나 넣었는데?"

"찔끔. 많이 넣는다고 기름값을 주냐. 읍내까지 끌어다만
주면 자기들이 알아서 하겠지. 봐봐, 한 칸 올라갔다."

"형 먼저 출발해."

"저 사람은?"

"읍내까지 태워달래."

철민은 고개를 저으며 차로 돌아갔다. 기름통을 넣고 앞차
가 출발하자 진도 간격을 두고 철민의 차를 쫓았다. 고개를
내려올 때쯤 뒷자리의 남자가 진을 불러 세웠다.

"여기 세워줘."

"읍내라면서요?"

"읍내 들어가면 바로 황금 새끼들 눈에 띄겠지. 그냥 여기
내려서 뒷길로 가는 게 안전해."

정 사장은 손잡이에 걸어두었던 스웨터로 말끔하게 갈아
입은 상태였다. 또 어디로 사기를 치러 갈 작정이신가. 그는
가방을 들쳐 메고 발걸음을 떼려다 조수석 창문을 두드렸다.
진은 심드렁하게 창문을 내렸다. 돈을 빌려달라거나 담배 한
개비를 달라거나, 뭐 그딴 얘기나 할 줄 알면서도.

"담배 가진 거 있냐?"

"없어요."

"그럼 돈 가진 건 있냐?"

진은 정 사장을 노려보다 지갑에서 팔천 원을 꺼내 내밀었다. 카지노 입장권을 사기에는 모자라도 읍내에서 소고기국밥 한 그릇은 사 먹을 수 있는 돈이다. 씨발, 이러라고 성 사장이 맨날 천 원짜리를 지갑에 가득가득 채워주고. 남자는 그 돈을 받아 주섬주섬 챙겨 넣으며 말했다.

"존나 성불할 새끼구나!"

"돈 주고 욕 듣긴 처음이네."

"너처럼 착하게 살면 복은 몰라도 화는 면하고 산다."

"경험담이에요?"

"내 복은 옛날 옛적에 칩이랑 바꿔먹었고 비루한 목숨 하루하루 살아가는 거지, 뭐. 근데 너 그 손……."

순간적으로 그를 노려보았다.

"같이 왔던 놈은 모르지? 네 손이 차 문을 뚫는 거. 내가 입 다문 건 네가 나 같은 막장 인생을 읍내까지 데려다주는 착한 놈인 걸 알아서다."

진은 등골이 서늘해졌다. 입을 다물겠다는 그 막장 인생이 돈 몇 푼에 언제 또 그 입을 벌릴지 모를 일이다.

제일 전당사 앞 주차장은 텅 비어 있었다. 요즘 사거리 황금 전당사에서 돈 되는 차를 다 빼앗아간다는 말이 괜한 소문은 아닌 모양이다. 한때 차 담보로 업계 1위를 달리던 제일이 후발주자에게 따라잡힌 것으로도 모자라 개점 폐업 상태라는 것도. 하긴 그랬으니 오래된 차를 살려내 대포차로 파는 자잘한 일에 손을 대기 시작했겠지만. 먼지투성이 카니발을 제일 전당사 앞에 댔다. 산에서 내려올 때부터 공기압 알람과 오만 경고등이 계기반에 들어온 상태였다. 클랙슨 두 번에 제일 사장 박용상이 전당사에서 나왔다. 전자담배를 입에 문 채 걸어 나온 박 사장은 승합차를 보자마자 인상부터 구겼다. 이 동네 장기 주차 차량 상태를 뻔히 알면서 뽑기 운이라도 기대한 건가.

박용상은 뒷문을 열어 차 안을 살펴보더니 이내 코를 움켜쥐었다.

"뭐야, 꾼까지 들어 있었어?"

"큰 차가 늘 그렇죠."

"하, 막장 새끼들! 시트까지 싹 뜯어야 하네. 클리닝하고 손보면 떨어지는 것도 없구먼 또 돈 깨지게 생겼네."

"수고하세요."

"야, 진아!"

박용상은 철민에게 등을 돌리더니 갑자기 목소리를 낮추

고 이야기를 건넸다.

"요새 성 사장이 얼마 주냐? 한 삼백 받냐?"

"왜요?"

"너 일당백이라고 소문났어, 새끼야! 손님 잘 물어와, 차 잘 찾아와. 못하는 게 없다고. 성 사장 일 없을 때 따로 우리 일 도와주면 내가 건당으로 오 프로 떼줄게."

일 시키면 사우나에 도망가 있는 애들이 문제인지, 일 못한다고 제때 월급을 안 주는 사장의 문제인지 제일은 봄가을이면 털갈이하듯 사람 갈이를 한다는 소문이 파다했다. 진은 마음에도 없는 말을 박용상에게 건넸다.

"일은 황금 진규가 잘하죠."

"그 새끼는 너무 독종이야."

"이 동네 돈 되는 차는 다 진규가 걷어 가는데요."

"그 새끼 좀만 크면 제 가게 차려서 황금 잡아먹을 놈인데 그런 독사 새끼는 안 키운다."

진은 이 좁은 동네의 생리를 잘 알았다. 함부로 다른 이의 울타리 안에 들어가서도 안 되고 내 울타리를 뛰어넘어도 안 되는 불문율 하에 그의 제안을 완곡하게 거절했다.

"우리 사장님한테 빌려 간 돈 육천 남았잖아요. 그거 갚고 말씀하세요."

제일 사장의 입이 닫혔다. 차로 한 달에 삼십 프로를 떼면서 삼 프로 은행 이자를 받는 성 사장 돈은 차일피일 미루는 인간이 제때 월급을 꽂아줄 리 없음이다. 호구로 봤던 진의 일침에 제일 사장은 대꾸도 못 한 채 가게로 돌아갔다.

그러고 보면 진규가 성 사장 빠돌이가 된 게 영 이상한 일도 아니었다. 큰 걸음으로 스무 걸음도 안 되는 이웃사촌님께서 이번 달 이자는 넣었는지 다시 장부를 들여다봐야겠다고 생각하면서 캐딜락 전당사 문을 열었다. 그러나 그 문 안에 손님으로 보이지 않는 세 사람의 얼굴이 보였다. 그 머리 셋을 건너뛰고 성 사장에게만 인사를 했다.

"다녀왔습니다."

"차 잘 넘겼냐?"

"근데 장수꾼이 차박을 해서 상태가 별로였어요."

"제일 사장이 품 좀 팔아야겠네."

진은 눈으로 소파에 앉은 세 사람을 가리키며 물었다. 이 퇴물 아저씨 세 사람은 누구냐고. 성 사장이 손수 내린 것으로 보이는 원두커피 석 잔을 마시던 그들은 헛기침하며 진의 시선을 외면했다.

"다녀왔습니……다."

주차장에 차를 대고 뒤늦게 들어오던 철민의 시선도 그 세 사람에게 꽂혔다. 성 사장은 일수 수첩 중 하나를 내밀며 철민을 불렀다.

"사거리 치과만 받아와."

"다른 데는요?"

"갈 시간 없으니까 거기만 다녀와."

철민은 수첩을 받아들고 쭈뼛거리며 진을 봤다. 진은 자신도 모르는 일이라고 고개를 가로저었다. 눈치껏 명함 한 뭉치를 들고 나가려는데 성 사장이 진을 불러 세웠다.

"넌 남고."

철민과 진은 동시에 서로를 보다가 남은 세 사람을 돌아보았다. 진이 이 세 장수꾼을 맡게 된다는 뜻이다. 철민은 토를 달지 않고 나갔고 머쓱한 진만이 그 자리에 남았다.

"와서 앉아."

진은 세 사람 중 나이가 가장 지긋한 사람의 옆에 멀찍이 앉았다. 가운데 앉은 성 사장이 나머지 사람들을 소개했다.

"오며 가며 본 적이 있겠지만 첫 자리니 인사를 나누는 게 좋겠다. 네 옆에 계신 분은 과천에서 음식점 하셨던 김 사장님이시고, 그 앞에 분은 영어 학원 하셨던 박 원장님, 그 옆에 분은 최 상무님. 일단은 그렇게 알면 돼."

김 사장, 박 원장, 최 상무라 극존칭을 하기에 세 사람은 이 바닥의 화석이 된 지 오래인 최장수꾼들이지 않나. 겨우 굴러가는 중고차 한 대를 사 시트를 떼어내고 차에서 숙식을 해결하거나, 야산 중턱에 움막을 짓고 살거나, 가정집 창고에서

도둑잠을 자는 이들. 전당사에 올 일도 없는 이들 세 사람이 한자리에 모인 이유만큼이나 진이 그들의 찬란했던 과거 호칭을 알아야 하는 상황이 이해가 되지 않았다.

성 사장은 자리에서 일어나 창가 쪽 블라인드를 내리고 문을 잠갔다. 그는 낮은 목소리로 세 사람에게 말했다.

"제가 세 분을 여기로 부른 이유를 짐작하셨을 것 같습니다."

"아니 전당사 사장님이 우리 같은 장수꾼한테 무슨 볼일이 있으시다고……."

"세 분 중 누가 그걸 잘 여시나요?"

그 말에 세 사람 모두 당황한 얼굴이 되었다. 최 상무는 사레에 걸린 것처럼 캑캑거리며 기침을 해댔다. 진은 그제야 성 사장의 의도를 알아차렸다.

"무슨 말씀을 하시는지 통……."

"열 때마다 손이 빨갛게 변하는 건 똑같더군요."

성 사장은 떡밥을 던져놓은 채 입을 닫았다. 곧바로 입질이 왔다.

"……혹, 혹시 당신도 포트를 여는……."

최 상무가 입을 열자 옆에 앉은 박 원장이 그의 옆구리를 찔렀다. 그가 눈짓으로 성 사장의 왼손가락 두 개를 가리켰다.

"오늘 이 자리에서 한 말은 밖으로 새어 나가지 않을 겁니다.”

“그 전에, 손은 어떻게 된 겁니까?”

진은 박 원장의 질문에 긴장했지만 성 사장은 대수롭지 않은 일인 듯 대답했다.

“포트에 잘렸습니다.”

그 말에 진은 죄책감에 휩싸였다. 내내 말이 없던 김 사장은 흔들리는 진의 눈빛을 읽고 그를 가만히 응시했다. 줄곧 모르쇠로 일관하던 박 원장이 따지듯 물었다.

“뭘 알고 싶은 겁니까?”

“……그걸 열고 닫는 능력, 자기가 다치지 않게 조절하고 숨기는 능력.”

“협박인가요?”

“부탁입니다.”

잠깐의 침묵이 오갔다. 최 상무와 박 원장이라는 사람은 김 사장의 눈치를 보는 쪽이었다. 입을 연 건 성 사장이었다.

“사례는 충분히 하겠습니다.”

돈은 이 모든 어처구니없는 상황의 해결사였다.

최 상무와 박 원장이 재촉하듯 김 사장을 바라보았다. 망부석처럼 꼼짝하지 않던 김 사장이 입을 열었다.

“어떻게 알았습니까?”

“개인적인 사정이라고 해두죠.”

"우리가 왜 당신을 도와야 하죠?"

"카지노가 모르고 있다면 이제 알게 되겠죠."

성 사장이 입을 연다면 누군가는 수백 대의 카지노 CCTV 어딘가에 녹화된 그들의 범행을 찾아낼 것이다. 카지노 측의 블랙리스트에 오르면 그들은 마지막 밥벌이를 잃게 된다.

성 사장은 칼자루를 쥐고 있으면서도 돈을 내밀었다. 김 사장은 그것이 거부할 수 없는 제안임을 알고 무거운 침묵에 잠겼다. 한참 후 그는 꽉 움켜쥐었던 주먹을 탁자 위에 올려놓았다. 힘을 빼더니 그 주먹을 성 사장 앞으로 내밀었다. 잠시 후 그가 손바닥을 펼치자 중앙에 붉은 점 하나가 생겨나고 그 점을 중심으로 방사형으로 거미줄 같은 열선이 뻗어나가기 시작했다. 열선에서 더 미세한 모세혈관들이 생겨 온 손바닥이 붉게 물든 순간 그 위에 농구공 크기의 포트가 열렸다. 그와 동시에 네 사람 앞에 있는 탁자의 중앙에 또 다른 포트가 열렸다. 그가 포트 안에 손을 집어넣자 탁자의 뚫린 포트에서 그 손이 솟구쳤다. 손을 빼고 다이얼을 돌리듯 왼쪽으로 손목을 틀자 포트가 닫히고 손바닥의 열상이 사라지고 붉은 기만이 남았다.

진은 눈앞의 광경을 보고도 믿기지 않았다. 다른 이의 포트를 보는 것도 처음이었지만 그게 제어할 수 있는 능력이란 사실이 더 놀라웠다. 입을 다물고 있던 최 상무가 어렵게 말을 꺼냈다.

"우리 중에 저렇게 큰 포트를 여는 건 김 사장뿐입니다. 저나 박 원장 같은 사람은 이제 야구공 하나 집어넣을 크기가 됐죠. 뭐, 처음에도 그리 대단한 크기는 아니었지만 시간이 지나면 이 능력도 같이 늙거든요. 크기도 줄고 모양도 엉망이 되고. 그래서 우리 같은 퇴물들은 이런 카지노 같은 데로 몰려듭니다."

"능력이 사라지기도 합니까?"

그 말에 세 사람은 각기 묘한 표정을 지었다. 살아온 날들의 반증인 듯한 그 표정 속에 각자가 겪었을 인생의 굴곡이 굽이쳤다.

"사람이 나고 가듯이 재능이라는 것도 꽃피우다 지는 거죠. 재능이 아니라 저주일 수도 있지만."

"어느 정도 지속됩니까?"

"그거야 사람마다 다르죠. 뭐, 나는 딱 꺾이는 나이에 집에서 사람 취급 못 받을 때 쪼그라들더라고."

박 원장의 말에 최 상무가 키득거리며 말을 받았다.

"길게 가는 사람도 있어요. 어떤 노인네 보니까 다 늙어서도 숨구멍 하나는 열어요. 진짜 개 같은 인생은 그 구멍으로 몰카 찍어서 동영상 파는 놈이고. 그런 놈에 비하면 칩 몇 개 훔치는 우리는 양반이에요. 근데 여기서 게이트가 더 들어오면 정원 초과에 에너지 파동만 커지는데."

"에너지가 더 커지면 안 되는 이유라도 있습니까?"

생각지 못한 예리한 질문에 최 상무의 얼굴이 굳었다. 방심한 사이 무언가를 들킨 표정이었지만 성 사장은 그 긴장감마저 놓치지 않았다.

"비밀은 지켜드립니다."

"……그거야 뭉치면 큰 에너지로 읽히고 조직 눈에 띄어서 골치 아파지니까."

성 사장이 재빨리 되물었다.

"조직?"

"이런 능력 가진 게이트가 우리만 있는 건 아니거든요. 그런 사람들 데려다가 밀수시키고, 사람 장기까지 떼서 파는 무시무시한 놈들이 있죠. 이 바닥도 둔재, 범재, 천재가 고루 있어서 보통은 한창때도 창문만 한 거 여는 게 최고지만 사람 드나드는 크기에 먼 곳의 포트를 열 수 있는 천재가 있어요. 그런 사람은 놈들도 눈에 불을 켜고 찾아내지. 잡으면 평생 목걸이 딱 채워서 진액을 쪽쪽 빨아먹거든."

그 말을 듣는 순간 이상한 예감이 진을 훑고 지나갔다. 정희 아줌마도 조직을 알고 있었다. 존재 여부가 아니라 얼마나 두려운 곳인지를. 한참 만에 고개를 든 진은 김 사장이 뚫어지게 자신을 바라보고 있음을 알아차렸다. 그는 시선을 돌리지 않은 채 말했다.

"그러니까 잘 숨기셔야 합니다."

성 사장은 그 말을 뱉은 김 사장을 얼음장같이 차가운 얼굴로 바라봤다. 그는 진을 돌아보며 말했다.

"얘요, 그놈들 눈에 띄지 않게 잘 숨기셔야 한다고요. 아직 안 들킨 걸 보면 시답잖은 구멍이나 여는 정도겠지만."

진은 김 사장이 제 능력을 한눈에 알아본 것이 두려웠다. 다른 이의 포트를 알아보는 걸까? 성 사장은 저벅저벅 금고로 걸어가 현금 다발 세 뭉치를 들고 왔다. 그 다발을 세 사람 모두의 앞으로 내밀며 말했다.

"한 분당 천입니다. 이 녀석에게 한 달 안에 포트를 열고 닫고 조절하는 능력을 가르쳐주세요. 역시 이 이야기도 입 밖으로 새어 나가서는 안 됩니다. 만약 새 나가면, 세 분은 손가락 말고 다른 걸 내놓으셔야 합니다. 그 수금은 제가 직접 합니다."

섬뜩한 경고에도 눈앞에 굴러들어온 거금을 마다할 장수꾼은 없었다. 최 상무가 모른 척 현금 다발에 손을 뻗는 순간 성 사장이 그의 손을 저지했다.

"착수금은 절반, 나머지는 약속이 이행되는 걸 확인하고."

성 사장은 현금 다발의 절반을 떼어냈다. 포트를 열 수 있는 세 사람이었지만 그 누구도 성 사장의 돈을 건들지 못했다. 김 사장은 메모지에 전화번호 하나만 남기고 남은 돈에서 제 몫을 챙겨 제일 먼저 일어섰다.

"최 상무만 휴대폰이 있으니 이리로 연락하시면 됩니다. 그리고 넌 내일 새벽 6시 카지노 앞에서 보자."

그가 문을 열고 나서자 나머지 두 사람도 제 돈을 챙겨 전당사를 떠났다. 진은 짜증을 내며 성 사장에게 따져 물었다.

"어쩌자고 돈을 줘요? 아니, 저 사람들이 그 포트인가 뭔가를 여는 건 어떻게 안 거예요?"

성 사장은 나머지 돈을 금고에 넣고 제자리로 돌아갔다. 진은 장수꾼에게 헛돈을 쓴 성 사장에게 화가 치밀어 올랐다.

"난 안 갈 거니까 그 돈을 날리든지 되찾든지 사장님 마음대로 하세요."

"장진, 한 달 안에 제대로 된 포트를 열어."

"아, 내가 왜요!"

"조직이란 곳이 널 찾아내기 전에 네가 널 지킬 능력을 키워. 그리고 네 능력을 들키지 않도록 조심해."

"뭘요? 저 사람들보다 더 큰 포트를 열지 않도록?"

"사람이 드나들 수 있는 포트는 열어 보이지 마."

"그게 내 뜻대로 되는 게 아니라니까요."

"그보다 다른 거."

"……."

"시간, 그게 알려지면 네 목숨이 위험해진다."

진은 할 말을 잃었다. 누구에게도 말하지 못한 비밀을 그가 알고 있다. 세 사람의 증언대로라면 자신은 결코 평범한 게이트가 아니다. 만약 능력을 들킨다면 그 조직이란 곳은 진을 찾아낼 것이다. 제 존재 자체가 포트의 금기를 깨는 돌연변이라는 사실에 섬뜩한 기분이 들었다.

새벽 5시 30분, 알람이 울리자 진은 쌍욕을 하며 자리에서 일어났다. 양치하고 세수를 하면서도 입에서 욕이 흘러넘쳤다. 삼천만 원을 하늘에서 뿌려대는 미친 짓을 하려고 부지런을 떨어야 한다고, 젠장. 대충 옷만 갈아입고 차에 올랐지만 카지노를 향하는 내내 짜증이 솟구쳤다. 진은 카지노 근처 도로에 차를 대고 인근 편의점에서 캔커피를 사 빈속을 채웠다. 새벽 6시가 되자 문을 닫는 카지노에서 밤새 게임을 한 사람들이 쏟아져 나왔다. 그 속에 김 사장과 최 상무가 있었다. 두 사람은 멀찍이 떨어져 걷다가 사람들 시선을 피해 후다닥 진의 차에 올랐다.

박 원장은 입장권 당첨에서 떨어져 잠을 자는 중이라고 했다. 진은 차를 세우고 김 사장이 차박을 하는 미봉산 언덕을 올랐다. 두 사람은 어젯밤 모처럼 크게 판돈을 굴리고 승률도

높아 피곤함이 싹 가신 얼굴이었다. 김 사장이 돈을 세는 동안 최 상무가 첫 수업을 맡았다.

"어이, 신입. 이름이 뭐라고?"

"장진이요."

"진이, 열상 한번 만들어봐."

"열상요?"

"손에 에너지 모아서 빨갛게 하는 거."

진이 만들어낸 탁구공만 한 열상을 본 최 상무는 덩치에 맞지 않게 새된 웃음을 흘렸다.

"뭐야, 모기 똥구멍만 한 걸 열상이라고 만든 거냐? 거참, 삼천만 원짜리 똥구멍일세."

"어떻게 해야 키우는지 모르겠어요."

"자, 이렇게 손으로 쓰윽-탁."

그는 이렇다 할 설명 없이 제 포트를 열어 보였다. 제 구멍이 답답한지 설명할 수 없는 제 뇌용량이 답답한지 열상을 몇 번이나 재연하면서도 그 방법을 설명하지 못했다. 설핏 잠에서 깨어난 박 원장이 늘어지게 하품을 하며 말을 보탰다.

"머리에서 입으로 십 센티 내려가는 게 그렇게 힘드시나."

"그러는 영어 선생이 해보시던지."

"답답한 양반아. 그러니 술 상무나 하고 살았지."

최 상무가 꽁한 얼굴로 입을 닫자 박 원장은 얼굴에 묻은 잠을 털어내며 생수병을 집어 들었다. 물로 입을 가글하고 남은 물로 얼굴과 머리를 닦은 후 진의 손을 요리조리 뜯어보며 말했다.

"양쪽 손 열상이 고르지 않다는 건 포트를 열어도 불안정하다는 뜻이야."

"안정되게 하려면요?"

"보통은 거리가 멀어질수록 불안정하니까 가까운 거리로 연습해서 늘려야지."

"그럼 아주 멀리도 갈 수 있는 거예요?"

"아니, 그건 타고나는 거고. 너처럼 늦된 놈은 글렀다고 봐야지."

하긴 이게 포트인 걸 스물이 넘어 알았으니 늦돼도 한참 늦된 건 맞는 말이다. 처음 포트가 시작된 건 열두 살 무렵이었는데 팔 년을 병으로 생각하고 누르려고만 했으니.

"스물 먹은 유치원생을 가르쳐야 하네. 거, 갈 길 참 멀구면."

그는 뒤죽박죽인 제 머릿속처럼 머리칼을 흐트러뜨리더니 다시 입을 열었다.

"일단 눈을 감고 이미지를 떠올려. 네가 간 곳, 네가 아는 곳. 가까운 데서부터 시작하자. 저기 차 앞에 보이지. 가려져서 보이지 않아도 저 앞으로 간다고 생각해. 그다음에 손바닥

앞에 뜨거운 난로가 있다고 생각하고. 여기까지 해봐."

안간힘을 써봐도 열상은 더 커지지 않았다. 손바닥에 힘을 주며 몇 분을 버텼지만 아무것도 달라지지 않았다. 담배를 태우던 박 원장이 담뱃불을 비벼 끄며 물었다.

"넌 주로 언제 포트가 나타났냐?"

"……뭐, 주로 도망칠 때."

"도망칠 때?"

박 원장은 진을 뚫어지게 바라보며 말했다.

"포트가 문이라면 이 포트를 여는 열쇠는 감정이야. 문마다 열쇠가 다르듯이 사람마다 제 포트를 여는 감정이 다 달라. 내가 보기에 네 열쇠는 두려움일 것 같다. 봤던 공포 영화 중에 제일 무서웠던 거 아무거나 생각해봐."

"영화 안 보는데요."

"무서운 거는? 벌레든 뱀이든 무서워하는 거 있을 거 아냐."

몇 가지가 떠올랐다. 어린 시절 제가 가장 두려워했던 일들. 정희 아줌마가 도망가거나 아버지가 정희 아줌마를 내쫓거나. 그보다 더 두려웠던 일은 몸을 숨길 수 있었던 유일한 장소인 캐딜락 전당사가 사라지는 것이었다. 어쩌면 성 사장이 왔던 그날처럼 홀연히 이곳을 떠나버리는 일일지도.

다시 그 생각을 떠올리자 그것은 두려움이라기보다 먹먹

함으로 다가왔다. 먹먹함은 곧 슬픔이 되고 진의 심장을 태웠다. 불처럼 달궈진 심장은 이내 진의 손을 데워 열상을 만들었다. 한번 데워지기 시작한 열상은 진의 손바닥과 가슴을 붉게 물들였다.

진은 처음으로 제대로 된 열상을 마주했다. 이런 느낌이었구나. 내 두려움, 어쩌면 슬픔으로 만들어지는 열기. 그것이 곧 포트의 실체였다. 극의 감정을 느낀다는 건 더 섬세하게 제 포트를 열 수 있는 열쇠를 들고 있다는 의미이기도 했다.

"그럼 열상을 끄는 건 반대 감정이에요?"

"아니, 그건 네 의지다. 자유의지."

격해진 감정을 다스려 포트의 문을 닫는다라. 진은 발갛게 달아오른 제 포트의 열상에 명령을 내렸다. 이제 더는 끌려다니지 않겠다고. 포트가 자신에게 온 것은 선택이 아니었지만 받아들이는 것은 자신의 선택이라고, 진은 제 마음에 명령을 내렸다. 달아오른 열기를 식혀줄 차가운 이미지를 떠올리자 문득 포트 너머 환영처럼 설산이 나타났다. 차가운 바람이 끼치자 타오르던 포트의 가장자리가 가라앉고 평온해졌다. 손 안에서 뻗어나간 열선의 끝을 바라보며 하나씩 손가락을 말아 쥐었다. 얼마 후 포트의 문이 닫히고 열상의 흔적이 사라졌다. 놀란 진과 달리 박 원장은 시큰둥한 얼굴이었다. 그 환영을 본 건 오직 자신뿐인 듯했다.

진은 다시 감정을 조절하며 열상을 불러 모으고 포트를 소환했다. 그러나 진의 손에서 소환된 포트는 찢긴 천 조각처럼 엉망인 구멍들뿐이었다. 너덜너덜한 포트를 열면 박 원장이 손을 얹어 그 포트의 단면과 크기를 정리해주었다. 제 손등 위에 올라온 박 원장의 손 밑에서 에너지가 흘러들어왔다. 진은 그가 가진 에너지의 크기를 느낄 수 있었다. 박 원장의 에너지는 사위어가고 있었다. 진은 그의 포트가 곧 사라질 것을 예상할 수 있었다. 반대로 박 원장이 진처럼 에너지를 느낄 수 있었다면 그는 뒤도 돌아보지 않고 진에게서 도망쳤을 것이다.

아침 9시가 될 무렵 박 원장은 피곤함에 지쳐 곯아떨어졌고 최 상무는 입장권 줄을 서기 위해 일찌감치 길을 나섰다. 김 사장은 아침 대용으로 두유 한 잔을 마시더니 이내 줄담배만 피우며 먼산바라기를 했다. 김 사장과 둘만 남게 된 진은 포트를 소환하는 것만을 반복했다. 처음에는 제멋대로 나타나던 열상이 조금 비슷한 모양새를 띠며 활성화됐다. 김 사장은 말 한마디 보태지 않고 진의 연습을 지켜보았다. 그렇게 먼 산을 바라보며 담배를 피우다 문득 생각난 듯 한마디를 뱉은 것이.

"엄마냐, 아빠냐?"

"네?"

"포트 능력을 준 게 엄마였는지, 아빠였는지 몰라?"

"유전이에요?"

"최 상무도 박 원장도 결혼은 했었는데 애는 안 낳았지. 이지랄 같은 능력을 물려줄 수가 없어서. 이해 가냐?"

"……엄마였나 봐요. 낳아놓고 도망갔거든요."

그는 씁쓸히 웃었다. 그 지랄 같은 능력이 새어 나간 자식을 떠올리는 얼굴이었다.

포트를 여닫는 연습을 하는 동안 몇 주가 무심히 흘러갔다. 그새 산과 논밭에 가을빛이 완연해져 있었다. 진의 포트는 더디 열렸지만 약속했던 한 달은 성큼 다가와 있었다. 퇴근 후 오랜만에 일찍 들어온 진은 저녁 내내 정희의 눈치만 봤다. 빨래를 개키던 정희는 미적거리며 곁에 앉은 진을 보고도 모른 척했다. 다 갠 수건을 접었다 폈다 하는 꼴이 눈꼴사나웠다. 뭉개고 앉은 꼴이 내일까지 입도 못 뗄 듯해서.

"뭐, 돈 필요해?"

"아뇨."

"사고 쳤어?"

"아뇨."

"나 갱년기라 속에서 열나니까 말할 거 있으면 빨리 말해."

심각한 표정을 보니 머릿속이 어지간히 복잡한 듯했다. 그 말을 하고 정희는 더 재촉하지 않고 기다렸다.

"……저, 아버지랑 아줌마 어렸을 때 같이 자랐다고 했죠? 같은 보육원에서."

"그런데."

"혹시 저희 엄마 아세요?"

진의 팬티를 접던 정희의 손이 뚝 멈춰졌다. 삭아 구멍이 난 팬티가 얼굴로 날라왔다.

"팬티냐 걸레냐. 다 큰 놈이 새 팬티 하나 못 사 입어?"

"혹시 같은 보육원에서 자란 사람이었어요?"

"네 아버지 고릿적 일을 내가 어떻게 알아."

"아버지 쉽게 사람 좋아하는 사람 아니잖아요. 함부로 마음 주지도 않고."

"이 동네 다방 아가씨들한테 팁도 잘도 주던데, 퍽이나."

"첫사랑 같은 사람은요?"

"얘가 누구한테 와서 그딴 소리를 하고 있어?"

멋쩍은 진은 정희의 눈치를 보며 입을 다물었다. 번지수를 잘못짚었지만 정희 아줌마가 아니면 아버지의 입에서 절대 나오지 않을 이름이라 비벼볼 곳은 아줌마밖에 없었다.

"낳아준 엄마 찾고 싶다 하고, 먹이고 입혀줬더니 그 보람은 없네."

"……죄송해요. 근데요, 그 포트라는 거 하는 사람들 얘기, 아줌마는 어떻게 아셨어요?"

"무슨 소리야."

"아버지랑 하는 얘기 들었어요. 조직이 있다면 나 같은 사람들이 많다는 거잖아요."

정희는 떨리는 손을 빨랫감 아래에 감춰 넣었다. 폭격과도 같은 갑작스러운 질문에 할 말을 잃었다. 똑똑한 녀석이라 어설프게 잡아뗄수록 더 의심할 것이다. 어디까지 말할 것인가의 선택지 아래서 고민이 깊어졌다.

"……사람들은 나 같은 사람 앞에선 입조심을 안 해. 객실 청소원이 들어와도 속옷 바람에 거리낌 없이 통화하고 소리지르고. 그런 사람들 얘기까지도 알게 되는 게 우리 일이야."

"보셨어요?"

"뭘."

"그런 사람들이요. 직접."

"못 봤어."

"그럼 이게 유전이라는 건 아셨어요?"

그 말은 말문이 아닌 숨통을 막았다. 그래서 수십 년 만에 생모를 찾는 거냐고 묻고 싶은데도 입이 떨어지지 않았다. 진은 당황한 그녀의 표정을 읽지 못한 채 얘기했다.

"혹시 만에 하나, 공간의 문 말고 시간의 문도 연다면요, 이건 그 세계에서 돌연변이인 거겠죠?"

"……시간? 무슨 시간?"

"만약 타임머신처럼 시간의 문을 연다면……"

"진아, 잠깐만."

정희는 터질 듯한 감정을 억누르며 다시 물었다.

"이 얘기 또 아는 사람 있니?"

"……."

진은 본능적으로 성 사장의 이름을 지켰다.

"있어?"

"아뇨."

진은 그제야 입을 다물었다. 아무래도 너무 많은 이야기로 정희에게 충격을 준 것 같았다. 새하얗게 질린 그녀를 두고 진은 밖으로 나왔다. 옥상에 올라 담배를 물고 흩어지는 연기를 바라보며 생각했다. 역시나 꺼내지 말았어야 할 얘기였다. 어쩌면 진의 생모는 아버지와 정희 아줌마 모두의 기억 속에서 지우고 싶은 사람일지도 모른다.

다음 날 새벽, 진은 6시 정각에 카지노 앞으로 갔다. 며칠 사이에 세 사람의 신수가 훤해져 있었다. 쏨쏨이가 커지고 배팅 금액이 커진 걸 보면 얼마 못 가 오링이 날 것은 불을 보듯 뻔한 일이라 이들과의 관계도 빨리 청산하는 게 좋을 듯했다. 성 사장은 그들이 착수금으로 한 달은커녕 일주일도 버티지 못할 것을 알고도 돈을 줬을 것이다.

며칠간 승률이 좋은 탓에 세 사람은 돈을 받고 하는 일이라는 걸 잊은 듯 열과 성을 다해 진을 가르쳤다. 최 상무는 포트를 여닫는 기본기를, 박 원장은 포트의 크기를 조절하는 다음 단계를, 김 사장은 두 단계가 완성된 후 거리 이동을 가르칠 예정이었다.

진은 이제 정신을 집중하면 쉽게 열상을 모아 포트를 열고 닫을 수 있었다. 열상을 불러 모은 뒤 감각을 조절하면서 구체적으로 떠올린 장소로 포트가 열렸다. 처음 조우하는 재능과 제 의지가 합을 이루도록 명령어를 입력하고 임무를 수행하기를 수십, 수백 번 반복했다. 게이트가 되기 위해선 자신의 몸을 매뉴얼화해야 했다. 박 원장이 가르쳐준 대로 다이얼을 왼쪽, 오른쪽으로 돌리는 것은 그 명령어 중 하나였다. 그러나 그들이 보는 진의 능력은 원형 포트 하나 만들지 못하는 아둔함의 극치였다. 진은 찢어발겨진 포트 하나 겨우 열면서 십 년은 녹슨 나사못을 돌리는 것처럼 낑낑댔다.

그 멍청함을 연기하느라 다음 단계인 김 사장을 만날 일은 없었다.

그러나 진에게는 옅은 확신이 있었다. 어쩌면 김 사장의 가르침은 필요하지 않을 것이라는. 문을 열고 들어온 이상 이제는 스스로 그 길을 찾을 수 있겠다는 자기 신뢰였다. 남은 것은 시간의 문이었다.

그 밤, 진은 어둠 속에 앉아 생각에 잠겼다. 옅은 가로등 불빛이 들어온 방에 우두커니 앉아 있던 진은 진규에게 쫓겨 공원 화장실로 들어간 때를 회상했다. 흩어져버린 기억 속에 재생된 건 정 사장이 맡긴 아우디 키를 들고나오다 문득 돌아본 벽시계였다. 11시 30분, 이유는 알 수 없지만 그 시간이 포트에 각인된 게 분명하다.

진은 벽시계를 떼어내어 자신의 눈앞에 세웠디. 새벽 2시 39분, 진은 그 시간을 머릿속에 봉인하고 옥상으로 올라와 담배 한 개비를 입에 물었다. 한 대가 다 타들어가고 손목시계는 2시 51분으로 바뀌어 있었다. 시간과 공간이 충분히 멀어졌다고 생각됐을 때 열상을 불러 포트를 소환했다. 눈을 감자 기다리던 어둠이 다가왔다.

하지만 어둠 속에 덩그러니 떠오른 문은 그대로였다. 진은 문과 자신뿐인 공간 속에서 고민에 잠겼다. 자신은 그들과 무엇이 다른가. 무엇이 달랐기에 시간을 열 수 있었던 것일까. 진은 문에서 한 발짝 뒤로 물러서 천천히 문 주위를 돌았다.

다시 한 바퀴를 돌았지만 달라지지 않았다.

　진규를 따돌렸던 행운은 제 운의 크기보다 진규의 불운이 더 컸기 때문일지도 모른다. 씁쓸히 결론짓고 열상을 끄려는 순간 무언가가 그의 눈길을 가로챘다. 공간의 문이 조금 뒤틀려 있다. 아니 벌어져 있다. 아니다. 뭐라고 설명할 수 없는 미묘한 차이를 제 머리로 표현할 수 없다.

　마치 수십 겹의 투명한 파일이 겹쳐져 문의 두께를 이룬 듯, 문은 촘촘한 결을 가지고 있었다. 결의 조그만 날개마다 수십 자리의 숫자가 기록되어 있었다. 숫자는 그 문의 이름이자 시간이었다. 일 분의 시차를 가지는 수십 개의 문을 조우한 순간 진은 그 문의 진정한 의미를 알아차렸다.

　일 분의 시차를 가지는 평행세계!

　손가락을 뻗어 그중 하나를 잡자 문 안의 또 다른 문이 빠져나왔다. 동시에 수십 개의 문이 병렬되었다. 얇게 겹쳐진 문들 사이로 그 문이 통과하고 있는 시간의 숫자가 떠올랐다. 손을 뻗으면 문마다 다른 문고리가 그의 손에 잡혔다. 자신이 떠나온 새벽 2시 39분의 문고리를 잡았다. 포트가 열리자 조심스레 발을 들여놓았다. 방으로 들어온 진은 책상 앞에 놓인 벽시계가 2시 39분을 가리키고 있는 것을 보았다. 제 손목시계는 51분을 지나 막 52분으로 넘어서고 있었다.

　진은 온몸에 전율을 느꼈다. 과거를 되돌릴 수 있는 건 신의 영역이다. 스무 살의 그에게 주어진 너무나 큰 칼자루였다. 감당할 수 없는 무게감이 그를 짓누른 것도 잠시, 얼마나 더 뒤의 시간으로 거슬러 갈 수 있는지가 궁금해졌다.

하지만 자신에게 돌아가고 싶은 순간이 있었던가. 돌아간들 뭐가 달라진다고. 머릿속을 헤집어도 딱히 바꾸고 싶은 순간을 꼽을 수가 없었다. 그냥 이십일 년 전으로 돌아가서 제 아비가 그 여자를 못 만나게 해서 태어나지나 말까. 사는 것도 지겨운데 태어나지 않고 생의 전 단계에 머무는 것도 나쁘지 않겠지. 그도 아니라면 태어난 순간으로 돌아가 갓난쟁이를 버리고 도망간 그 여자 얼굴이나 보고 올까도 싶었다. 그를 낳아 기뻤는지 슬펐는지 그 얼굴만이라도.

근데 보면 뭐? 내가 이십 년 뒤 당신 아들이라고 해? 퍽이나 그 말을 믿어주겠다.

진은 다시 자리에 벌렁 드러누웠다.

도무지 돌아가고 싶은 그 반짝하는 순간이 없는 인생, 쓴웃음이 나왔다. 그러나 순간 떠오른 생각 하나가 그를 용수철처럼 잡아 일으켰다. 돌아가고 싶다가 아니라 가능할까 여야 하겠지만 진은 손안의 열상을 불러 모았다. 감은 두 눈 안에 어지럽게 수많은 포트가 뒤얽혔다. 의식이 문을 뒤집었다. 진은 그 가운데 익숙한 날짜의 문을 소환했다. 문의 가장자리를 건드리자 또다시 수많은 복제문이 좌우로 병렬되었다. 시간이 분 단위를 넘어서 일 년의 격차가 있기에 수만 개의 문이 그만큼의 터널로 변형되었다.

빛이 없는 터널은 어둠과 두려움 그 자체였다. 진은 제가 가야 할 좌표를 골랐다. 문이 열리고 발을 움직였지만 투명한 파장이 그를 막아섰다. 강력한 힘이 과거를 바꾸고자 하는 미래의 진을 저지했다.

문 너머를 볼 수는 있지만 그 시간의 벽을 뚫고 갈 만큼의 강력한 에너지가 없었다. 다만 그 문 너머 그날의 자신은 똑똑히 보였다. 자신은 정신을 잃은 채 포트에 반쯤 걸쳐진 상태였고 성 사장은 그를 포트에서 끌어내고 있었다. 과거의 포트는 의식을 잃은 탓에 불안정하게 출렁이며 닫히고 있었고 성 사장의 손가락에 앞서 진의 몸통이 두 동강 날 판이었다. 진의 다리는 포트의 반대편 어디에 낀 상태로 요지부동이었으나 성 사장은 위험을 무릅쓰고 포트를 건너가 진을 자신의 세계로 잡아당기고 있었다. 포트는 점점 작아졌다. 포트 밖의 또 다른 포트 속의 진은 자신도 모르게 소리쳤다.

"반대편으로 가요!"

절규와도 같은 외침에 성 사장의 시선이 빈 벽으로 향했다. 아무것도 보이지 않음에도 그는 그 너머에 무엇인가 있음을 알아차렸다. 그의 시선이 동굴과도 같은 포트 너머 현재의 진과 마주친 순간 시간의 포트가 닫혔다.

진은 밤새 잠 한숨 못 잔 채로 픽업을 위해 카지노 앞으로 갔다. 그를 기다리고 있는 건 하룻밤 사이에 몰골이 되어버린 최 상무와 박 원장뿐이었다. 오링이 났는지 둘 다 폐인의 얼굴로 돌아와 있었다. 그들의 희망은 남은 천오백으로 누릴 며칠의 즐거움뿐이다. 김 사장은 입장권 추첨에서 떨어져 차에서 쉬고 있다고 했다.

진의 머릿속도 복잡했다. 짧은 시간을 되돌릴 순 있지만 그 이상의 시간을 되돌릴 수 없다는 건 부질없는 재능이다. 일 년 전 과거의 포트를 열었다 한들 자신이 할 수 있는 최선은 들리지 않는 그 벽을 향해 소리치는 것뿐이라는 건 생각지도 않은 좌절을 안겨주었다. 아무것도 바꿀 수 없는 과거의 동영상을 들여다보는 걸 재능이라고 할 수는 없으니.

김 사장의 아지트 근처에 차를 주차하고 걸어가는 순간까지 머릿속에는 온통 시간의 문뿐이었다. 진은 제가 디디는 발바닥 아래만을 바라보며 걸었다. 그 문의 에너지를 어떻게 뚫고 지나갈 수 있을까를 고민하는 찰나 뒤통수가 얼얼했다. 뒤를 돌아보니 부삽을 든 최 상무가 서 있었고 머리를 잡았던 손에 피가 묻어났다. 까무러치는 의식 사이로 도망칠 시간의 문을 떠올렸지만 그 간발의 시간은 주어지지 않았다.

아, 씨팔! 장수꾼한테, 그 말을 끝내지 못하고 쓰러졌다.

얼마 후 눈을 떴을 때, 진은 자신이 좁은 관 안에 누워 있음을 깨달았다. 두 손은 납땜용 실납이 감긴 채였다. 머리 위로 해가 떠올라 좁은 흙구덩이 안까지 빛이 내리쬐고 있었다. 움직임이 느껴지자 직사각형의 구멍 안으로 두 사람의 머리가 드리워졌다.

"정신이 들었네."

최 상무가 무릎을 굽히고 구덩이 안으로 고개를 더 들이밀었다. 그의 왼쪽 팔에서 진의 블루 다이얼 롤렉스 시계가 반짝이고 있었다. 최 상무는 제가 보던 휴대폰을 코앞으로 들이밀었다. 그가 내민 화면에는 포트를 열고 닫는 진의 모습이 동영상으로 재생되고 있었다.

"네가 말을 잘 들으면 조직이 모를 거고, 아니면 조직도 모르게 죽는 거고."

"내 시계 내놔!"

"이 새끼가 맨날 혓바닥은 반토막으로 끊어먹고!"

"시계 내놓으라고!"

"얼씨구, 겨우 서브마리너 갖고 유세는! 너 솔직히 말해봐. 이거 누구한테 눈탱이 씌우고 받아낸 거지?"

진은 그를 노려보았다. 박 원장이 혀를 끌끌 차며 최 상무에게 말했다.

"애한테 뭘 주절대고 있어."

"생각할수록 웃긴 놈이잖아. 이 새끼 포트 키울 수 있는데도 속이고 딴 꿍꿍이 먹은 게."

"그래봤자 제 머리통 하나 집어넣을 구멍인데 노인네처럼 걱정은! 야, 너 말이야. 그렇다고 거기서 머리통 집어넣을 생각은 마라. 이거야말로 천만 원짜리 비밀인데, 손에 납을 달고 있으면 포트를 못 열어. 그게 니 힘을 억누르거든."

최 상무가 손에 든 흙을 뿌리며 말했다.

"네가 형님들 심부름을 잘하면 거기서 나온다 이 말이야."

"니들처럼 카지노 칩이나 훔치는 쓰레기 인생을 살라고?"

"어린놈의 새끼가, 확 주둥이를 찢어버릴라!"

최 상무가 열을 내자 박 원장이 그를 말리며 말했다.

"우리가 그깟 푼돈 먹겠다고 이러는 걸로 보이냐. 그거 말고 너희 사장 금고 말이야. 성 사장 이 바닥에서 수십억 현금 굴리는 거 알 만한 사람은 다 아는데, 우리가 아무리 개털이라도 만 원짜리 칩이나 털고 있을까. 딱 맞게 네가 우리 입안에 굴러들어왔는데 말이지."

"좆까, 미친놈아!"

"하, 요 새끼 말하는 거 진짜 마음에 안 드네. 오늘 내가 이 새끼 정신머리 세탁시킨다."

"살살 좀 하라고."

"형님! 거기서 담배만 피지 말고 와서 보라니까."

최 상무가 누군가를 부르자 느린 발소리가 구덩이로 이어졌다. 구멍 위로 고개를 내민 것은 김 사장이었다. 그는 구덩이 아래로 내려와 피우던 담배꽁초를 진의 입에 꽂아놓고 손목의 실납을 단단히 여몄다. 그리고 뒤의 두 사람은 듣지 못하게 나지막한 목소리로 말했다.

"멀리 가려면 GPS 좌표가 필요하다. 익숙하고 가까운 곳은 기억으로 갈 수 있지만 먼 곳은 좌표를 찍으면 갈 수 있어. 네 포트 중앙에 십자선이 있을 거다. 이게 진짜다."

김 사장이 올라오자 최 상무가 관뚜껑을 들고 다가와 낮은 목소리로 말했다.

"한 시간 뒤에도 살려달라는 말이 안 나오나 보자."

관뚜껑이 덮이자 이내 그 위로 흙더미가 쏟아져 내리는 소리가 들렸다. 틈 사이로 매캐한 흙먼지가 새어 들고 밭은기침이 났다. 한참 동안 들리던 흙소리가 잦아들고 죽음 같은 정적이 찾아왔다. 진은 온몸을 뒤틀어 움직이려 했지만 움직여지지 않았다. 손안의 열상도 불러올 수 없었다. 손을 위로 올려 혀끝으로 실납 끝을 더듬었다. 줄에 혀와 입술이 베여 피가 흘렀지만 아픔을 느낄 새도 없었다. 한참만에야 뜯어진 끝을 찾아 이빨로 물고 천천히 끝을 잡아당겼다. 수십 번을 돌린 끝에 겨우 왼손 반 정도가 풀렸다.

김 사장이 실납을 조이는 척하며 손안에 쥐어준 라이터를 켜 주변을 밝혔다. 라이터에는 휘갈겨 쓴 숫자가 있었다.

37.227091, 128.815813

진은 직감적으로 어딘가의 GPS 위치임을 알아차렸다. 그곳이 어떤 곳인지 생각할 겨를이 없었다. 반쯤 풀린 왼손만으로 포트를 열고 그곳으로 이동해야 한다. 열상을 불러오자 실납이 감긴 나머지 부분이 열에 타들어갈 듯 아파오기 시작했다. 밖으로 분출되지 못한 에너지가 제 살을 태우는 고통으로 돌아왔다. 왼손의 열상을 최고로 끌어올려 관의 왼쪽 벽면에 손을 댔다. 김 사장의 말처럼 어둠 속에 수직으로 교차되는 희미한 두 개의 직선이 있었다. 두 직선의 교차점에 손가락을 갖다 대고 움직이자 숫자들이 연동되었다. 직감은 숫자가 GPS임을 말해주지만 포트의 문이 될지는 확신할 수 없었다. GPS 위치를 잡았지만 눈앞에 구멍 하나 열리지 않았다. 열상이 태운 매캐한 살냄새가 좁은 관 안을 채웠다. 방법이 잘못되었나. 두려움이 배가되었다. 어둠은 여전히 그를 놓아주지 않았다. 진은 또 한 번 GPS를 불러왔다. 그리고 얼마 후 눈앞에 조그만 빛 구멍이 나타났다. 조그만 구멍들이 빛의 줄기로 이어지자 그 통로로 형광등 불빛이 새어 들어오기 시작했다. 열상을 키우자 구멍은 순식간에 커졌다. 진은 온 힘을 다해 그 구멍 안으로 몸을 던졌다.

진은 벽면의 중간쯤 뚫린 포트에서 바닥으로 떨어졌다. 빈 벽에서 느닷없이 진이 굴러떨어지자 놀란 철민이 뛰어와 진을 붙잡았다. 진을 뱉어낸 포트는 순식간에 벽으로 돌아갔다. 성 사장은 자리에서 일어나 창밖을 살핀 뒤 문을 잠그고 진에게 왔다. 그는 진의 손에 감긴 실납과 흙을 뒤집어쓴 몰골을 보며 상황을 짐작했다.

실납을 풀고 난 진은 감겼던 반대쪽 손과 왼손의 중간이 화상을 입은 듯 빨갛게 데어 있는 것을 봤다. 진은 성 사장에게 자초지종을 설명할 수 없었다. 당장이라도 최와 박을 쫓아가려고 했지만 성 사장이 그의 생각을 읽고 고개를 저었다. 화가 치밀어 올랐지만 삭여야 했다. 그저, 남은 돈이 있으니 그 사람들이 제 발로 여길 찾아올 것이고 남은 일은 성 사장이 처리할 것이라 믿는 수밖에.

진은 세면대 앞에서 얼굴을 닦았다. 철민은 다친 진의 손바닥을 소독하고 약을 발라주었다. 묻고 싶은 게 많은 얼굴이었으나 철민 역시 성 사장 앞이라 아무것도 묻지 못했다. 진은 포트를 열어 녀석들을 손보고 싶은 마음이 굴뚝같았다. 수업은 강제 종료되었으나 확실히 비싼 값어치가 있는 세 가지를 배웠다.

납을 두르고 있으면 포트를 열지 못한다. 또한 멀리 가기 위해선 정확한 GPS가 필요하다. GPS를 부를 수 있는 십자선은 아무에게나 나타나지 않는다. 그리고 한 가지 더. 개중에 가장 뼈저린 교훈이 있었다. 게이트든 아니든 이 세상에 믿을 놈은 하나도 없다는 것.

　그 시각 최 상무는 롤렉스를 이리저리 돌려보며 콧노래를 부르고 있었다. 어린놈이 짝퉁이나 차고 다닐 줄 알았더니 비싼 진품을 차고 다니는 걸 보면 캐딜락 전당사 현금이 흘러넘친다는 말이 허언은 아니라고. 그는 성 사장의 금고에서 훔쳐낼 돈을 셈하느라 등 뒤로 다가온 검은 그림자를 알아차리지 못했다.

　그가 고개를 돌렸을 때는 이미 심 경장이 그의 팔과 다리를 포트 안에 묶은 뒤였다. 주위를 둘러보니 김 사장과 박 원장 역시 나무에 사지가 벌어져서 꽂힌 채였다. 심 경장은 주위를 둘러보며 말했다.

　"꽤 강력한 기운이 느껴졌는데 어째서 퇴물들만 있는 거지?"

　최 상무는 그가 보통의 능력자가 아님을 눈치챘다.

　"저, 저기 땅속에 한 놈이 더 있는데요."

　"땅속?"

　"아, 애 하나 교육 중이라 잠깐 묻어놨어요."

　심 경장은 팔을 들어 최 상무의 포트를 풀었다.

　"파. 딴짓하면 네가 묻힐 거다."

최 상무는 삽을 들고 진을 묻은 자리를 파기 시작했다. 얕게 묻은 관이 드러나자 그는 쭈뼛거리며 심 경장을 돌아보곤 관뚜껑을 열어젖혔다. 비어 있는 관을 보고 최 상무가 당황하자 김 사장은 고개를 떨어뜨린 채 희미한 웃음을 지었다.

"어, 분명히 여기에 묻었는데. 실납으로 손까지 감아뒀는데 이놈이 어떻게……. 무, 무연납이었나."

심 경장은 남자의 변명 대신 땅바닥에 떨어진 실납 롤을 들어 올렸다.

"실납으로 감아뒀는데도 포트를 했다……. 그래서 내가 그놈의 기운을 느낀 거군. 이름은?"

그때 잠자코 있던 김 사장이 최 상무를 불러 세웠다.

"뻘짓 하지 마. 뭔 말을 해도 저놈은 우릴 죽일 거니까."

심 경장이 김 사장 쪽으로 고개를 돌린 순간, 김 사장은 최 상무의 뒷주머니에 꽂혀 있던 휴대폰을 쓰레기 수거장으로 포트시켰다. 심 경장은 피식 웃음을 흘렸다.

"땅에 묻을 땐 언제고 이제 와서 숨겨주시겠다?"

겁에 질린 최 상무가 뒷걸음질 치며 도망가자 심 경장은 그의 뒤에 포트를 열어 순식간에 구덩이 안으로 밀어넣었다. 몸부림치는 최 상무 위로 곧이어 박 원장이 떨어졌다. 하늘에서 시커먼 구멍 하나가 열렸다. 땅속 어딘가의 흙이 그들 위로 쏟아져 내렸다. 발버둥을 치던 두 사람이 흙 속에 파묻히고 움직임이 잦아들자 그 위로 순식간에 진의 차가 옮겨졌다. 김 사장은 허망한 눈빛으로 그를 바라보았다.

"대단한 실력이군. 그래서 조직쯤 되시나?"

"그럴 리가. 근데 내가 그 조직도 찾고 있는데."

"지금처럼 벌집을 쑤시고 다니면 알아서 찾아올 거야."

"애 이름은?"

"몰라."

심 경장의 눈이 진이 타고 왔던 세단에 꽂혔다. 장수꾼들에게 어울리지 않는 신형 세단, 그리고 사라진 차 주인. 심 경장은 유리창 앞에 꽂힌 명함을 손에 쥐었다. 캐딜락 전당사라. 용의 발톱이 저장했던 사진 속 잘린 현수막의 글자가 떠올랐다. 캐. 캐딜락 전당사의 '캐'였군. 마지막 퍼즐 조각이 맞춰졌다.

병원에서 화상을 입은 손과 머리 뒤 상처를 치료한 뒤 전당사로 돌아오니 철민이 점심도 먹지 않은 채 진을 기다리고 있었다. 진을 기다리느라 철민의 자장도 불어터진 채였다. 떡이 된 자장을 풀고 있는데 전당사의 문이 열리고 제복 차림의 두 사람이 들어왔다. 읍내 파출소의 안 경장과 이 순경이었다. 진과 철민은 안 경장을 보자마자 자동으로 일어섰다.

벗은 모자로 땀을 식히던 안 경장은 손짓으로 두 사람의 인사를 대충 받고 자리에 앉았다.

"먹어, 먹어."

"식사하셨어요?"

"하이고, 자장떡이라도 나눠주시게? 됐으니까 어서 드셔."

성 사장이 일어나자 진과 철민은 자장면 그릇을 들고 책상으로 이동했다. 성 사장은 손수 커피 머신에서 손님용 커피를 내렸다. 갓 만든 아이스라떼가 안 경장과 이 순경 앞으로 배달되었다.

"아, 역시 성 사장 라떼는 아트지."

"오전에 운동 못 오셔서 바쁘신가 했는데."

"말도 마! 아침에 미봉산 올라가는 공터에서 화재가 발생해서 그거 수습하느라 정신이 하나도 없었어."

미봉산 공터라는 말을 듣자마자 진의 젓가락이 멈췄다. 붕대를 감은 왼손을 그릇 옆으로 내리면서 진은 안 경장의 말에 귀를 세웠다.

"이 순경, 사진 좀 보여줘봐. 이거 성 사장 가게 차 아닌가 봐봐."

이 순경이 내미는 휴대폰 사진에는 반쯤 타다 만 진의 세단이 있었다.

"저희 차 맞는데요."

"여기 간 적 있어?"

"그럴 리가요. 안 그래도 아침에 주차장에 시동 걸어놓은 차가 사라져서 장수꾼이 훔쳐갔나 찾아볼 참이었는데요."

"그럴 줄 알았다니까! 여기가 장수꾼 세 사람 아지트였는데 세 사람은 온데간데없이 사라지고 차만 불타고 있더라고. 이놈들 술 마시고 뭔 사고를 쳤던 거지."

"차야 보험 처리 하면 되는데 사람 안 다쳤으면 됐죠."

"뭐 건질 게 있는지 이따 같이 올라가서 보자고. 차는 보고서 쓰고 종결되면 견인해서 가. 한 닷새는 걸릴 텐데, 근데 견인이 될런가 모르겠다."

오늘 아침 그 현장에 진이 있었다는 얘기만을 쏙 뺀 채 두 사람은 대화를 끝냈다. 차를 팔아먹을 궁리부터 했을 장수꾼들이 진의 차에 불을 지르고 사라졌을까. 진은 불길한 예감에 휩싸였다.

철민을 가게 붙박이로 두고 진은 성 사장의 차를 타고 미봉산을 올랐다. 성 사장은 진에게 아무것도 묻지 않았지만 진은 해야 할 이야기가 있었다. 박 원장과 최 상무가 진을 파묻었다는 이야기를 듣고 나서도 성 사장은 이렇다 할 반응을 보이지 않았다.

공터 쪽으로 향하자 매캐한 탄내가 코를 찔렀다. 근처에 차를 대고 출입금지 테이프가 쳐진 사건 현장으로 다가갔다. 아침에 진이 타고 왔던 차는 반쯤 탄 채로 흉측한 철골을 드러내고 있었다. 성 사장이 안 경장과 얘기를 나누는 사이 진이 차 주변을 둘러보았다. 김 사장이 숙소로 쓰는 오래된 박스카가 그대로인 걸 보면 그는 이곳을 자의로 떠난 것이 아니다.

진은 자신이 묻혔던 자리를 가늠해서 걸어갔다. 하필이면 그 자리 위에 진의 차가 올려져 있었다. 그 바퀴 안쪽 부분을 살펴보는데 흙더미에서 반짝이는 물건이 보였다. 흙을 걷어 보니 최 상무가 가져갔던 자신의 롤렉스 시계였다. 진은 재빨리 주머니 속에 시계를 감추었다. 좋지 않은 예감이 들었다.

"경장님……."

성 사장과 이야기를 나누고 있던 안 경장이 진에게로 걸어왔다.

"왜."

"아무래도 이 차 밑에 뭐가 있는 것 같은데요."

다른 말을 하지 않았지만 성 사장은 그 말의 의미를 알아차렸다. 안 경장은 심드렁한 표정으로 차를 흔들며 말했다.

"뭐, 나중에 견인하고 나면 파봐야지."

그 말이 끝나자마자 성 사장이 범퍼를 밀어 차를 뒤로 빼냈다. 차가 움직이자 심하게 그을린 땅이 드러났다. 그 검은 흙 사이에서 무언가가 반짝였다.

"응? 이게 뭐……."

안 경장이 흙에서 끄집어 올린 건 은색 안경테였다. 그는 소스라치게 놀라며 털썩 주저앉았다.

"이 순경! 이리 와서 여기 좀 파봐."

이 순경은 순찰차에서 부삽을 들고 와 땅을 파기 시작했다. 몇 센티 파자마자 사람의 옷가지가 드러났다. 일순간 주변 모든 사람의 움직임이 멈춰졌다. 부삽을 내려놓은 이 순경이 손으로 조심스레 땅을 파헤치니 곱아든 사람의 손이 드러났다. 왼손 한 마디가 잘린 최 상무의 손이었다.

4

보안팀 CCTV 화면 중간에 불 두 개가 들어왔다. 홀 제일 끝 쪽 같은 자리를 비추는 두 대의 카메라가 손님이 딜러에게 욕지거리를 퍼붓고 장내에서 소동을 벌이는 장면을 보여주고 있었다. 서베일런스의 분석 컴퓨터에 해당 손님의 승률이 거의 바닥인 것이 확인되었다.

배준은 안전관리팀을 호출하고 직접 영업장으로 내려갔다.

홀 안전관리팀이 보안실로 데려온 남자는 벌써 반년째 카지노에 출입 중인 정현섭이란 남자였다. 구겨진 셔츠를 입은 그의 뒷모습만 봐도 다음 벌어질 일이 예상되었다.

"오늘 새벽에도 옆에 놈이 내 칩을 빼갔다니까. 그놈 손이 테이블 밑에 있었는데, 내가 두 눈을 뜨고 칩을 보고 있었는데도 십만 원짜리 칩이 툭 하고 한 칸이 꺼졌어. 칩 하나가 순식간에 사라졌다고!"

보안요원 최 대리가 고개를 절레절레 내저었다. 크고 작은 말썽을 일으키다 이제는 정신줄을 놓은 것 같다고. 최 대리는 한숨을 쉬며 정현섭의 말을 받았다.

"아니, 칩이 발이 달린 것도 아니고 그게 말이 됩니까? 가만히 있는 칩이 어떻게 눈앞에서 사라져요."

"사라졌다고! 내가 오늘 물주 하나 모셔서 대신 게임 해드리는 건데 이게 내 돈이면 이러지도 않지. 새벽에 내 옆에 앉아 있던 그놈, 그놈 잡아 와봐. 그때 CCTV 영상을 돌리면 그 장면이 나올 거라고. 그놈이 테이블 밑에서 칩을 빼돌리는 거야."

"사장님, 진정하시고요. 그분이 정말 테이블 밑에서 뭔가를 했다 쳐요. 구멍을 뚫었다 치고, 그 구멍은 어떻게 메웁니까."

놀리듯 따져 물은 말에 정현섭은 눈빛을 빛내며 말했다.

"그런 놈들 있다니까. 그 뭐지, 벽이나 차에 구멍을 뚫어서 손을 넣을 수 있는 놈들! 며칠 전에 내가 봤다고!"

배준은 그의 말에 정신이 번뜩 들었다.

"카지노 홀에서요?"

"아니, 오늘 이놈 말고 며칠 전에 차에 있는데 차 가지러 온 어린놈 하나가 그런 짓을 하더라니까. 차 문이 잠겨 있는데 차에 구멍이 생기고 손이 쑥 들어왔다고!"

배준은 최 대리에게 고갯짓으로 구석을 가리켰다. 최 대리는 칩을 타가는 장수꾼의 수법이 나날이 무협 판타지물이 되고 있다는 사실에 암담함을 느꼈다. 정현섭은 최 대리가 내미는 사우나 티켓과 공짜 칩에 심히 갈등하고 있었다. 이걸 받거나 더 난장을 피우거나. 하지만 정현섭은 물주에게 다음 칩을 받을 일이 급했다. 입은 그만 털고 이쯤 일어서도 나쁠 것 같지 않았다. 정현섭이 봉투를 챙겨 일어서는데 배준이 그를 불러 세웠다.

"주차장에서 봤다는 그 사람, 어느 전당사 사람입니까?"

"으응? 전당사? 내가 전당사라고 했었나? 글쎄, 그때 술을 마셔서 가물가물한데."

남자는 어물쩍 말을 아끼고 돌아갔지만 배준은 어설픈 거짓말 속 숨겨진 힌트를 읽었다.

차를 담보 잡는 읍내 전당사, 어린 애. 어쩌면 게이트.

배준은 회사에 반차를 신청했다. 5개월 전 배준이 낙하산으로 보안팀장이 되었을 때보다 처음 반차를 쓰는 걸 두고 더 많은 말들이 돌았다. 일밖에 모르는 깐깐한 팀장에게 이제야 여자가 생겼다며 보안팀은 잔치 분위기였다.

그러나 직원들의 예상과 달리 배준이 개인적으로 찾아간 곳은 읍내의 전당사였다. 카지노 보안팀장의 행차가 달갑지 않은 전당사들은 배준이 내미는 정현섭의 사진을 보자마자 재깍 황금 전당사를 지목했다. 배준은 황금 전당사를 찾아 정현섭이 시계와 차를 잡혔다는 사실을 알아냈다. 황금 사장은 정현섭이 카지노에서 대형 사고를 치고 그걸 덤터기 씌웠는지 전전긍긍했지만 배준의 시선은 소파에서 휴대폰 게임을 하고 있는 직원들에게로만 향했다. 휴대폰 게임에 몰두한 떡대들 사이로 정현섭이 말한 애라고 부를 만한 얼굴은 보이지 않았다.

"정현섭 씨가 여기 말고 다른 곳과도 거래했습니까?"

"글쎄요, 그 사람 이 바닥에서 얼굴 팔려서 더는 받아주는 데 없을 거예요."

"일이 있었습니까?"

"스페어 키로 차 두 번 해먹으려다 캐딜락 사장한테 걸려 뒈질 뻔했죠. 성 사장이 누군데 그런 인간에게 털리나."

캐딜락 전당사……. 배준은 카지노 안에서도 소문만 무성한 성 사장과 그의 전당사를 떠올렸다. 하지만 그에게 중요한 건 성 사장의 과거 따위가 아니었다. 그의 곁에 있다는 '애'의

정체였다.

진과 철민은 머리를 맞대고 컴퓨터 모니터 앞에 앉았다. 진의 손 화상을 치료하는 동안 컴퓨터 서류 처리하는 일을 철민이 도맡기로 해 엑셀 수식으로 장부 쓰는 법을 배우는 중이었다.

"날짜에 숫자 넣고, 셀 정하고 주르르 자동 합계, 쉽지?"

"아, 픽셀!"

"그 픽셀 아니고. 시키는 거나 똑바로 해."

"너처럼 주르르 안 딸려 내려오는데."

"셀값이 없으니까 계산이 안 되지. 그럼 자료 건들지 말고 만들어놓은 시트 그대로 복사해서 끼워봐."

"뭔 시트? 침대 시트?"

"형, 학생 때 선생님한테 좀 맞았지?"

셀 하나 못 잡아 헤매는 철민의 표정으로 보건대 제 고생 길이 훤해 보였다. 왼손은 빠르게 아물고 있었고 미봉산에서 죽은 장수꾼들에 대한 소문도 빠르게 잊혔다. 이왕 죽을 운명이었다면 신장이라도 하나 떼서 실컷 게임이나 하다 가든가. 그들의 부고를 접한 장수꾼은 제 앞날을 예견하듯 씁쓸한 조의를 표했다.

상처를 소독하고 새 붕대를 감는데 띠링- 전자 센서 벨 소리와 함께 문이 열렸다. 문을 열고 들어온 건 말쑥한 정장 차림의 사내였다. 남자는 지금까지 그 문을 열고 들어온 수백, 수천 명의 고객과 다른 분위기를 풍기며 가게 안으로 들어왔다. 남자와 시선이 마주친 순간 두 사람의 눈빛은 거미줄처럼 얽혔다. 진의 머릿속은 동물적 본능이 울리는 경고음으로 가득찼다. 게이트이거나 조직이거나, 둘 다에 해당하는 사람!

용건을 잊은 남자를 대신해 철민이 그가 해야 할 첫 마디를 상기시켰다.

"어떻게 오셨어요?"

남자는 그제야 인사를 하며 명함을 건넸고 명함을 받아든 성 사장은 의아한 얼굴로 말했다.

"카지노 보안팀에서 어쩐 일로."

철민이 진에게 눈빛으로 물었다. 우리가 카지노에 책잡힐 건수가 있었나.

진은 남자가 문을 열고 들어서는 순간부터 자신을 찾아왔다는 사실을 알았다. 그는 진에게서 시선을 거두고 성 사장에게 용건을 전했다.

"저희 고객 중에 정현섭 씨란 분이 계시는데 그분 일로 잠시 찾아왔습니다. 여기서도 차 문제로 말썽이 있었다고 들었는데요."

"별일 없었습니다. 그 차는 황금에 있으니 차 문제는 그쪽이랑 얘기하시면 될 텐데요."

성 사장 역시 평소와 다름없는 말투였지만 남자를 바라보는 눈빛은 차가웠다. 차 문제는 명분일 뿐 다른 걸 확인하기 위해 찾아온 길임을 감지했다.

"장기 고객이 사건 사고를 많이 일으켜서 관리 대상으로 올릴 예정이라 전당사 쪽에서도 이분과 거래하실 때 주의하시기 바랍니다."

"요즘에는 카지노에서 장기 고객 걱정을 다 해주시네요."

성 사장의 냉랭함은 드디어 말투에까지 묻어났다. 어떤 무례한 손님 앞에서도 침착하던 성 사장의 다른 모습에 철민과 진이 긴장했다.

보안팀장은 몇 가지를 더 묻더니 깍듯하게 인사하고 전당사를 나갔다. 철민과 진은 유리문에 달라붙어 그가 읍내 쪽으로 걸어간 것을 확인한 뒤 성 사장에게 달려왔다.

"저 사람 왜 온 거예요?"

성 사장은 묵묵부답이었지만 진은 정현섭이란 낯선 이름이 뜻하는 바를 짐작했다. 정현섭이라는 남자는 며칠 전 주차장에서 만났던 아우디 사기꾼이고, 그가 사고를 쳤으며, 순간을 무마하기 위해 보안팀장에게 자신의 이야기를 흘렸을 것이다. 딱 한 번 들켜버린 결과가 이런 화로 찾아올 줄이야. 착해서 복은 못 받아도 화는 면할 거라던 그 세 치 혀를 뽑아버리지 않은 게 후회됐다.

회사로 돌아온 배준은 곧바로 최 대리를 불렀다. 그는 이곳에서 나고 자라 동네 사람들의 가계도를 꿰고 있는 마당발 직원이었다. 직원들 사이에선 아직도 배 팀장이 낙하산이라 수군거리며 경계하는 사람들이 많지만 최 대리는 그를 허물없이 대하는 몇 안 되는 직원 중 하나라 동네 일을 물어보기에도 편했다.

"캐딜락 전당사요? 뭐, 이 근방에서는 유명하죠. 근데 왜요?"

"거기 사장이랑 직원들도 좀 알아?"

"아, 그 사장님 유명하시죠. 캐딜락 한 대 끌고 와서 통째로 가게 인수하더니 딱 먹고 떨어질 만큼만 떼는 걸로요. 인수한 이유가 원래 가게 이름이 마음에 들었다나 뭐라나."

"직원은?"

"원래 진이 혼자 일당백으로 했죠. 새로 누가 하나 왔다던데 그 친구는 외지인이라 잘 몰라요."

"진이? 나이는?"

"올해 스무 살 정도 됐을 겁니다."

"다른 가족은?"

"아버지는 건설 쪽 일용직이고, 같이 사는 아줌마가 있는데 진이 초등학생 때부터 아저씨랑 같이, 뭐 거의 부부죠. 아, 그 아줌마 객실 청소원으로 일해요. 컨시어지 김주연 매니저랑 언니 동생 사이할걸요?"

"친구는?"

"별로 없을 거예요. 걔 어릴 때부터 쭉 이 동네에서만 자랐지만 기면증인가 뭐 병이 있어서 학교도 중퇴하고 몇 년 전부터 캐딜락 성 사장 밑에서 일했어요."

"기면증?"

"뭐, 갑자기 길에서 잠이 든다나 그런 병이랬는데……. 아, 저 인간 또 사고 치네."

CCTV 화면 하나에 '주의' 알람이 떴다. 난동을 피웠던 정현섭이 앉은 바카라 테이블이다. 배준은 하루라도 빨리 정현섭을 출입금지 해야 함을 알았다. 정현섭은 포트를 하는 진을 보았다. 그 가벼운 입에서 포트 이야기가 새어 나오게 되면 사태는 걷잡을 수 없이 커지게 된다. 그게 배준이 카지노의 보안팀장으로 내려온 이유였다. 그는 주기적으로 퇴물 게이트들의 흔적을 지우고 그들이 다른 사람들의 눈에 띄지 않도록 사고처리를 도맡아 했다. 하지만 눈에 띄지 않던 스무 살 게이트가 가까이 있었다는 건 예상 밖이다. 배준은 진의 능력을 시험해봐야겠다고 생각했다.

그 순간 휴대폰에 VVIP 긴급 호출 알람이 떴다. 배준은 서베일런스 3팀의 교대를 확인하고 15층으로 올라갔다. VVIP가 스위트룸 안에 별도로 설치된 멸균실로 그를 직접 부르는 일은 드물었다. 룸으로 들어가기 전 그는 전담 간호사를 만나 열을 재고 옷을 소독했다. 바깥에서 구두를 벗고 방호복을 입은 뒤에야 룸 안에 들어갈 수 있었다. 스위트룸에 딸린 두 개의 방 중 하나를 멸균실로 봉인해 사용하고 있었다. 배준은 막힌 유리문을 통해 한 회장을 만났다. 한 회장은 휠체어에 앉아 창밖을 보고 있었다. 말기 심부전증을 앓는 한 회장은 이미 기존의 치료 방법으로 회생이 힘든 상태까지 악화되어 있었다. 사실 그는 6개월 전 그의 체격과 면역적합성에 맞는 기증자가 나타나 수술 대기 상태까지 들어가기도 했다. 하지만 기존 공여자의 심장에 이상이 발견돼 수술이 중지되고 다시 공여자를 기다리는 처지가 되었다. 그는 중국 측에도 연락해 공여자를 구했지만 한 회장이 장거리 여행을 할 수 없을 만큼 면역력이 약해진 상태라 수술 성공 가능성이 낮았다.

결국 그에게 남은 방법은 세 가지였다. 또다시 기적을 바라며 공여자를 기다리거나, 한 회장이 위험을 무릅쓰고 중국으로 넘어가거나. 아니면 바다 위에서 장거리 텔레포트로 심장을 가져오는 것뿐이다. 그러나 그 장거리 텔레포트에 성공한 것은 단 한 번뿐. 게이트의 목숨값을 치르고 심장을 가져와야 했던 수술이다.

한 회장은 멸균실 유리문 앞으로 천천히 다가왔다.

"아침에 근처 산에서 화재가 있었다지?"

스피커폰을 통해 들려오는 그의 목소리는 여전히 강강하고 또렷했다.

그는 룸에서 꼼짝하지 않으면서 카지노 인근에서 일어나는 모든 정보를 꿰고 있었다.

"장수꾼 세 사람의 근거지였는데 차량 하나가 반 정도 불타고 사람들은 사라졌다고 합니다."

"게이트였나?"

"……네."

"다른 사람이 찾아왔을 가능성은?"

"경찰이 조사 중이라 현장에 가보지는 못했습니다."

가공할 만한 힘을 느꼈다. 그는 그 전까지 단 한 번도 폭발하듯 터지는 그런 종류의 포트를 느껴보지 못했다. 그리고 캐딜락 전당사에서 만났던 장진이라는 아이의 왼손에 감긴 붕대를 보았다. 왼손에만 붕대를 감고 있는 걸 보면 포트를 하다가 힘을 조절하지 못해 다쳤을 가능성이 컸지만 아직 그 얘기를 하기엔 시기상조라는 생각이 들어 말을 아꼈다.

"그 세 사람, 시체를 찾아봐. 몸에 포트로 당한 흔적이 남았는지."

"네?"

배준은 그제야 한 회장도 다른 게이트의 존재를 의심하고 있음을 알았다.

"호철이는 아직도냐?"

"휴대폰을 주운 사람과 통화만 되고 연락 두절입니다."

"걔가 봤다는 이상한 게이트는?"

"죄송합니다."

배준은 고개를 숙였다. 곁에 있던 한 이사가 다가와 배준의 정강이를 걷어찼다.

"이 새끼야, 네가 능력이 안 되면 되는 놈을 찾아내야지!"

그는 이를 악물고 고통을 안으로 삭였다.

"네가 절실함이 없어서 그런 거다. 그렇다고 포트를 여는 네 손목을 자를 수는 없지만 네 새끼나 마누라 목숨이 걸렸으면 해냈겠지. 아비란 게 그렇게 대단한 거지."

"형님 여기는 없다니까요! 카지노에는 퇴물들만 득실득실하다고요. 게이트고 게이트 할애비고 아무것도 없어요. 멀쩡한 병원 놔두고 이 산골에서 뭐 하는 겁니까, 예?"

한 이사가 역정을 내자 한 회장은 밭은기침을 내뱉고 말을 이었다.

"그만큼 숨기 좋다는 뜻이지."

"은행이나 털지 예서 만 원짜리 칩을 털고 있을까."

"아니, 심 경장 같은 놈은 그 허점을 노렸을 거다. 살아 있다면 제가 가장 잘 숨겨질 데를 골랐을 거야."

"그 새끼는 제대로 보냈다니까요."

한 이사는 그 말을 뱉고 아차 하는 표정으로 잠시 배 팀장을 돌아보았다.

"회장님, 심 경장은 힘이 다 빠져서 제 다리로 서지도 못했다고요. 두 눈으로 똑똑히 봤대도 그러시네."

"희는……."

"죽은 년을 이제 와서 뭘……."

한 이사는 제 머리를 헝클어뜨리며 짜증을 냈다.

"아무튼요, 여기 있어 봐야 건질 게 없다고요. 그냥 서울로 가시죠. 배 팀장이 몇 번씩 포트해서 서울로 나르는 거 너무 위험하다고요."

한 회장은 버튼을 눌러 통화를 종료했다. 한 이사는 배준과 함께 스위트룸 밖으로 나오자마자 방호복을 벗으며 쌍욕을 해댔다.

"씨발, 갱년기도 아니고! 가만히 서울 병원에나 있지 죽을 날 당기겠다는 거야 뭐야! 야, 다리는?"

"괜찮습니다."

"네가 이해해라. 조바심이 나는지 부쩍 저러신다. 그 앞에서 쇼라도 해야 마음을 놓지. 살살 간다고 갔는데 요새 힘 조절이 안 돼서."

배준은 한 이사가 벗어던진 방호복을 한편에 개켜두고 엘리베이터 앞에 섰다.

"이사님."

"왜."

"그 심 경장이라는 사람은 어땠습니까?"

"어땠긴, 일 하나는 끝내주게 했지……. 완도항에서 제주항까지가 얼마인 줄 아냐? 뱃길로 100킬로야. 그걸 한 번에 이동한 놈이야. 공해상에서 불빛으로 신호 보내는 배로도 포트하고."

배준은 속으로 가늠해봤다. 지금 자신이 무리 없이 갈 수 있는 포트 능력이 70킬로미터, 그 바람에 서울 병원에서 이곳까지 200킬로 안에 중간 지점 두 곳을 만들어 세 번에 걸쳐 이동하고 있다. 그는 내로라 하는 게이트들 사이에서 단연 뛰어난 실력자였지만 소문의 심 경장이라면 그 거리를 딱 두 번에 오갈 수 있다는 뜻이다.

"경장이라면 경찰이었습니까?"

"뭐, 그랬지. 근데 아픈 딸내미 때문에 꼬리 내린 뒤로는 개처럼 일하더라고. 약이든 금괴든 닥치는 대로 성공하니까 다른 게이트들은 식충이가 되잖아. 상도덕이 없어, 상도덕이. 그래도 아깝긴 해."

그의 마지막 말은 배준을 고개 숙이게 했다.

호텔 옥상정원에 때 이른 코스모스가 피었다. 사람의 손에 옮겨 심어진 것이 아니라 그저 바람에 날려 와 뿌리를 내린 꽃들이었다. 때가 되면 다시 바람이 꺾어갈 그들 사이로 정희가 걸어오고 있었다.

두 사람을 제외하고 옥상정원에는 아무도 없었다. 손님들은 곧장 카지노로 내려가기 때문에 영업이 끝나는 새벽에 돈을 다 잃고 찾아오면 모를까, 늘상 이렇게 비어 있어 직원들의 쉼터가 되는 공간이다. 배준은 객실 청소를 끝내고 한가해질 4시쯤 정희를 호출했다. 보안팀장이 객실 청소원을 부르는 건 도난 사고와 관련되었을 때뿐이다. 정희는 먼저 용건을 묻지 않고 담담히 그 앞에 섰다. 배준은 처음으로 정희가 여느 청소원과 다르다는 느낌을 받았다. 다른 객실 청소원 틈에 있을 때는 몰랐는데 그녀에게서는 이곳 사람 특유의 경계심과 다른 무언가가 느껴졌다. 갑자기 발령받은 보안팀장에게 보내는 내지인들의 텃세와도 다르다. 혹시나 하는 마음으로 살펴보았지만 열의 흔적을 남기는 손바닥의 텔레포트 잔상은 보이지 않는다.

"저 지금 관상으로 면접 보나요?"

"아닙니다."

"부르셨는데 손이랑 얼굴만 보셔서요. 고객이 저한테 클레임 걸었어요?"

"아니요."

"아니면 보안팀장님이 저한테 무슨 일이신데요."

태도가 사뭇 공격적이었으나 배 팀장은 침착하게 질문을 던졌다.

"개인적으로 물어볼 게 있어서요. 저희 고객 중 하나가 캐딜락 전당사 직원이 이상한 행동을 하는 걸 봤다고 하는데 그게 아드님인 것 같아서요. 얘기 듣기론 아들이 기면증을 앓고 있다던데 혹시 그 병이 어떻게 발현되는지 아십니까?"

"진이 병이 카지노와 무슨 상관이 있죠?"

"기면증인 상태일 때 갑자기 사라지기도 합니까?"

"어디로요."

"진이가 공간을 뚫을 수 있습니까?"

"네?"

그 질문은 순식간에 두 사람의 관계를 뒤집어버렸다. 배 팀장이 부른 자리에 불려와야 했던 정희는 선을 넘어버린 질문에 어처구니없다는 듯 웃음을 터뜨리며 말했다.

"공간을, 어쩐다고요?"

"공간을 흔적 없이 열었다가 닫았다고 합니다."

"그 말 한 사람 장수꾼이죠? 처자식 다 버리고, 멀쩡한 직업도 버리고, 도박에 미쳐서 팔 게 없으면 자기 신장까지 팔아서 도박으로 날리는 사람들이 한둘이에요? 근데 그런 사람

입에서 나온 말을 믿어요?"

"……."

"우리 진이 아픈 애예요. 어디서 뭔 소리를 들었는지는 모르지만 장수꾼이 둘러댄 말을 듣고 날 부르는 게 배 팀장이 할 일은 아닌 것 같은데요."

"생모는 아니시라고 들었습니다."

그의 무례는 정희의 역린을 건드렸다.

"제 가정사가 객실 청소하는데 결격 사유가 됩니까?"

"전 단지 양아드님 장진과 저희 고객과의 일을 묻고 싶을 뿐입니다."

"제 아들 진이는 장수꾼과 아무런 상관이 없고, 공간을 어쩐다는 것과도 관련이 없어요. 이쯤 하면 답변이 되셨습니까?"

"장진이 미봉산 장수꾼을 만난 적이 있던데요."

"제가 다 큰 애를 24시간 따라다니는 건 아니라서요. 만났는지 안 만났는지는 직접 만나서 물어보세요."

"정말 기면증이 맞습니까?"

배준은 자신이 원하는 답을 얻기 전엔 쉽게 물러날 사람이 아니었다. 정희는 제 칼날을 집어넣고 배 팀장의 칼을 꺼내 들어 그를 베기로 했다.

"배 팀장이 지켜야 할 선을 넘는 건 마치 이런 거예요. 컨시어지 김주연 매니저요, 두 사람 원래 아는 사이였다면서요. 연락 두절했다가 갑자기 나타나 안면박대하고 지내면서 쓸데없이 여지 주는 거에 대해 나도 한마디 해도 되는 건가요?"

그의 턱이 딱딱하게 굳는 걸 보며 정희는 한 발을 더 내디뎠다.

"생사를 오가는 수술을 마치고 보니 당신이 사라졌다는데, 그런 사람이 남의 가정사를 왈가왈부할 문제는 아닌 듯하네요."

"……."

"세상 참 좁아요, 배 팀장. 스쳤던 인연을 이런 곳에서 만나고."

배준은 그 말에 담긴 진짜 의미를 알지 못했다. 정희는 돌아서 가려다 그 자리에 멈춰서 다시 그를 보았다.

"주제넘게 한마디만 더하자면, 때론 그냥 떠나주는 게 그 사람을 진짜 위하는 일이기도 해요."

그녀는 옥상정원을 나왔다.

집으로 돌아온 정희는 불도 켜지 않은 채 거실에 오도카니 앉아 생각에 잠겼다. 배준, 이 남자를 어찌해야 하나. 그는 한 회장을 최측근에서 모시는 사람이다. 한 회장이 이곳에 오기 다섯 달 전 배 팀장이 새 보안팀장이 되었다. 보안팀장의 뒷배가 한 회장인 것은 알 만한 사람은 다 아는 비밀이지만 그한 회장이 스위트룸에서 쓰러졌다는 소문은 입단속을 당했다. 카지노의 대주주이며 사업체를 몇이나 운영하는 대부호인 한 회장의 뒷배경에 관해서 알려진 바는 없다. 주치의를 상주시켜도 위험한 상태라는 그가 이 산골짜기 호텔에 머무른다는 건 어딘가 말이 되지 않는다. 조직의 수장이 게이트의 무덤으로 숨어든 속내를 알 수 없어 속이 탔다. 진의 에너지는 하루가 다르게 강해지고 있었고, 언제고 깨어난다면 어두운 밤하늘에 신호탄을 쏘아 올리는 일이 될 것이다.

그때 현관문이 벌컥 열리고 맥주로 채운 비닐봉지를 든 주연이 들어섰다.

"언니, 집에 있을 줄 알았지."

"그런 너는? 얼마만의 오프인데 어디 좀 놀러나 다니든가 남자나 만나든가. 술 들고 여길 찾아오고 싶니."

"대작해주실 주당이 없으니까 그렇지."

"젊은 애가 술만 마시는 게 자랑이다. 찬장에 마른안주 있으니까 꺼내 와. 제일 오른쪽 문 열면……."

"알아, 어디 있는지."

정희는 절로 한숨이 새어 나왔다. 그럼에도 순식간에 다섯 개의 캔이 비워졌다. 주연이 속에 담아둔 말을 꺼내려면 술이 필요하다는 걸 알았기에 그녀를 기다려주었다.

같은 보육원에서 자라면서 의지할 가족 그 이상이 된 주연과 배준의 사연을 알면서도 내색하지 않은 건 다른 이유에서였다. 주연은 몰라도 어린 배준은 제 능력 때문에 버려졌을 것이다. 포트가 본격적으로 활성화될 무렵 그걸 숨기기 위해 보육원을 나왔을 것이고. 그 고단한 삶을 짐작건대, 배준은 주연에게도 제 능력을 숨겼을 수도 있다.

"……오늘 배 팀장한테 불려갔다며? 뭐래?"

"넌 왜 이렇게 속이 투명하니."

"그냥 직원들이랑 말도 안 섞는 사람이 언니를 왜 불렀을까 하고. 혹시…….."

"혹시 네 얘기 물어봤을까 봐? 어떻게 지내냐, 만나는 남자는 있냐. 뭐 그런 소리라도 하길 바라서? 그런 똥통에 처넣을 놈 생각은 왜 하고 사니."

"뭐 하긴, 여전히 쌩 까던데."

정희는 배 팀장에게 퍼부었던 마지막 말을 전하지 않았다. 며칠 전 14층의 사고가 생기고 배 팀장이 1413호를 들어갔다 나왔을 때 정희는 배 팀장의 오른손에 생긴 텔레포트의 열상을 보았다. 정희는 처음부터 그가 조직의 일원임을 알고 있었다. 어쩌면 그 이유로 주연을 떠났고 같은 이유로 돌아왔을지 모른다는 사실까지도.

"주연아, 너 한 회장 병명이 정확하게 뭔지 알아?"

"모르지. 그 룸은 개인 비서만 들어가서 우리 같은 일반 컨시어지는 접근도 못 해."

"쓰러졌다는 건 사실이야?"

"뭐, 보안팀에서 닥터를 불렀다고는 들었어. 방 하나에 의료설비를 들여놓았대. 심장 쪽 문제라던데 이식 말고는 답이 없나 봐. 그래서 사람을 찾는다나 어쩐다나."

심장……. 정희는 쓴웃음을 지었다. 다른 부위도 아니고 심장이라.

"중국 넘어가면 정말 찾을 수도 있다고 하는데 가고 싶어도 못 간대. 이동이 힘들어서. 공여자 찾는다고 수술이 될까싶지만."

순간 맥주를 마시던 정희의 손이 멈춰졌다. 눈앞을 가리던 안개가 빠른 속도로 걷히며 머릿속이 맑아졌다. 소문은 가공되었다. 한 회장은 공여자를 찾지 못하는 게 아니다. 그가 원하는 건 평범한 심장이 아니기 때문이다. 그는 먹이를 노리는 하이에나처럼 누군가를 기다리고 있는 것이다. 그들이 찾는 건 심 경장의 위력을 지닌 또 다른 게이트. 그들 중 누군가는 터져 나온 진의 에너지를 감지했음이 분명하다.

봉인되었던 팔 년 전 그 밤의 기억이 정희에게 돌아왔다.

집어등을 밝혔던 선양호는 다시 불을 끄고 항구로 돌아가기 위해 뱃머리를 돌렸다. 마침 항구로 돌아가던 배 하나가 앞길을 선점하는 바람에 길이 지체되었다. 비바람이 거세지고 있었고 큰 파도에 배 앞전이 크게 솟았다가 가라앉았다. 정희는 머리끝까지 우비를 뒤집어쓴 채 선수에 매달려 심 경장을 찾고 있었다. 난간을 붙잡고 서 있던 정희에게 집채만 한 파도가 덮쳤다. 손쓸 틈도 없이 순식간에 벌어진 일이었다. 그녀는 허우적대며 물 밖으로 겨우 고개만 빼놓았지만 한 이사와 다른 이들은 속수무책으로 지켜볼 수밖에 없었다.

"포트 열어!"

한 이사의 소리에 정희는 힘겹게 갑판 위로 포트를 열었다. 출렁이는 배 위에 열린 포트는 불안정하게 움직였다. 정희는 던져진 구명부환을 잡았지만 의식을 포트의 구멍에 집중하지 못했다. 누구도 그 불안한 포트 속으로 손을 내밀지 못했다. 팔이 잘릴 위험을 무릅쓸 사람은 아무도 없었다. 포트는 계속 출렁이며 작아졌다. 그녀는 힘겹게 다시 포트를 끌어올렸지만 순식간에 덮친 파도에 사라져버렸다. 빈 부환만이 떠 있고 정희의 모습은 보이지 않았다. 갑판에는 그녀가 열었던 포트의 잔상만이 남았다. 배를 돌리기엔 시간이 촉박했다.

"이사님, 어떻게 할까요?"

한 이사는 손목시계를 들여다보았다. 좋지 않은 날씨 탓에 접선이 늦었고 심 경장을 처리하느라 이미 두 시간이나 지체해버린 뒤였다. 그 심장을 기다리고 있는 게 VIP란 건 사실이었다. 정희를 구한대도 그 몸으로 서울까지 포트는 힘들 것이고, 대기 중인 녀석의 능력을 믿어볼 수밖에. 한 이사의 계산은 끝났다.

"출발해."

"하지만 한 회장님이 아시면……."

한 이사는 사내의 뺨을 올려붙였다. 가공할 게이트 둘을 잃어버리고 달랑 심장 하나를 얻었다는 사실에 속이 쓰린 건 그도 마찬가지였다. 정희의 죽음은 심 경장으로 인한 사고였던 것으로 입단속을 끝낸 뒤 배는 전속력으로 항구로 향했다.

배가 사라지자 정희는 부환 밑에서 물 위로 올라왔다. 출렁이는 바다에 불빛이라곤 하나도 남아 있지 않았지만 그 걱정을 할 시간이 없었다. 주변을 둘러봐도 남자는 보이지 않았다. 하지만 그가 남긴 열상을 쫓을 수는 있었다. 검은 바다의 냉기에 그의 열상이 흩어지고 있었다. 그녀는 꺼져가는 남자의 열상을 찾아내 의식을 잃은 남자를 붙잡았다. 항구까지 어림잡아 1킬로미터밖에 되지 않았지만 자신 역시 차가운 바닷

속에서 녹초가 된 상태였다. 정희는 머리 위로 손을 들어 선양호를 타기 전 봐두었던 빈 배의 선실을 불러왔다. 죽을힘을 다해 포트 위로 올라 남자를 끌어올렸다. 의식을 잃은 남자를 가까스로 선실에 눕히고 포트를 닫았다.

그때 선양호가 항구로 돌아오고 있었다. 한 이사는 심 경장이 가져온 심장을 들고 대기 중이던 승합차에 올랐다. 승합차는 VIP 수술을 위해 빗속을 뚫고 달려 나갔다. 승합차는 빗속에서 감쪽같이 자취를 감추었다.

정희는 쓰러지듯 자리에 주저앉았다. 악연을 끊어낸 것치고는 마음이 후련하지 않았다. 언젠가 때가 되면 그녀 역시 심 경장처럼 버려질 운명이었으나 스스로 그날을 앞당긴 것뿐이라 생각했음에도.

정희에게도 지켜야 할 존재가 있었다. 이 저주받은 재능이 시작되기 전에 막아야 했다. 남자는 아직도 의식이 돌아오지 않았다. 그녀는 오래전부터 조직을 떠나 아들에게로 돌아갈 순간을 계획해왔다. 하지만 그 와중에 이 남자를 구한 것은 계산 밖의 일이다. 딸을 살리고자 목숨을 걸었던 그의 눈에서 자신을 보았기 때문일지도 모른다. 지금 일어난다 해도 되돌리기에는 너무 늦어버렸음을 알기에 정희는 남자를 깨우지 못하고 배를 떠났다.

오전 6시가 되자 카지노를 가득 메우던 손님들이 썰물처럼 카지노장을 빠져나갔다. 단기 고객들은 엘리베이터를 타고 호텔로 올라갔지만 장수꾼들은 잠시 눈을 붙이기 위해 수면실이나 아지트로 발걸음을 돌렸다.

홀의 손님이 빠지자 서베일런스 2교대 팀이 출근해 업무를 이어받았다. 배 팀장은 퇴근하지 않고 홀의 CCTV 카메라 각도 조정 작업을 총괄했다. 사각지대는 없지만 비효율적으로 겹쳐진 화면을 줄이기 위해 카메라 위치를 재배열하는 작업이 필요했다. 명목상 보안을 강화하기 위한 것이었으나 사실상 게이트들의 물밑 작업을 더 잘 가려내려는 게 주된 이유였다.

전체 카메라가 초기화되고 앵글이 정상적으로 잡히자 배준은 마지막 점검을 서베일런스 2팀에 넘기고 카지노를 나섰다. 그의 목적지는 미봉산이었다.

화재가 발생했던 미봉산에서 두 구의 장수꾼 시체가 발견되었다는 소식을 들은 것이 어제 오후였다. 경찰 조사가 끝나기 전까지 출입이 금지되어 있었지만 배준은 그들보다 더 빨리 현장에서 확인해야 할 것이 있었다.

심한 그을림이 남아 있는 곳이 캐딜락 전당사의 차가 있었던 곳으로 추정되었다. 차가 옮겨지고 그 아래 구덩이를 파고 시체를 찾았다는 걸 본다면 누군가 의도적으로 둘을 죽이고 차를 불태웠다는 의미였다. 또한 사라진 나머지 한 사람이 살아 있다면 그를 확인하는 것도 급선무다.

배준은 주변을 둘러보다 장수꾼의 근거지였던 박스카 근처에 포트의 흔적이 남아 있는 것을 발견했다. 누군가의 손을 나무에 묶어둔 듯했다.

또 다른 포트는 구덩이 근처에서 발견되었는데 아주 조그맣게 열렸던 것으로 보아 물건 따위를 포트시킨 것으로 추정되었다. 손바닥만 한 크기라면 휴대폰이나 지갑쯤일 텐데.

그는 포트가 남기고 간 흔적이 근처 쓰레기 폐기장으로 이어진 것을 알았다. 폐기장으로 향하는 포트를 열자마자 심한 악취가 코를 찔렀다. 쓰레기 더미 위에 올라서자 막막한 심정이 되었다. 몰려든 까마귀 떼와 윙윙거리는 벌레들로 포트의 열상은커녕 제 휴대폰 소리조차 확인할 수 없었다.

배준은 보안팀의 최 대리에게 전화를 넣었다.

"이번에 사고 난 장수꾼들 신원 확인할 수 있지?"

"죽은 사람들이요?"

"사라진 사람까지 포함해서, 세 사람 중에 휴대폰 있던 사람 있어?"

"잠시만요."

최 대리가 키보드를 두드리는 사이 배준은 주변을 살펴보았다.

"최원진이라고 저희 쪽에 한 명 등록되어 있네요."

"번호 보내봐."

"네, 근데 퇴근하신 거 아니에요? 어디 계신 거예요?"

"야산 쓰레기장."

"네에? 어우, 오실 때 사우나 꼭 하고 오세요."

배준은 대답 없이 전화를 끊었다. 곧 최 대리가 최원진의 번호를 문자로 보내왔다. 배준은 통화 버튼을 누르고 주변을 돌아보았다. 진동이 아니라 벨소리이길, 그렇게 깊이 파묻히지 않았길 바라며 들려오는 소리에 집중했다.

소리는 들리지 않았다. 게임을 하는 사람들 대부분이 휴대폰을 진동으로 해두는 걸 알면서도 너무 큰 요행을 바랐다. 그때 바로 옆 쓰레기 산에서 한 무리의 까마귀들이 화들짝 놀란 듯 하늘로 솟구쳐 올랐다. 그는 다급히 그곳으로 포트했다. 까마귀가 있던 자리에 처박힌 휴대폰 하나가 눈에 들어왔다.

장수꾼 세 사람이 공동으로 썼던 대포폰이라 다행히 비밀번호 설정이 되어 있지 않았다. 배준은 통화 목록을 뒤지고 주소록을 살펴보았다. 갤러리를 뒤지던 그의 눈에 며칠 전에 촬영된 것으로 보이는 동영상 한 개가 보였다. 2분 28초짜리 짧은 동영상에는 캐딜락 전당사의 직원이라던 장진이 손의 열상을 불러 모아 포트를 여는 모습이 담겨 있었다. 이제 막

포트를 배우기 시작하는 듯 장수꾼 두 사람이 포트를 가르쳐 주고 있었다. 갤러리를 닫으려던 배준의 눈에 다음 사진 한 장이 눈에 띄었다. 장진이 손에 실납이 감긴 채 구덩이에 반쯤 파묻힌 모습이었다. 겁을 먹은 표정과 상황을 보건데 자의로 구덩이에 들어간 것은 아닌 듯했다. 둘은 죽고 나머지 장수꾼 한 사람의 행방도 묘연하다. 하지만 장진은 버젓이 살아 돌아왔다. 이것이 의미하는 바는 엄청난 에너지의 소유자가 그를 도왔거나 장진 자신이 그 능력의 소유자라는 것. 배준은 한 회장이 기다리던 소식을 전할 수 있을 듯했다.

정희는 객실 청소원 인사를 담당하는 박 계장 앞에 사직서를 내밀었다. 그는 사람들 앞에서 돈 봉투라도 받는 듯 손사래를 치며 펄쩍 뛰었다.

"아니, 정 여사 왜 이러시나. 우리가 뭐 서운하게 했어?"

"아니에요. 집안 사정이 생겨서 더 나올 수가 없어서요."

"이 시골 촌동네에 몇 없는 4대 보험 직장을 왜 그만두려고. 정 여사만큼 성실하게 오래 일한 사람이 어디 있나."

손이 재고 일처리 꼼꼼하기로 유명해 너끈히 두 사람 몫을 해내는 정희가 나간다면 당장 일손이 달릴 것이 눈에 훤했다. 객실 청소원이 아닌 컨시어지로 객실 담당을 맡겼어도 웬만

한 경력직보다 일을 잘 할 거라 소문난 일꾼이었다.

"제가 몸도 안 좋고 집에 일도 있고."

"몸이 아프면 병가를 내면 되지. 얼마가 됐든 내가 인사과에 얘기해서 빼줄 테니까 쉬고 싶은 만큼만 쉬라고. 뭐, 사흘? 아니면 일주일?"

한숨이 새어 나왔지만 더 말을 해봐야 소용없는 일이다. 정희는 꾸벅 인사를 하고 사무실을 나왔다. 탈의실로 돌아와 사물함 앞에서 그녀는 우뚝 멈춰 섰다. 그 옛날, 소름 돋을 만큼 잘 알았던 느낌이 그녀를 찾아왔다. 정희는 천천히 손잡이를 잡아당겼다.

옷을 제외하고 조그만 손가방 하나뿐인 사물함 중간에 봉투 하나가 놓여 있었다. 정희는 욕지기를 참으며 봉투를 열어 보았다. 비닐 안에 곱게 갈린 하얀 가루가 있었다. 모르는 사람이 봤으면 마약이 아닌가 의심할 만큼 하얗고 고운 가루의 정체는 사람의 뼛가루였다. 조직을 떠난 사람에게 보내는 마지막 메시지. 그 봉투를 손가방에 챙겨 넣고 사물함을 자물쇠로 단단히 채웠다. 그런들 그들은 다시 포트를 열어 저 뼛가루를 놔두겠지만.

집으로 돌아와 옥상에서 담배 한 대를 입에 물었다. 재가 힘없이 땅으로 툭 떨어지는데 진이 소리를 죽이고 계단으로 올라왔다. 쭈뼛거리며 서 있는 걸 알았지만 내다보지 않았다.

그래도 팔 년을 키웠는데 시간이 갈수록 제 아비만 닮아가는 듯해서 심술이 났다.

"저, 아줌마."

정희는 슬쩍 진을 바라보았다.

"왜?"

"주연 누나가 아줌마가 호텔에 사직서를 내셨다고 하셔서, 한번 물어보라고 해서……."

"물어보긴 뭘 물어봐."

"어디 몸이 불편한가, 일이 힘든가……."

"내가 힘들다고 하면 네가 대신 침대 시트 갈아 끼우고 화장실 청소 해줄 거니?"

"힘들면 쉬세요."

"놀면 누가 밥 먹여줘?"

"제가 벌잖아요. 생활비 더 드릴 테니까 힘들면 쉬어요."

정희는 고개를 숙이고 반짝이는 눈물을 감추었다. 코끝으로 되돌아오던 담배 연기가 옅은 한숨에 흩어졌다.

"피도 한 방울 안 섞인 게 웃긴 놈일세. 차라리 도망가지 말라고 신발 감출 때가 더 예뻤어."

진은 대꾸하지 못했다.

"너 요즘 새벽마다 운동 간다는 거 거짓말이지?"

"아, 그게 성 사장님이 시키신 일이 있어서……."

"시킨 일 뭐?"

"장수꾼들한테 뭐 받으라고요."

"새벽잠도 더럽게 많은 놈이 시킨다고 그 새벽에 일어나 뭘 받으러 가신다? 그걸 믿으라고?"

진은 정희가 자신의 병이 무엇인지 오래전부터 알고 있다는 생각이 들었다. 무엇인지 뿐만 아니라 얼마나 위험한 것인지도. 보지 못했다는 말과는 달리 어쩌면 정희에게도 그런 일이 있었을지 모른다는 생각이 들었다.

"장진, 그 장수꾼들 성 사장이 모아준 거지?"

"네?"

"얼마나 췄니?"

"어떻게 아셨어요?"

놀란 눈을 감추기 어려웠다. 정희가 피식 웃자 진은 아둔한 질문이었음을 뒤늦게 후회했다. 반면에 정희의 마음은 착잡해졌다.

"진아⋯⋯. 네 인생에 엄마 자리는 비었지만 다른 사람이 그걸 메워줄 운명인가 보다."

"그건 아줌마잖아요."

정희는 피식 웃으며 담배를 비벼 껐다. 문득 자신의 왼손이 눈에 들어왔다.

"좀 크고 생모를 찾아간 적이 있었는데 그 엄마가 금반지를 주면서 그러더라. 힘들 때 그걸 팔아서 쓰라고. 난 그게 얼른 눈앞에서 치워버리려고 떼어주는 돈인 줄 알았는데 그 나이가 되고 보니 다른 생각이 들더라……. 자기가 할 수 있는 모든 걸 내어주는 거였더라고."

정희 아줌마는 정작 자기 손가락이 비어 있는 이유에 대해서는 입을 다물었다.

"성 사장이 그 비싼 롤렉스를 너한테 준 이유를 생각해봐. 이 동네에서 성 사장 밑에 있는 너를 함부로 대할 놈은 없지만 오며 가며 들른 뜨내기손님이 그 시계를 찬 너를 어떻게 대했는지, 한 번이라도 생각해본 적 없지?"

그녀는 그 말만을 남긴 채 옥상을 내려갔다. 진은 제 손목에 감긴 시계를 바라보았다.

비싼 시계는 있어 보이라는 뜻인 줄 알았다. 산전수전 다 겪은 꾼들이나 어른들에게 이리저리 휘둘리지 말고 무게감 있어 보이라고.

정희에게 차마 성 사장이 그 포트 과외비로 삼천만 원을 걸었다는 말은 할 수 없었다. 개같이 충성하겠다고 달려드는 진규만도 못한 자신이 처음으로 부끄러워졌다.

홀로 옥상에서 달빛을 보던 진은 문득 가까운 곳에서 작은 포트가 열린 것을 감지했다. 단 한 번도 느껴보지 못한 다른 기운이었다. 1층으로 달려간 진은 포트의 에너지가 느껴지는 안방의 문을 벌컥 열어젖혔다. 화장대 앞에 선 정희가 다급하게 무언가를 감추었다. 가까이 다가가 닫힌 서랍을 열어보니 비닐에 든 하얀 가루가 있었다.

"뭐예요?"

"나가."

"방금 여기 누가 다녀갔어요?"

"나가라고!"

진의 손은 자기 의지와 상관없이 두려움 앞에 타올랐다. 손안 가득 열상이 퍼지자 방안에서 무언가가 느껴졌다. 그건 포트의 기운이었다. 최 상무가 열어보였던 것보다 훨씬 강력한. 어디로 이어졌는지 위치를 추적하기는 힘들었지만 그 포트에서 건너온 가루가 분명했다.

"뭐예요?"

"네가 상관할 바 아냐!"

"내봐요!"

진은 힘으로 봉투를 빼앗아 냄새를 맡았다. 형언할 수 없는, 무취에 가까운 묘한 냄새였으나 괜스레 불길한 기분을 지울 수 없었다.

"약해요?"

"미친놈! 내가 약쟁이로 보여?"

"근데 이걸 왜 숨기냐고요."

"여자들 쓰는 거야, 네깟 놈이 뭘 안다고 들쑤시고 다녀."

정희가 눈물이 날 정도로 맵게 진의 등을 때렸다. 진은 등짝을 문지르며 안방에서 쫓겨났다. 그를 쫓아낸 정희는 다음 포트가 열릴 곳이 진의 눈앞임을 직감했고 조직으로부터 더 이상 도망칠 수 없다는 사실을 깨달았다.

출근 시간보다 일찍 나온 철민은 컴퓨터 앞에서 진이 낸 포토샵 숙제를 하는 중이었다. 전당사 명함 디자인을 따는데 좀체 진도가 나가지 않는 게 문제였다. 딴생각하며 지켜보던 진이 역정을 냈다.

"자동차 선을 따라고, 선을! 그물로 덮지면 더럽게 따지니까 사진을 확대해서 모서리 점들을 하나씩 이어. 이은 다음에 따내고 그걸 저장해서 옮겨 붙이면 되는 거야."

철민이 따온 캐딜락 선은 삼중 추돌을 당한 것처럼 울퉁불퉁 찌그러진 채였다.

"바퀴는 왜 안 따와! 바퀴도 끝까지 따야지."

"마우스가 잘 안 움직이는데."

"나도 똑같은 걸로 했어. 아, 더럽게 따지 말라고!"

"뭐가 더럽게야, 나름대로 선방인데. 왜 아침부터 저기압이야."

"아우, 짜증나게 그 속을 모르겠으니까."

탁자에 놓인 아이스커피의 뚜껑을 열고 벌컥벌컥 들이마시던 진은 조심스레 빨대를 꽂아 커피를 마시는 철민을 쏘아보았다. 쓸데없이 날카로워진 신경이 철민을 향해 삐져나왔음을 알면서도 괜한 소리가 튀어나왔다.

"쪽쪽거리지 좀 마."

"이 시려."

"여든 노인네도 아니고 이가 시려?"

"너도 사랑니 두 개 뽑고 썩은 어금니 발치까지 해봐라. 시베리아 한복판에 발가벗고 선 기분이지."

"치과는 왜?"

그 말을 하고 나서야 성 사장이 철민에게 치과 수금을 보낸 기억이 떠올랐다. 적당히 자리를 피하고 시간을 때우라고 보낸 자리가 아니었나.

"그 사거리 치과?"

"사장님이 예약해둔 거였어. 근데 누운 사랑니 때문에 옆 어금니도 썩어서 그놈도 함께 뽑아야 하더라고. 사장님, 귀신이야, 귀신! 같이 밥 먹으면서 몇 번 쓰읍 한 거밖에 없는데 쓱 보더니 그거 놔두면 몇 년 뒤에 후회할 거라잖아."

"몇 년 뒤 후회할 일 안 만들려면 정관 수술을 시켜주지, 그래."

"아, 어린 새끼가 못 하는 말이 없어."

어쭙잖은 농담이 끊기자 철민은 낑낑대며 수정 작업을 진행했고 진은 제 휴대폰을 꺼내 GPS 추적 앱을 불러왔다. 화면 위의 점은 계속 이동 중이었다.

"뭐 보는 거야?"

"위치 추적."

"누구?"

"정희 아줌마."

"아줌마 바람났어?"

진은 철민은 싸늘하게 째려보았다.

"아니, 갑자기 위치 추적 한다니까 그러지. 무슨 일로 그러는데?"

"아줌마가 요즘 이상해서. 갑자기 호텔도 그만둔다고 하고 자꾸 뭘 숨기고."

"그건 아저씨랑 해결할 문제지 생판 남인 네가 끼어들 문제는 아니지 않냐?"

"팔 년 살았으면 나랑도 사실 가족이나 다름없거든."

"사실 가족은 또 뭐냐."

철민은 피식 웃었지만 진은 대꾸하지 않았다. 끼어들어 봤자 남녀 사이의 일이고 괜한 짓이다. 그럼에도 마음이 쓰였다. 호텔에 휴가를 내고 며칠 쉰다던 사람이 갑자기 어딘가로 향하고 있었다. 시계는 오전 10시 25분, 성 사장이 출근하기까지 삼십 분 정도 여유가 있으니 잠깐 다녀올 시간이 된다.

진은 비어 있는 주차장 귀퉁이로 가 정희가 들어간 카지노의 옥상정원 벽을 열었다. 낮 동안 옥상정원은 늘 비어 있으니 지금 정원으로 들어가도 눈에 띌 염려는 없다. 진은 옥상 귀퉁이 실외기 뒤로 포트를 열고 숨어들었다. 사람이 없을 거라는 진의 예상은 보기 좋게 빗나갔다.

활짝 핀 코스모스 사이에 정희가, 그 곁에 전혀 생각지도 못한 배준이 서 있었다. 배준은 진의 포트를 느끼고 실외기 쪽을 돌아보았다. 진의 포트는 닫힌 뒤였지만 에너지의 파동을 느끼기엔 충분했다. 배준은 순식간에 진의 앞으로 포트했다. 진은 그가 강력한 게이트임을 직감했다. 배준은 당황한 진의 한쪽 손을 잡아당겨 들여다보았다. 왼손의 열선이 엉망이었다. 고르게 퍼진 열선이 아닌 군데군데 폭발하듯 퍼진 모양이라는 건 이 녀석이 아직 제 능력을 제어하지 못함을 뜻한다.

정희가 달려와 배준을 밀쳐내며 소리쳤다.

"그 손 놔!"

그는 정희의 두 손에 타오르는 열상을 보았다. 순식간에 전당사 주차장으로 향하는 포트가 열렸다.

"진이 나가!"

"아줌마……."

"나가라고!"

진의 등이 떠밀린 순간 포트 앞에 또 다른 포트가 열렸다. 어디로 통하는지 알 수 없는 검은 통로 앞에 우뚝 서버린 진은 배준을 돌아보았다. 그러나 배준의 시선은 순식간에 제 포트를 닫아버린 정희에게 꽂혔다.

두 사람 주변에 일렁이는 아지랑이 같은 막이 펼쳐지자 배준의 포트가 그 막에 잠식당하듯 사라졌다. 포트를 막는 또 다른 포트가 아니라 아예 흡수시켜 제 힘을 키우는 범접할 수 없는 능력이었다. 배준은 그제야 깨달았다. 그녀가 바로 소문 속 존재였다. 모든 게이트의 최종판이자 한 회장을 지켰던 사라진 게이트.

진조차 정희의 힘에 놀라움과 두려움을 느꼈다. 그 투명한 방어막은 배준의 힘을 가볍게 능가했다.

힘을 준 것이 누구였냐. 김 사장이 그리 물었다. 왜 자신이 다른 게이트와 달리 시간의 문을 열 수 있는 특별한 능력을 지녔는지, 정희가 자신을 떠나지 않았던 이유가 무엇이었는지, 적어도 신발을 숨겼기 때문은 아니란 느낌이 왔다. 배준은 그 아지랑이 안으로 접근조차 할 수 없었다. 정희는 진의 등 뒤에 또 다른 포트를 열었다.

"돌아가 있어."

진이 망설이는 사이 정희는 진에게 가장 필요한 사람의 눈앞에 포트를 열었다. 반대편 포트에서 구두 하나가 넘어왔다. 그는 진과 정희를 둘러보다 그 앞에 서 있는 사람이 일전에 전당사를 찾아왔던 카지노의 보안팀장임을 알아봤다. 그 팽팽한 긴장감이 의미하는 바를 순식간에 알아챘다. 정희가 성 사장을 흘낏 보며 말했다.

　"출근하시던 길이죠. 진이 좀 부탁할게요."

　"제 도움이 필요합니까?"

　"그럴 리가요."

　성 사장은 더 묻지 않고 진의 등을 포트 안으로 밀어 넣어 함께 사라졌다. 배준이 그 뒤를 쫓으려는 찰나, 투명한 막이 그를 옥죄었다. 배준이 다시 손안의 열상을 모으자 정희는 몇 마디 말로 그의 포트를 멈춰 세웠다.

　"다시 막을 건드리면 네 몸은 갈가리 저며질 거야."

　배준은 정희가 오래전부터 자신을 알았다는 사실을 직감했다. 하지만 카지노 안에서 단 한 번도 그녀의 능력을 느껴본 적이 없었다. 어떻게 지금까지 이 힘을 숨기고 살아올 수 있었는지 믿기지 않을 만큼.

　"……전에 만난 적이 있었습니까?"

　"스친 정도. 내가 마지막으로 뽑은 게 당신이지 싶네."

　텔레포트의 에너지를 본다는 소문이 돌았던 전임자. 자신처럼 포트의 크기를 읽는다고만 알고 있었지 그 포트를 흡수시키는 저런 괴물 같은 능력이 있으리라곤 상상도 못했다. 어딘가에 살아 있으리라 의심했지만 그럼에도 전혀 뜻밖의 등장이었다.

"배준 팀장, 당신이 왜 여기 있는지 알아. 서울까지 한 회장 포트를 열어주는 게 당신이지. 죽어가는 남자의 비상구로 대기 중인 인생, 만약의 사태에 한 회장을 병원으로 이송하고 안전지대로 빼돌리는 확실한 게이트로 심어두는 거고. 그 능력을 고작 카지노 보안팀장으로 눌러앉혔다는 게 말이 안 되지."

"당신이 상관할 바가 아닙니다."

"진이 같은 애를 데려다주면 당신이 풀려날 거라 생각해? 주연이한테 돌아갈 수 있다고?"

"헛다리 짚으셨군요."

"헛다리라. 당신은 우리 같은 게이트가 왜 어렸을 때 버려지는지 알아?"

"……."

"부모 중 게이트가 아닌 사람 눈에 우린 괴물이거든. 그게 어렸을 때 발현되면 더더욱. 당신이 보육원에서 어떻게 자랐을지 누구보다 잘 아는 사람이 나야. 주연이는 아직도 당신이 누구인지 모르지?"

그의 턱은 미세하게 떨리고 있었다. 배준은 정희의 말을 부정하지 못했다.

"지금 열어. 한 회장에게 가는 문."

배준은 계속 손안에 열상을 모으고 있었다. 만약 두 사람이 충돌한다면 누구의 목숨이 사라질지 장담할 수 없다.

"최악의 수를 얘기해줄게. 내가 다시 한 회장의 게이트가 되고 당신 심장을 꺼내는 게 우리 둘이 동시에 포트를 열었을 때 벌어질 일이야. 그러니까 다른 생각 말고 열어."

"외부인은 출입할 수 없습니다."

"한 회장이 날 불렀어. 그건 그 사람이 결정할 거야, 열어."

배준은 망설임 끝에 스위트룸의 복도를 열었다. 그가 뒷걸음질 치며 들어선 뒤 정희가 그 뒤를 따랐다. 포트를 열고 들어온 두 사람을 본 한 이사와 경호원들은 놀란 눈이 되었다. 정희가 흘끗 그를 보며 말했다.

"한 이사, 오랜만이네."

덤덤하게 인사를 건넨 정희는 테라스의 문 뒤로 야산에 버려진 컨테이너 창고의 포트를 열었다.

"삼십 분만 자리 비켜줘."

"야, 너, 어떻게!"

"당신 속이는 건 쉬운데 회장님 속이는 건 어려워서."

정희는 등 뒤에서 멸균실의 문이 열리는 소리가 들렸다.

초췌한 모습의 한 회장이 그녀를 보고 있었다.

"형님! 나오면 안 된다니까요!"

"나가 있어."

한 이사와 그 무리는 배준을 방패 삼아 포트로 들어갔다. 그녀는 포트의 문을 닫기 전 그들이 들어간 문의 외벽에 결계를 쳤다. 다시 룸으로 돌아와 또 한 번 사면의 벽과 천장, 바닥에 결계를 친 후 비로소 한 회장을 바라봤다.

"죽을 날 받아뒀다고 해서 왔는데 아직이네."

그 소리에 죽음의 그림자를 안고 있던 남자가 아이처럼 웃었다. 초췌했으나 형형한 눈빛이었다.

"여전하네, 그 농담."

"여전한 건 그놈의 뼛가루지. 언제 적 수법이야."

"이렇게 찾아왔잖아."

"살아 있는 거, 어떻게 알았어요?"

"내가 죽인 놈들은 밤마다 나타나서 날 괴롭히는데 넌 그한 번을 찾아오지 않으니까 왠지 어딘가에서 잊고 잘 살 것 같더라고. 어수룩한 한 이사 눈 속이는 거야 쉬웠을 테고. 어떻게 살았니."

"사람답게, 심심하게."

"이유나 듣자."

"아직도 그 이유를 몰라?"

"다 가졌는데 뭐가 아쉬워서."

"지긋지긋한 그놈의 포트 좀 안 열고 살았으면, 그냥 평범하게 문지방 밟고 지나다니는 삶이 부럽잖아. 근데 당신 이런 몰골인 거 보는 것도 나쁘지 않네. 그냥 평범한 공여자를 찾으면 진즉 수술했을 텐데. 게이트 기다리느라 이 꼴인 거잖아. 하여간 그놈의 욕심은."

"반갑다, 그 독설."

"반가워? 난 섬뜩한데. 만약 내가 옆에 있었으면 죽을 사람은 나잖아. 옆에 있는 당신 문지기는 아직 모르지? 여차하면 그 사람 심장이 당신 거가 될 거라는 거."

"희한해. 능력 가진 놈들은 제 능력 귀한 줄 모르고 돈만 찾고, 돈을 가진 나는 그놈들의 능력을 원하고."

"심 경장은 살아 있어."

그 말에 죽어 있던 한 회장의 눈에 살기가 돌아왔다.

"원하면 그 사람을 불러주고. 단, 조건은……."

한 회장은 그녀의 말을 막지 않았다.

"다신 내 뒤를 쫓지 마."

"재미없는 약속이네."

"심장 필요하잖아. 내 도움 없이 배준 혼자 심 경장을 상대할 수 없다는 거 알 텐데. 그 사람은 예전의 게이트가 아니야."

정희는 테라스로 향하는 창문을 열어젖혔다.

"아무리 잠가도 다가오는 죽음을 막을 수는 없지. 오지 않을 죽음을 당길 수도 없고."

"너는 그런 싸구려 연민을 가지는 인간이 아닌데 왜 그놈을 살렸을까."

"애 하나 살리겠다고 바둥대는 게 불쌍해 보였나 보지, 뭐. 인생 참 아이러니하지 않아? 가장 필요할 때 그 능력이 당신을 떠났잖아. 그렇게 많은 심장을 팔아먹었는데 정작 필요한 순간에 당신에게 필요한 심장 하나를 못 구하네."

한 회장은 대답 없이 그녀를 보았다. 그 순간 테라스 밖의 하늘에 미세한 경계가 생기기 시작했다. 아지랑이가 피어오르듯 테라스의 결계가 무너지고 포트가 열리고 있었다. 수 분 전에 정희가 남긴 포트의 잔상을 추적한 심 경장이었다. 팔 년 전 바다에 던져졌을 때보다 더 강력한 힘이었다. 이렇게 빨리 찾아내리라곤, 조금은 뜻밖이었다. 사면을 납으로 봉인해두었지만 딱 한 곳, 비상시 배준이 텔레포트를 해야 하는 테라스는 예외였다. 그 틈으로 잠깐 열린 에너지를 쫓아 심 경장은 기어이 이곳까지 왔다.

심 경장은 동시에 두 개의 포트를 열어 한 회장에게 다가왔다. 그 포트 하나가 정희를 공격했다. 둘의 포트가 부딪치며 빛이 타올랐다. 두 개의 용접기가 부딪쳐 불을 뿜어내는 것처럼 날카로운 칼날이 스치는 소리가 연이어 귓전을 때렸다. 그의 손에서 탄생한 포트는 예상을 뛰어넘는 강력한 에너지를 분출했다.

정희의 포트는 예리하고 정확했으나 심 경장의 포트를 흡수하지 못했다. 팔 년 만에 불러낸 포트는 아직 제 힘을 찾지 못하고 있었고 심 경장의 포트는 그 잠깐의 틈조차 허락하지 않았다. 그러나 그는 정희를 독 안에 든 쥐처럼 계속 궁지에 몰아넣을 뿐 베지 않았다. 정희가 할 수 있는 최선은 심 경장이 열어젖힌 대부도 앞바다에 처박히지 않으려 안간힘을 쓰는 것뿐이었다.

"예열이 덜 된 걸 보니 오랜만에 꺼냈나."

"형편까지 봐주고, 픽이나 고맙군요."

"나한테 할 말이 있을 텐데."

"살려달라고?"

그의 먼 기억 속에 그녀의 목소리가 떠올랐다. 목소리를 듣는 순간 그녀가 선양호에 올랐던 한 사람임을 알았다. 어쩌면 자신을 바다에서 끌어올렸던 붉은 손의 주인.

"당신이었나? 날 살린 게."

정희 역시 심 경장이 그걸 확인하기 위해 자신을 죽이지 않고 있다는 걸 알았다.

"알면 내가 당신이 싸울 상대가 아니라는 것도 알 텐데."

"그런들 너도 이 사람들과 다를 바 없는 인생이지."

"다를 게 없었으면 당신을 구하지도 않았어. 사람답게 살라고 살려줬더니 아직도 피를 묻히고 다니는 건 당신이야."

"이 지옥에 살게 해준 걸 고맙게 여길 거라 착각했나 보군."

정희는 가까스로 그의 팔을 잠깐 포트에 가두었지만 바로 귀 옆에서 열린 그의 새로운 포트가 머리카락을 잘라냈다.

"그 심장은 어디로 갔나?"

"난 모르는 일이야."

순간 날카로운 포트가 비스듬히 누우며 정희의 팔을 길게 베었다. 정희가 지금 수세에 몰린 건 단지 포트 능력을 긴 시간 억눌렀던 탓이 아니었다. 심 경장의 에너지가 그 누구도 당해낼 수 없을 만큼 강력했기 때문이었다.

길게 베인 그녀의 팔에서 피가 흩뿌려지며 바닥을 적셨다. 또 다른 포트가 그녀의 몸을 옥죄었다. 정희의 시야가 흐려지기 시작했다. 한 회장 앞으로 점점 다가가는 포트의 칼날이 그녀의 눈에는 점점 멀어지는 것만 같았다. 희미해져 가는 의식 속에 우뚝 선 두 사람의 실루엣이 들어왔다. 그 순간 그들의 포트를 무마시켜버릴 엄청난 에너지가 방안을 에워쌌다. 귀를 찢는 폭발음과 함께 누군가의 손이 그녀를 감싸 안았다.

배준은 사면의 벽을 더듬어보았지만 도무지 빠져나갈 구멍이 없음을 알아차렸다. 카지노 인근 야산에 버려진 컨테이너 상자 속에 속수무책으로 갇힌 채였다.

"여기서 포트를 열면 되잖아!"

"컨테이너를 납으로 막아서 열 수 없게 했어요."

"하, 미친년! 뒈졌다고 속이고 살았으면 계속 숨어 살든가, 이제 와서 뭘 하겠다고 나타나서는!"

배준은 납땜이 된 문고리를 바라보다 바닥에 손을 짚었다. 열상으로 확인하니 저항이 약한 곳이 느껴졌다. 바닥을 뚫는다면 사람 하나 나갈 구멍을 만들 수 있을 것 같았다. 바닥에 손을 대자 조그만 포트가 열렸다. 정신을 집중했지만 먼 거리의 포트를 불러오기는 힘들어서 간신히 근처로 열리는 구멍을 만들었다. 지름 1미터도 안 되는 포트가 뚫리자 한 이사와 경호원들은 눈치를 보며 물러섰다.

"야, 저기 잘못 들어갔다가 허리 잘리는 거 아냐? 누, 누가 먼저 갈래?"

배준은 망설임 없이 포트로 들어갔다. 납 때문에 포트가 제대로 열리지 않아 흙 터널을 기어올라야 했다. 포트 밖으로 나온 배준은 잠긴 컨테이너의 문을 열었다. 밖으로 나온 배준과 한 이사 무리는 호텔에서 나는 폭발 굉음을 들었다. 호텔 객실 꼭대기의 창문이 날아가고 회색 연기가 솟구치고 있었다. 배준은 순식간에 포트를 열어 한 회장에게로 달려갔다.

멸균실은 폭파되어 불타고 있었고 여기저기 불꽃들이 퍼지고 있었다. 잔해 사이에 쓰러진 한 회장을 옥상정원으로 이송했다. 그는 실낱같은 목숨 줄을 잡고 있었다.

"회장님!"

잔해가 박힌 온몸에서 피가 새어 나오고 있었다. 그러나 그의 얼굴 위로 떠오른 것은 고통이 아닌 섬뜩한 환희였다.

"심 경장이 대단해졌더군."

"돌아왔습니까?"

한 회장은 발에 박힌 유리 조각을 뽑으며 이를 악물었다.

"바로 서울로 이송하고 심 경장을 찾겠습니다."

"아니야! 정희 아들, 그 애를 찾아."

그의 표정은 먹잇감을 찾은 야수처럼 냉혹해져 있었다.

"심 경장 말고 걔 심장을 가지고 와!"

한 회장은 장진이 심 경장을 능가하는 게이트라는 걸 한눈에 알아보았다. 진이 더 어리기 때문도 아니었다. 그것은 꺼져가는 게이트에게 주어진 저주 같은 재능이었다. 목숨을 연장해줄 피주머니이자 완전한 부활의 도구. 순수한 감정으로 열리는 진의 포트가 얼마나 황홀한지 제 눈으로 직접 지켜본 이의 선망이었다. 죽음을 눈앞에 두고도 끝까지 버리지 못하는 추악한 욕망을 지켜보며 배준은 정희가 조직을 떠난 이유를 깨달았다.

　진은 의식을 잃은 정희를 끌어 안았다. 남자를 따돌리기 위해 캐딜락으로 통하는 문을 열었지만 그것이 움직이는 차 안임을 안 것은 나중이었다. 캐딜락이 멈춰 선 곳은 전당사 주차장이 아닌 굴다리였다. 성 사장은 한갓진 곳에 차를 세우고 정희의 의식을 살핀 뒤 상처를 응급 처치했다. 한시라도 빨리 정선을 떠나야 했다. 그는 진의 어깨를 움켜잡았다.

　"지난번에 갔던 강릉 병원 기억나지?"

　"지금요?"

　"주차장으로 가!"

　"너무 멀어요."

　"갈 수 있어. 네 기억과 몸이 함께 갔던 곳이야."

　진은 창백해진 정희의 얼굴을 내려봤다. 정희는 여전히 자신의 손을 꼭 움켜쥔 채였다. 두려움에 앞서 분노가 솟구쳤다. 조금 전 만났던 남자의 포트는 어마어마한 위력을 내뿜고 있었다. 그의 기운을 느끼고 스위트룸으로 왔지만 결계가 진을 가로막았다. 진은 그 모든 결계를 일순간에 폭발시키고 정희에게 달려갔다.

　진을 본 심 경장은 그가 한 회장의 게이트라고 생각했다.

생각보다 너무 어린 녀석이었지만 한 회장을 치기 위해 이 게이트부터 없애는 게 순서였다. 그가 손안에 가둔 열상을 끌어올려 진에게 다가가려는 그때, 정희는 온 힘을 끌어모아 열상을 펼쳐 심 경장의 포트를 막았다. 그러나 그녀의 포트는 심 경장의 포트를 흡수하지 못했다. 마치 물과 기름인 듯 두 개의 에너지가 분리된 채 서로를 밀어내고 있었다.

"당신이 살려준 목숨값은 한 사람뿐이야. 선택해. 당신이 살든, 이놈이 살든."

"……둘이야. 그날 나는, 두 사람을 살렸어."

심 경장의 눈빛이 크게 흔들렸다. 정희는 그 순간을 놓치지 않고 포트를 열어 발을 가두고 불투명한 에너지막으로 그의 시야를 가렸다. 심 경장이 방심할 단 한 번의 기회였다. 정희는 진의 손목을 붙잡아 제 손을 포개었다. 손 전체가 붉게 타오르며 손바닥 사이에서 열기를 뿜어냈다. 정희의 에너지가 들어온 순간 진은 제 왼쪽 손바닥의 무언가가 껍질이 깨지듯 갈라지는 것을 느꼈다. 손을 들어 포트를 열자 눈앞에 가공할 만한 크기의 포트가 열렸다. 지금껏 보지 못했던 강력한 에너지 파동이 일었다.

진은 제 손을 들여다보았다. 불과 수 분 전의 일이었지만 아직도 그 어마어마한 포트를 제 손으로 열었다는 것이 믿기지 않았다. 정희와 자신의 연결고리가 그 해답인 걸 알면서도 차마 입 밖으로 꺼낼 수 없었다. 진은 안정제를 맞고 응급실 침대에 잠이 든 정희의 얼굴을 물끄러미 바라봤다. 불안함에 정희의 손을 놓지 못한 채였다. 커튼이 열리며 자리를 비웠던 성 사장이 돌아왔다. 채혈하느라 붙인 반창고를 떼어내며 한마디를 던졌다.

"사내새끼가 빈혈이 뭐냐."

"갑자기 큰 포트를 열어서 그렇겠죠."

"그거 한다고 피가 닳는 건 아니잖아."

"사장님도 근육 많은 거 보기만 좋지, 아까 간호사가 혈관이 잘 안 찾아진다잖아요. 아줌마 깨어나면 사장님이 피 줬다고 할게요."

"목숨 걸고 살려줬는데 그 소리 안 할 때도 됐잖아."

성 사장조차 정희가 진의 생모임을 눈치채고 있었다. 다른 이들에게도 보이는 걸 혼자만 아니라고 부정하고 살아온 기분이 들었다. 아줌마가 목숨을 걸고 남자의 포트 앞으로 돌진할 때야 그 확신이 섰다.

"……아셨어요?"

"뭐, 한 팔 년 전부터? 처음 왔을 때부터 딱 판박이던데 모르는 게 더 이상하지."

"난 모르겠던데."

"원래 가족은 깨버리고 싶은 거울처럼 보이니까. 다 다르고 눈매만 닮았어. 근데 눈이 닮으면 다 닮은 거처럼 보여."

"뭔 소리예요."

성 사장은 진에게 자신의 지갑을 통째로 들이밀며 말했다.

"병원비 계산하고, 엄마 깨어나면 연락해라."

"어디 가시게요?"

"금고 열러 가야지. 철민이만 혼자 있잖아."

"안 돼요! 지금 가면……."

"그놈들이 찾는 건 너지 내가 아니야. 장사꾼은 셔터를 못 올리면 죽는 거야. 열어."

무엇에 대한 확신인가. 목에 칼이 들어와도 진이 있는 곳을 말하지 않을 자신에 대한, 아니면 그들이 진의 상대가 되지 않을 것에 대한……. 늘 혼자 먼 길을 헤매는 듯한 성 사장의 마음이 가늠되지 않았다.

진은 사람이 없는 복도로 가 캐딜락을 세워둔 곳의 포트를 열었다. 성 사장은 망설임 없이 그 검은 포트 사이로 걸어 들어갔다.

심 경장은 굴다리에 주차된 캐딜락 뒤에서 진의 흔적을 포착했다. 다친 여자를 데리고 여기까지 왔다가 다시 포트를 열어 이동한 것으로 보인다. 하지만 아무리 추적하려고 해도 수십 킬로미터 안에 그들이 움직인 것으로 추정되는 포트는 느껴지지 않았다. 고작 스무 살 먹은 놈이 그 이상의 거리를 포트한다라.

블랙라이트를 켜자 눈앞에 5미터는 족히 될 포트의 잔상이 드러났다. 심 경장은 어리다고 만만하게 봤던 녀석이 어쩌면 자신을 능가할 괴물이 될 수도 있음을 눈치챘다. 그는 다시 포트의 문을 열기 위해 손의 열상을 모으던 중 굴다리 안으로 들어오는 검은 실루엣을 봤다. 터널이 끝나는 지점의 가로등 앞으로 다가온 남자는 거구의 덩치였다. 한 손에 일수가방을 낀 걸로 봐선 일대 전당사 사람으로 보였다. 차를 뒤지던 심 경장은 문득 그의 손에서 뻗어 나온 칼날의 실루엣을 돌아보았다.

같은 시각, 성 사장은 진이 굴다리에서 한참 떨어진 인근 주차장으로 자신을 포트시켰음을 깨달았다. 실수한 것이 아니라 일부러 시간을 끌기 위해 먼 곳에 떨어뜨린 게 분명했다. 끝까지 제멋대로인 놈. 혼잣말을 뱉으며 굴다리로 걸어가는데 곁으로 한 남자가 지나갔다. 키가 크고 마른 체격이나 서늘한 눈빛, 어딘가 낯이 익다. 뒤를 돌아보니 남자는 감쪽같이 사라진 뒤였다. 성 사장은 생각에 잠긴 채 캐딜락의 스마트키를 눌렀다. 차의 헤드라이트가 잠깐 어둠을 깬 사이 캐딜락 옆에서 사람의 실루엣이 드러났다. 다가와 살펴보니 진규였다. 옆구리의 길게 베인 칼자국에서 피가 새 나오고 있었다. 성 사장은 진규의 셔츠를 찢어 상처를 보았다. 칼이라면 메스처럼 예리한 칼, 혹은 그보다 더한 용접날 같은 것에 벤 상처지만 깊게 들어가지 않고 피부만 찢어놓았다. 찌르지 않고 벤 건 죽일 생각은 없다는, 악마의 자비였다.

"진규야, 정신 차려!"

"……사장님."

"어떻게 된 거냐."

"이상한 놈이 진이를 찾아요."

조금 전 스쳐 지나간 그 사내를 떠올렸다. 성 사장은 진규를 부축해 차에 태웠다. 조수석 의자를 한껏 뒤로 젖혀 베인 상처가 벌어지지 않도록 진규를 눕혔다. 시동을 걸고 산길을 질주하는 그의 머릿속이 복잡했다.

"……사장님. 진이도 그놈처럼 손이 붉어지는 거죠?"

어두운 도로를 뚫어지게 바라보는 성 사장의 입은 굳게 닫힌 채였다.

"어쩐지 자꾸 이상하게 사라지더라니. 근데 아무도 몰라요. 장진이 그놈 손에 잡히게 놔두지도 않을 거고."

"진규야, 부탁 하나만 하자."

"……."

"네가 본 사람, 진이와 관련된 일들, 이 순간 이후로 잊어라. 더 간섭했다간 목이 달아난다. 아까 그 사람 널 죽일 수 있었는데도 살려준 이유는 네가 눈에 띈 게 처음이어서야. 다음에 제 길을 막으면 그놈은 너를 죽일 거다."

진규가 응급실에서 찢어진 상처를 꿰매는 시각, 심 경장은 시동을 끈 차 안에 앉아 눈앞의 어둠을 응시하고 있었다. 복잡한 질문들이 떠올랐다.

한 회장의 문지기였던 여자는 그날 밤 사고 이후로 자취를 감추었다가 오늘에서야 모습을 드러냈다. 제 아들과 함께. 여자는 무슨 이유에서인지 그날 조직을 떠났던 것으로 보인다. 엄청난 위력의 포트를 가진 그 아이는 한 회장의 게이트가 아니다. 그렇다면 한 회장을 지키는 또 다른 문지기가 있다는 소리인데.

지금쯤이면 한 회장은 그 문지기를 방패 삼아 이곳을 빠져나가고 있을 것이다. 포트를 쓰면 발각되니 포트가 아닌 다른 수단으로.

여자와 어린놈, 팔 년 전의 심장은 그다음의 문제다. 하지만 여자가 남긴 마지막 말이 묘했다. 살린 게 둘이었다고? 그 순간, VIP라는 단어가 그의 뇌리를 스쳤다. 어린 심장은 어린 심장에게로 간다. 그 심장이 간 곳은 어디인가.

5

                   이동 침대의 바퀴 소리와 분주한 의료진과 환자들의 아우성으로 응급실은 내내 시끄러웠다. 그 와중에 안정제를 맞은 정희는 계속 잠에 빠져 있었다. 전당사로 돌아간 성 사장에게선 아무런 소식이 없고 진은 답답한 마음에 침대 옆을 서성였다. 그때 주머니 속 휴대폰의 진동이 울렸다. 철민이었다.

"어, 형."

"너 어디야?"

"정희 아줌마가 아파서 병원 왔어. 무슨 일 있어?"

"카지노 호텔 꼭대기 층 폭발한 거 알아? 거기 소방차 오고 사람들 대피하고 장난 아니야. 성 사장님도 출근 안 하고 너도 안 나오니 이상해서 전화했지.”

“사장님이 아직 안 왔다고?”

진은 손목시계를 들여다봤다. 성 사장에게 포트를 열어준 게 한 시간 전이었다. 진은 무언가가 잘못됐음을 알아차렸다. 뛰어나가려는 진의 손을 정희가 붙잡았다.

“……가지 마.”

“가야 해요. 성 사장님한테 일이 생긴 거 같아요.”

“그놈들이 널 기다리고 있을 거야.”

“사장님이 거기 있어요.”

그 말이 잡은 손을 미끄러지게 했다. 정희는 성 사장에게 빚이 있었다. 그는 엄마라는 존재가 없는 동안 진을 키워낸 사람이었다. 엄마의 자리로 돌아가지 않아도 마음을 놓을 수 있었던 이유가 진의 등 뒤에서 그를 지키는 성 사장 때문이었다. 이 상태로 정선으로 돌아가 심 경장과 조직을 만나는 건 맨몸으로 불구덩이에 뛰어드는 셈이다. 그러나 진이 게이트로서의 능력을 각성하게 된다면 그 누구도 이 아이의 상대가 되지 않는다. 그녀는 더 이상 진의 능력을 억눌러놓을 수 없음을 깨달았다.

“진아, 아까 스위트룸에서 본 남자 기억나지?”

“게이트요?”

"우리는 심 경장이라고 불렀어. 그 사람은 한 회장을 죽이려고 온 거야. 네가 엮이면 너도 없애려고 들 거야. 너랑 배팀장을 합쳐도 감당하기 벅찬 사람이야. 게다가 그 남자는 포트를 쫓을 줄 알아. 나처럼."

"포트를 쫓아요?"

"다른 사람이 연 포트를 쫓아가는 거야. 어디로 이동했는지 그 사람의 내비게이션을 들여다보는 거랑 비슷해. 손 줘봐."

진은 피가 묻은 손바닥을 내밀었다. 정희는 손가락으로 왼손목의 시계를 가리켰다.

"풀어."

"왜요?"

"그게 네 능력을 봉인하고 있었어. 내가 밴드 안에 납을 넣어뒀거든. 납은 텔레포트 능력을 조절할 수도 있지만 어린 게이트가 오래 갇혀 있으면 결국 포트가 사라지고 제 힘을 잃게 돼."

정희는 성 사장이 채워준 보호막을 진의 포트를 죽일 도구로 사용했다. 뒤늦은 각성이 쓰라린 죄책감이 되었다.

"눌러두면 사라질 줄 알았어. 넌 나처럼 살지 않길 바랐어."

시계를 풀자 하얀 손목이 드러났다. 정희는 진의 손을 움켜잡으며 말했다.

"미안하다."

"원망하지 않아요. 다시 돌아왔으니까."

아이는 이미 어른이 되어 있었다. 비겁하게 떼어놓았고, 뒤늦게 찾아오고도 반쪽짜리 존재였던 그녀를 그대로 받아들였다. 열두 살 아들을 만나고야 깡마른 몸의 속살이 차기 시작했다. 무얼 먹어도 허기지던 시절을 끊어내고 진에게 돌아오니 속 빈 강정 같던 제 삶이 채워졌다. 남들은 어미 품을 떠날 때라는 열두 살에 쭈뼛거리며 곁을 파고드는 녀석을 어찌 밀쳐낼 수 있었을까. 정희는 손으로 진의 머리를 가만히 쓰다듬었다.

"만약에, 심 경장의 포트가 제압되지 않으면 그때는 어떻게 해야 해요?"

"그 사람 포트는 나와 반대 기질이라 흡수가 안 돼. 아마 너도 그럴 거고. 그때는 실납으로 봉인하고 그 안에서 열상을 녹여버려야 해. 하지만 잘못하면 네 열상도 녹을 수 있어. 그러면 포트 능력도 사라지는 거야."

"상관없어요. 어차피 시간이 흐르면 사그라든다면서요."

"……갈 거니?"

"네."

정희는 제 눈물이 떨어진 진의 손이 사라지는 것을 보았다. 손안에는 진의 온기와 녀석의 휴대폰만이 남았다. 닫혔던 커튼이 열리며 간호사가 들어와 어리둥절한 얼굴로 주위를 둘러보았다.

"어, 좀 전까지 말소리 들렸는데, 아드님 어디로 갔어요?"

눈앞에서 직접 그 아이의 텔레포트를 본 것은 처음이었다. 진은 포트를 열지 않았다. 자신을 억누르던 굴레를 벗어던진 아이는 스스로 포트가 되었다. 두려움이란 열쇠가 사라진 진은 빛이 되어 어둠의 너머로 사라졌다. 정희는 포트를 열 때마다 소환했던 제 감정을 말하지 않았다. 그건 늘 진에게로 돌아가고 싶은 엄마의 마음이었다고, 차마 그 말만은 할 수 없었다.

굴다리의 어둠 속에서 사람 모양의 푸른빛이 생겨났다. 그 빛이 생길 때 간발의 차이로 성 사장의 캐딜락이 지나갔다. 형체가 완전히 드러났을 때 진은 제 손과 몸을 살펴보았다. 단지 시계를 풀었을 뿐인데 포트의 형태와 열상의 색이 달라졌다. 진은 포트를 열 수도 제 자신이 포트 자체가 될 수도 있음을 알았다. 또한 시간의 문을 열면 그 열상이 푸른빛을 띤다는 것도 깨달았다.

캐딜락이 주차되어 있던 자리가 비어 있었다. 정희를 옮기기 전 잠깐 머물렀던 자리에 피가 고여 있었고 그 주변에 구둣발 몇 개가 오간 흔적이 남았다. 하나는 성 사장의 발자국이고 또 다른 하나는 낯선 이의 것이다. 그리고 또 다른 핏자국이 보였다. 피는 캐딜락으로 이어졌고 캐딜락은 사라졌다. 진은 다급하게 전당사로 이동했다.

문을 열고 들어가자 철민과 한 이사 일당이 그를 기다리고 있었다. 한 이사는 눈앞의 진을 보고 묘한 표정을 지었다. 누군가를 떠올리는 묘한 눈빛으로 진의 얼굴 이곳저곳을 뜯어보며 말했다.

"이러고 보니 닮긴 닮았네."

위압적인 태도와 달리 그에게서는 포트의 에너지가 느껴지지 않았다.

"자, 너는 나랑 같이 갈 데가 있으니까 앞장서시고……."

그의 말이 끝나기도 전에 진은 소파에 널브러진 채 탁자에 발을 올리고 있는 덩치들의 발을 하나둘 걷어찼다.

"발, 발, 발."

툭툭 발을 건드렸을 뿐인데도 그들은 무언가에 데인 듯 화들짝 놀라 다리를 거둬들였다. 진은 끝으로 한 이사를 돌아보았다.

"곧 손님들이 올 테니까 조금만 더 기다리시죠."

전당사 안의 그 누구에게서도 포트의 열상이 느껴지지 않았지만 그곳으로 다가오는 커다란 기운이 있었다. 정희의 말대로 진 역시 텔레포트의 열상을 쫓고 느낄 수 있었다.

하나가 아니다. 가공할 만한 포트가 동시에 둘이다. 온몸이 그 에너지 파장에 흔들렸다.

센서 벨이 울리며 문을 열고 배준이 들어왔다. 그와 동시에 다른 벽에서 심 경장이 나타났다. 세 사람을 두고 나머지 사람들은 일제히 벽 쪽으로 바짝 몸을 붙였다. 진은 배준이 왼손의 시계를 풀러 주머니에 집어넣는 것을 보았다. 주먹을 쓰기 위한 것처럼 보였지만 그가 봉인된 한쪽 능력을 푼다는 것을 진만이 알아차렸다.

진은 뒤에 선 철민에게 손을 내밀었다. 영문도 모른 채 진의 손을 잡은 철민은 순식간에 텔레포트 되어 야산 인근의 주차장으로 옮겨졌다. 나머지 사람들은 진이 포트를 열지 않고 접촉만으로도 사람을 옮길 수 있다는 사실에 경악했다. 심 경장은 진이 흰 세단을 타고 있던 사진 속의 어린 남자이자 미봉산 구덩이에서 실낱이 감긴 채 텔레포트한 인물임을 깨달았다. 누구의 편이든 능력이 향상되는 순간 제게 커다란 위협이 될 존재다. 심 경장은 탁자 위에 놓인 액자를 물끄러미 바라봤다. 진과 철민, 그리고 성 사장이 함께한 사진을 보는 그의 눈빛에 잠시 무언가가 떠올랐다 사라졌다. 진은 마음이 급해졌다. 더는 전당사 식구들을 위험에 빠뜨릴 수는 없었다.

"자리 옮기죠."

그 말을 남기고 진은 포트도 열지 않은 채 흔적도 없이 사라졌다. 심 경장은 진의 열상을 쫓았고 배준은 남은 한 이사를 돌아보며 말했다.

"한 회장님 강릉 병원으로 모셨습니다. 배가 대기 중이니 가서 합류하세요."

배준은 두 사람의 뒤를 다급하게 쫓았다.

진은 개장 전의 카지노 홀에 도착했다. 곧이어 심 경장이, 십여 초 뒤에 배준이 그 뒤를 따라왔다. 배준은 심 경장과 거리를 떨어뜨리며 진 쪽으로 이동했다.

"넌 내 뒤에 있어."

그 말에 심 경장이 비릿한 웃음을 흘렸다.

"그걸 가리켜 위선이라고 하지. 그 애의 살아 있는 심장을 보호해야 하니까."

진은 배준과 거리를 두고 섰다. 배준을 도와 심 경장을 꺾더라도 결국 그는 진의 심장을 한 회장에게 가져갈 것이다.

강릉 병원에서 엄마는 만약 배준이 자신의 심장을 노리면 김주연을 찾아가라고 말했다. 그 사람이 제 방패가 돼줄 거라던 말의 뜻을 짐작할 수 없었으나 심 경장의 말을 듣는 순간 그 누구도 믿을 수 없다는 사실이 명확해졌다.

　같은 시각 정희는 계속 진의 포트를 쫓고 있었다. 100킬로미터 밖에서 그의 기운을 쫓을 수 있는 건 그만큼 진의 에너지가 강력하다는 뜻이자 더 큰 위험에 노출되어 있다는 뜻이기도 했다. 그리고 그 주변으로 다가오는 두 사람의 에너지가 배준과 심 경장임을 감지했다. 진이 제 능력치를 찾기도 전에 심 경장과 정면 승부하는 것은 자살행위다. 배준을 곧이곧대로 믿을 수 없지만 둘이 힘을 합해야 하는 경우의 수를 만든다면 시간을 벌 수 있다. 배준의 약점을 이용한다면.

　세 사람의 에너지가 카지노 홀에 멈춰 선 순간 정희는 휴대폰을 들어 주연에게 메시지를 보냈다.

　'지금 카지노홀로 가봐! 배 팀장이 거기 있어.'

　주연이 그토록 원했던 배준의 비밀이 그곳에 있다. 그가 주연을 떠날 수밖에 없었던 이유를 알고 싶은 마음에 아들을 살리고자 하는 자신의 이기심을 보탰다. 정희가 그곳으로 갈 때까지 배준이 시간을 벌어줘야 했다. 간호사가 정희가 있는 침대의 커튼을 젖혔을 때 침대는 텅 빈 채였다.

　세 사람은 모두 거리를 두고 떨어진 채 서로를 바라보았다. 배준이 진을 설득하기 위해 다가가려는 그때, 갑자기 문이 열리고 주연이 홀 안으로 들어왔다. 진에게는 변수, 배준에게는 악수인 그녀의 등장에 진과 배준 모두 그 자리에 얼어붙었다. 심상치 않은 분위기를 감지한 주연은 그들을 차례차례 둘러보며 물었다.

"다들 뭐 하시는 거예요?"

긴장의 축이 심 경장임을 본능적으로 알아챈 그녀는 진을 건너뛰고 심 경장만을 보며 말했다.

"외부인은 이 홀에 출입 금지예요."

"나가요."

"네?"

"내가 알아서 할 테니까 당장 나가라고."

"배 팀장님!"

배준은 애써 그녀의 눈길을 외면하며 다른 곳을 보았다. 그 미묘한 긴장감을 읽은 심 경장은 순식간에 주연의 뒤쪽으로 이동하여 문을 닫았다. 눈앞에 있던 남자가 순식간에 사라져 자신의 등 뒤에서 나타나자 주연은 소스라치게 놀라며 옆으로 물러났다. 인기척을 느끼기도 전에 배준이 그녀를 가로막고 섰다.

날카로운 포트가 배준의 턱 밑을 아슬아슬하게 스쳐 지나가자마자 또 다른 포트가 심 경장의 어깨를 베었다. 순식간에 여러 개의 포트가 생겨나고 두 사람은 복잡하게 펼쳐진 포트를 오가며 공격을 가했다. 배준의 눈앞에 칼날처럼 나타난 포트를 그는 또 다른 포트에 가두어버렸고 심 경장은 그의 발을 홀의 바닥에 가두고 뒤에서 나타나 포트로 등을 베었다. 진은 주연의 손을 잡아끌어 제 등 뒤에 숨겼다.

가까스로 벽에 기대선 배준의 두 눈이 주연을 바라보았다. 심 경장은 그의 시선이 닿은 곳을 응시하며 물었다.

"팔 년 전 심장을 옮긴 승합차를 운전한 게 너잖아. 얘기해봐. 누구에게 간 건지."

배준은 끝까지 입을 열지 않았다. 그 순간 심 경장은 배준에게 날카로운 불의 칼날을 던졌다.

"안 돼!"

주연의 비명에 배준의 눈이 붉어졌다.

"말해! 누구인지!"

심 경장이 찾는 심장이 주연에게 있음을 직감한 진은 다급한 나머지 소리쳤다.

"그건 나야!"

그 순간 배준이 조각난 포트에서 벗어났다. 심 경장은 수십 개의 포트를 열어 진의 몸을 조각조각 포트 안에 가두었다. 하나의 포트가 아니라 수십 개의 포트를 동시에 열 수 있다니. 놀라움을 뛰어넘어 경악을 금치 못할 정도였지만 몸의 단면들이 서로 다른 공간 안에 갇힌 진은 꼼짝달싹할 수조차 없었다. 심 경장은 진의 대답이 미심쩍었는지 재차 다그쳐 물었다.

"네가 그 심장을 받았다고?"

"그래."

"근데 넌 게이트잖아. 중국 배에서 가져온 건 일반인의 심장이었는데 갑자기 게이트가 되어 있으니 놀라워서. 아! 아직 애송이라서 뭘 모르는 모양인데 게이트의 심장을 이식받으면 포트 능력이 생겨. 그래서 포트 심장은 부르는 게 값인거고. 안 그래, 배 팀장?"

심 경장은 포트에 갇힌 배준에게 물었다.

"여러 번 물으려니 입 아프네. 어디 있어!"

"그런 심장이 수십인데 어떻게 기억하나."

"브이, 아이, 피! 네가 조직에 목숨 바치면서 간절히 살리고 싶어 했던 사람이라면서. 네 팔다리를 하나씩 잘라내면 그대단한 이름이 기억날까."

심 경장은 진의 몸을 가두고 있는 수십 개의 포트 중 하나를 끌고 와 그의 손목 위에 띄웠다. 공중에 떠 있는 포트가 천천히 속도를 올리며 회전하기 시작했다. 포트가 그의 손목에 닿기 직전 절규와도 같은 비명이 터져 나왔다.

"안 돼!"

주연의 절규였다. 그녀는 충격을 받은 얼굴이었다.

"내가…….”

"입 다물어!”

배준이 소리쳤다.

"그 심장이 나였냐고!”

진은 그제야 정희가 얘기한 배준의 방패가 왜 주연일 수밖에 없는지 이해했다. 심 경장의 날카로운 눈빛이 주연에게 향했다.

"역시 말이 안 되는 거였는데. 그게 기적이라고 믿는 게……. 너무 바보 같은 줄 알면서 그걸 믿었어.”

배준은 절망스러운 눈빛으로 그녀를 바라봤다. 심 경장이 주연의 심장께를 노려보자 주연은 셔츠 안에 넣어두었던 스카프를 풀었다. 셔츠의 제일 윗단추 하나를 끄르고 나자 빗장뼈까지 올라온 수술 자국이 드러났다.

"여기 있어요.”

심 경장은 충혈된 눈으로 그녀를 보았다. 자신의 딸이 가졌어야 할 심장을 빼앗아간 사람이 눈앞에 나타났다.

"이게 필요하면 가져가고 그 사람은 놔줘요.”

심 경장은 주연 앞으로 걸어왔다. 딸 대신 살아났다는 VIP가 고작 당신이었나. 그의 증오심으로 이그러진 얼굴은 그렇게 말하고 있었다.

"……하나만 묻지. 그 심장을 가로채고 열다섯 살 내 딸 대신 살아난 당신은 가치 있는 인생이었나. 그런 인생을 살았어?"

"딸……이었어요?"

"묻는 말에 대답해. 넌 그렇게 대단한 인생이었냐고!"

"아니! 난 그런 사람 아니야. 지난 팔 년 동안 세상을 원망만 하고 하루하루 좀먹으며 살아서, 더는 이 심장으로 살아갈 자격이 없는 사람이야."

살고 싶다가 아니라 죽고 싶다라. 딸에게 그토록 필요했던 심장을 가져갔으면서. 주연의 대답은 심 경장을 지옥으로 떨어뜨렸다. 그는 정신이 나간 사람처럼 휘청이며 헛웃음을 흘렸다. 분리된 공간에 갇힌 진은 조각난 손의 열상을 불러와 조그만 공간을 만들었다. 진은 주머니 속 시계를 순식간에 이동시켜 한 손에 움켜쥐었다. 벽에 못 박힌 배준은 진의 움직임을 예의 주시했다. 진은 눈빛으로 배준을 불렀다.

고개를 세 번 끄덕였다. 삼 초, 이 초, 일 초.

진이 제 몸 전체의 열상을 공기 전체로 발산한 순간 공간은 순식간에 삼 분 전으로 되돌아갔다. 같은 공간에 있던 네 사람 각각의 몸은 과거의 그들과 하나의 존재로 합쳐졌다. 배준이 포트에서 풀려나는 순간 진은 소리쳤다.

"지금!"

진과 배준은 납이 든 시계를 심 경장의 손으로 포트시켰다. 두 사람이 심 경장의 손에 족쇄를 채운 순간 심 경장의 열상이 사라졌다. 그의 팔은 룰렛 테이블에 처박혔다. 팔을 쓰지 못하게 되자 지뢰밭처럼 펼쳐졌던 포트들이 사라졌다. 심 경장은 손목의 시계에 무엇이 들었는지 알아차렸지만 속수무책이었다.

배준은 주연을 부축했고 진은 포트를 열었다. 테이블에 고꾸라졌던 심 경장이 미친 사람처럼 웃기 시작했다. 그는 광기 어린 눈으로 진을 바라봤다.

"네 놈은, 시간을 열 수 있구나."

절망과 희망이 뒤섞인 그의 눈에서 무언가가 흘렀다. 진은 홀린 듯 그에게 걸어갔다.

"딸을 살릴 수는 없어. 시간을 연다 해도 돌아갈 수 없다고."

"……열 수는 있다는 말이군."

주연을 밖으로 내보내려던 배준은 심 경장의 말에 우뚝 멈춰 섰다. 놈은 답을 얻기 위해 연기를 하고 있다.

"장진! 그놈에게서 떨어져!"

그 순간 굉음과 함께 룰렛 테이블이 폭발하며 뒤집혔고 진은 벽으로 날아가 부딪혀 떨어졌다. 먼지가 가라앉자 그 자리에 선 심 경장의 모습이 보였다. 그는 한 손의 시계를 터뜨린 뒤 다른 손의 시계마저 벗겨내 천천히 진을 일으켜 세웠다.

그와 동시에 배준의 등에 날카로운 포트가 날아갔다. 절체절명의 순간 거대한 포트가 배준을 에워쌌다. 정희의 것이었다. 배준은 주연의 등을 밀어 진에게 보냈고 또 다른 포트에서 걸어 나온 정희가 심 경장을 에너지 장에 가뒀다. 배준이 그녀의 포트 안으로 자신의 포트를 밀어 넣어 힘을 보탰다.

그러나 정희는 얼마 지나지 않아 심 경장이 자신의 포트를 무력화하리란 걸 예상할 수 있었다. 배준과 함께라도 두 사람은 그의 힘을 감당할 수 없음을 깨닫고 진을 불렀다.

"진아! 오늘 아침 10시, 집으로 돌아가!"

"네?"

"실납 챙겨서 스위트룸으로 나를 찾아와. 그걸 주면서 날 설득해. 널 지킬 수 있는 유일한 방법이 이거라고. 그럼 알아들을 거야."

진은 정희가 왜 그런 말을 하는지 이해할 수 없었다. 정희는 벽면을 열어 진과 주연을 또 다른 포트에 밀어 넣었다. 심 경장과 배준의 포트가 부딪치는 그 엄청난 빛을 끝으로 포트의 문이 닫혔다.

계단으로 굴러떨어진 두 사람은 가쁜 숨을 몰아쉬었다. 진은 주연의 손목을 잡고 시간을 보았다. 오후 4시 5분, 다섯 시간 전 스위트룸에 심 경장이 나타났었다. 그때 진은 그를 방어할 능력도 그의 능력치도 몰랐기에 상대가 되지 않았지만 결과를 알고 다시 돌아간다면 오늘은 달라진다.

"누나, 시계 좀 빌릴게요."

"그 사람은?"

"괜찮을 거예요. 내가 결말을 돌리러 갈 거니까."

주연은 혼란스러웠지만 더 이상 묻지 않고 시계를 풀어주었다. 주연의 손목시계를 받은 진은 자신에게 필요한 시간과 공간을 되짚어보았다. 스위트룸, 다섯 시간 전보다 더 앞으로.

진이 주연을 집으로 향하는 포트에 넣고 시공간의 포트를 연 순간 벽면으로 들어오던 심 경장의 눈이 그를 쫓았다. 하지만 진의 포트가 먼저 닫혔다. 그의 포트는 공간이 아닌 다른 시공간을 향하기에 포트의 에너지로 쫓을 수조차 없었다. 포트가 닫히자 심 경장의 몸이 공기 중에 흩어지기 시작했다. 저 녀석이 과거로 돌아가면 현재가 바뀌는구나. 심 경장은 사라지는 제 손을 바라보며 의미심장한 표정을 지었다.

검은 동굴 같은 긴 시간의 포트를 뚫고 스위트룸으로 가기 한 시간 전의 집으로 돌아왔다. 휘청이며 포트를 나오니 코에서 피가 뚝뚝 흘러내렸다. 손바닥의 열선 중 새끼손가락으로 뻗어나간 일부가 검게 변해 있었다. 긴 시간 이동은 그 터널을 통과하는 사람의 생명을 좀먹는다는 걸, 진은 그 길을 걸어보고서야 알게 되었다.

코피를 닦고 아버지의 공구통에서 실납을 챙겼다. 다시 시계를 보니 9시 45분, 꼬박 반나절을 돌아와 엄마가 스위트룸으로 가기 한 시간 전이 되었다. 그러나 정희는 그곳에 없었다. 아침과 달리 정희는 더 빨리 집을 나섰다. 과거의 시간은 무언가가 미묘하게 바뀌어 있었다. 다급히 옥상정원으로 갔지만 그곳도 비어 있었다.

진은 다시 시계를 보고 스위트룸으로 이어지는 복도를 불러왔다.

딸깍- 스위트룸의 보안이 해제되고 정희가 배준을 앞세운 그 순간으로 진이 함께 미끄러져 들어왔다. 갑작스러운 진의 출현에 정희는 놀라 입을 다물지 못했다. 진은 롤에 감긴 실납을 풀며 그녀의 등을 밀었다.

"엄마, 설명할 시간이 없어."

"뭐?"

말을 하고 나서야 정희의 반응을 이해했다. 지금의 정희는 자신이 엄마라는 사실을 숨기고 있었던 때니 앞뒤 설명 없이는 혼란스러운 상황일 테지만 시간이 촉박했다. 그러나 진은 몇 시간 후의 정희가 했던 말을 그녀에게 전하지 않았다.

실납과 함께 그 말을 건네면 심 경장의 열상을 녹이는 일에 주저하지 않고 덤벼들 사람이 정희였다. 진을 지키기 위해

제 목숨까지 버릴 수 있음을 미래의 정희도, 현재의 정희도
알고 있었다. 정희의 왼손에 붕대가 감겨 있었다. 아까는 분
명히 없던 상처였다. 배준이 열상을 불러오는 바람에 이유를
물어볼 시간조차 없었다.

"저 사람들 컨테이너로 보내. 빨리!"

정희는 진이 심 경장과 배 팀장이 게이트라는 걸 알고 있
다는 게 놀라웠지만 진의 말대로 포트를 열어 배준과 한 이
사 무리를 컨테이너에 밀어 넣었다.

"배 팀장은 빼고. 지금은 그 사람이 필요해."

"무슨 소리야? 너 설마……."

"심 경장이 이리로 오고 있어. 배 팀장이랑 힘을 합치지 않
으면 그 사람을 절대 못 이겨. 어서!"

진은 한 회장이 자신을 희열에 가득 찬 눈으로 바라보고
있음을 눈치챘다. 마침내 제 심장을 대신할 놀라운 심장을 찾
은 역겨운 눈빛이었다.

"아저씨 시계 끌러요. 그거 풀어도 그 남자는 못 당할 테니
까."

영문을 모르고 다시 소환된 배준은 놀라 경직된 표정이었
으나 이내 그 말에 따랐다. 누구나 살릴 수 있고 때로 능력조
차 이식할 수 있는 게이트의 심장. 그 비밀을 아는 이들은 젊
고 강한 심장을 노리곤 했다. 그래서 배준은 한 회장 앞에서

결코 제 능력의 최대치를 발휘하지 않았다.

정희는 다급하게 한 이사의 포트를 닫아 봉인했다. 세찬 바람이 일면서 테라스의 나무들이 크게 흔들렸다. 마침내 포트가 열리고 그가 모습을 드러냈다. 진은 여러 번 대면했음에도 그를 마주하는 게 두려웠다.

심 경장은 봉인된 납판을 날려버리고 룸 안으로 들어왔다. 그는 찬찬히 네 사람을 살펴보았다. 진과 눈이 마주친 순간 알 수 없는 기시감이 들었지만 이내 한 회장에게로 고개를 돌렸다.

심 경장은 동시에 두 개의 포트를 열어 한 회장에게 다가왔다. 그 앞을 배준이 막아섰다. 둘의 포트가 부딪치며 빛이 부서졌다. 두 개의 용접기가 부딪쳐 불을 뿜어내는 것처럼 날카로운 칼날이 스치는 소리가 연이어 터졌다. 정희가 그의 에너지를 흡수하려 했으나 그의 포트는 정희의 힘을 튕겨내었다. 그녀 자신이 다른 포트들의 능력을 흡수하고 진이 공간뿐 아니라 시간을 열 수 있듯, 심 경장 역시 상상을 초월하는 또 다른 돌연변이였다.

정희에게 비수처럼 되돌아오는 포트 앞을 진이 막아섰다. 그는 심 경장이 포트를 자유자재로 이동시켜 순식간에 몸을 분리하는 수법을 잘 알고 있었다. 하나, 둘, 셋은 왼쪽과 아래, 나머지 셋은 오른쪽과 뒤, 그가 포트를 배치하는 방법이다. 수십 개의 포트를 배치해 공간 속에 몸을 가둬 포트의 힘을 분산시킨다. 포트를 잘게 병렬해 공간을 가둔다! 인상적인 수법이다.

진은 그의 수법대로 포트 바로 옆에 여러 개의 포트를 열어 포트가 포트를 잠식하도록 만들었다. 심 경장은 애송이로 봤던 남자애가 모든 포트를 닫아버리고 자신을 궁지로 몰아넣자 당황하기 시작했다.

"복습했거든."

진은 배준이 시간을 버는 사이 제 손에 실납을 감았다. 정희는 진의 행동이 의미하는 바를 알아차렸지만 한발 늦은 뒤였다. 진은 배준이 벌려준 틈으로 들어가 심 경장의 열상 앞으로 제 열상을 내밀었다. 용광로처럼 불타는 두 열상이 가까워질수록 견딜 수 없는 화기가 둘을 태웠다. 부딪친 열상 안에서 심 경장의 포트가 녹아내리기 시작했다. 진은 심 경장뿐 아니라 자신 역시 능력을 잃게 될 수도 있음을 알았다.

어차피 처음부터 축복이 아니라 저주였어. 진은 그의 손을 움켜쥔 채 그 고통을 견뎠다. 격렬히 타오르던 포트의 경계가 무너져 내렸다. 사라지는 것이 아니라 작아지는 것이구나. 쇠진한 포트가 쪼그라들자 의식이 먼저 무너져내렸다.

"진아!"

정희가 소리쳤다. 공간의 문이 무가 되려는 순간, 진은 의식을 잃고 쓰러졌다. 두 사람의 손 사이로 날카로운 포트 하나가 스쳐 지나가자 붙었던 둘의 손이 떨어졌다. 포트, 한 번도 날 자유롭게 만들어준 적이 없었던 세계가 드디어 끝난 건가. 진은 멀어지는 의식 사이로 자신을 붙잡은 정희의 숨결을 느꼈다.

긴 악몽이었다. 구덩이에 파묻히고 수많은 포트의 문을 통과한. 불행 중 다행으로 다시 눈을 뜬 곳은 구덩이 안은 아니었다. 멸균실 안 환자의 침대 위였으나 손발이 묶인 채였다. 눈앞에 한 회장이 앉아 있었다. 그는 순식간에 혈색을 찾은 얼굴이었다. 그리고 한쪽 벽에 손 전체가 실납으로 휘감긴 채 매달린 심 경장이 보였다. 정희 역시 두 손이 실납에 휘감기고 입에 테이프가 붙은 채 묶인 상태였다. 벌컥 문이 열리고 온몸이 땀범벅인 한 이사가 객실로 뛰어 들어왔다.

"형님, 괜찮으세요?"

한 이사는 진과 심 경장을 번갈아 바라보며 말했다.

"와, 이 둘을 동시에 잡았다고? 배 팀장이 팔 하나 내놓을 줄 알았더니, 운 좋았네. 하, 역시 형님 지략은 못 당한다니까."

한 회장은 팔에 꽂힌 주삿바늘을 뽑아버렸다. 창문을 열어젖히고 큰 숨으로 바깥 공기를 들이마시는 그를 보며 배준은 적잖이 당황한 얼굴이었다.

"고생 많으셨습니다, 형님."

"어째서……."

혼잣말처럼 뱉은 배준의 한마디에 한 이사는 낄낄거리며 그의 어깨를 툭 쳤다.

"다 속이려면 너도 속아줘야 하니까. 형님이 다 죽어간다고 소문이 나야 정희가 제 능력을 쓰지."

한 이사는 능청스러운 웃음을 흘리며 한 회장에게 말했다.

"아들까지 숨겨두고 대단하잖아. 뭐, 정희 덕에 심 경장도 얻었고. 근데 형님, 둘 중에 어떤 놈으로 하실 건데요?"

한 회장은 답이 없었으나 한 이사는 진을 넘겨봤다.

"한 살이라도 젊은 심장이 낫죠. 근데 쟤, 손은 왜 다친 거야?"

"화상만 약간 입었습니다."

진은 열상을 불러오려고 애썼으나 온몸 곳곳이 실납에 감긴 채였다.

"심장만 안 다치면 되지."

정희가 묶인 의자를 달그락거리며 눈으로 욕을 퍼부었다. 한 이사는 정희를 물끄러미 바라보며 말했다.

"네가 팔 년이나 잡히지 않고 잘 지낸 이유를 생각해봐. 네가 잘 숨어서 그런 건지, 우리가 다 알면서도 눈 감고 아옹해준 건지. 근데 너 생각보다 가짜 엄마 노릇 잘하더라. 우리도 깜빡 속았어."

그들은 처음부터 정희의 소재를 알고 있었다. 팔 년이나 포트 능력을 죽인 채 사는 걸 알면서도 쫓지 않았다. 의도하지 않았으나 정희가 살려준 심 경장이 그녀가 살 수 있었던 이유였을 것이다. 만에 하나, 심 경장이 살아 돌아와 그들을 위협할 때 내세울 방패. 다만 진이 혈육이란 것을 몰랐던 건 정희의 차가운 모정 때문이었을 테고.

한 회장이 손짓하자 배준이 진의 입을 막아두었던 테이프를 벗겨냈다.

"제대로 대답하면 손가락이 열 개고, 답이 틀리면 하나씩 아웃이다."

진은 배준 너머의 한 회장을 노려보았다.

"최대 얼마까지 포트를 해봤지?"

진은 대답 대신 한 회장의 발 앞에 침을 뱉었다. 배준이 조그만 포트를 열어 다가왔다. 그 앞을 한 이사가 설레발치며 막아섰다.

"아서! 쇼크 오면 심장에 무리 가."

한 이사는 진의 앞에 쭈그려 앉으며 묶인 손목 이곳저곳을 살피며 말했다.

"우리가 너는 못 죽여도 네 엄마는 죽일 수 있으니까. 자꾸 낙타 새끼처럼 침은 뱉지 말자고."

그 말에 잊고 있던 존재 하나가 괴기스러운 웃음소리를 내었다. 벽의 포트에 매달린 심 경장은 온몸이 피투성이임에도 태연한 얼굴로 진을 바라보며 말했다.

"거기, 어린 심장. 하나만 묻자. 우리 언제 만난 적이 있던가."

진은 두 눈을 질끈 감았다. 시간을 돌려 최악의 결과를 이끈 제 자신이 바보 같았다. 심 경장을 없애면 다 끝날 줄 알았는데 그를 능가하는 악마들이 있었다. 진은 순간 자신의 손가락 끝이 뜨거워지고 있음을 느꼈다. 자신이 연 것이 아니라 방 안에 있는 세 사람의 포트 중 한 사람의 작품이다.

"만났다면?"

"잘못된 선택을 하셨군."

"당신이나 저놈들이나 뭐가 다르지?"

"사람을 선택하지 말고 상황을 선택했어야지. 사람이란 존재는 그 상황에 따라 천만 번도 달라질 수 있는 거야."

이가 갈릴 만큼 옳은 소리다. 심 경장을 피하려고 선택한 상황이 더 나쁜 악수가 되었으니.

"당신을 믿으라고?"

"난 너에게 다 걸었어."

진만이 알아차릴 수 있는 암시였다. 제 심장을 노리는 한 회장을 선택하느냐, 이길 수 없는 심 경장을 선택하느냐. 진은 갈피를 잡지 못하고 있었다. 그때 한 회장이 다가와 정희의 테이프를 직접 떼어주며 말했다.

"사람을 잘못 죽이는 건 어쩔 수 없지만 죽어야 할 사람을 잘못 살리면 뒤탈이 생긴다. 어떠냐, 네가 살린 놈이 네 아들을 죽을 자리로 이끈 게."

"여기서 제일 먼저 죽을 사람은 당신 같은데."

한 회장은 손에 들고 있던 지팡이를 소파에 툭 던진 채 조용히 테라스로 갔다. 뒷짐을 진 손에 큰 화상 자국이 있었다.

"마음은 닳고 닳으면 결국 돌이 되기도 하더라."

"웃기네. 사람처럼 살아야 감정이 생기지 짐승처럼 살면서 감정이 남아나길 바랐어?"

"난 네가 분노로 포트를 여는 줄 알았는데, 그게 아니었구나. 쟤가 있어서 네 포트가 그렇게 강했던 거였어."

한 회장이 진을 바라보자 정희가 심 경장에게 말했다.

"그 분노는 심 경장이 가장 큰 것 같은데. 아닌가? 팔 년 전 아이에게 갈 심장을 훔친 사람이 바로 눈앞에 있잖아요. 죗값은 죄를 지은 사람에게 받아요."

심 경장은 비릿한 웃음을 흘리며 말했다.

"상기시켜주니 고맙군. 근데 당신 아들이 아직 내 질문에 대답하지 않았거든. 나한테 배팅할 거냐고."

진은 심 경장을 노려보며 말했다.

"그걸 말해주면 당신은 뭘 주지?"

"그 답에 목숨 하나. 그리고 우리가 언제 처음 만났지?"

여기서 살려야 할 목숨은 있다면 한 사람뿐이다. 진은 정희를 돌아보며 말했다.

"……어쩌면 지금, 어쩌면 여섯 시간 뒤 카지노 홀에서."

"그렇군."

심 경장은 원했던 답을 얻었다. 진은 심 경장의 손끝을 보았지만 그 어디에도 열상은 보이지 않았다. 그럼에도 그의 손가락 하나가 정희의 실납을 걷어내고 있었다. 동시에 진의 왼쪽 바지 주머니 안에 무언가가 들어왔다. 그게 무엇이든 심 경장이 정희의 목숨을 살려주는 대가가 될 것이다.

정희의 손이 자유롭게 풀려난 순간, 방안 전체가 뒤틀리기 시작했다. 벽이 부서지며 천장의 샹들리에가 떨어질 때 심 경장은 정희 하나만을 밖으로 포트시켰다.

정희가 사라지고 방안이 삽시간에 자욱한 먼지 안개에 휩싸이자 배준은 포트를 열어 한 회장과 진을 대피시켰다. 그들은 무너져 내리는 객실에서 아슬아슬하게 몸을 피했다. 포트의 문이 닫히는 마지막 순간까지 심 경장은 벽에 매달린 채였다. 닫히는 포트 사이로 거대한 먼지 구름이 들이닥쳤다.

도착한 곳은 묵호항에 정박 중인 페리 갑판이었다. 배준은 의식을 잃은 진을 바닥에 내려놓았다. 한 이사는 포트가 닫히기 전 간신히 미끄러져 들어와 목숨을 구했다. 그는 포트가 닫히자마자 배준의 뺨을 올려붙였다.

"씨발, 몸뚱이 동강날 뻔했잖아!"

"죄송합니다."

"하, 새끼! 사람 차별하네. 근데 정희 풀어준 게 너냐?"

"아닙니다."

"아니라고? 그럼 이 녀석이 그렇게 했다고?"

"장진이 아니라 심 경장일 겁니다."

"뭐?"

한 이사가 영문을 모르겠다는 듯 쳐다보자 배준이 말했다.

"한 손이 다른 한 손을 죽여서 실납을 녹였을 겁니다."

"왁! 미친놈! 지 목숨도 못 건진 놈이 누굴 살린다고."

그가 일부러 도망가지 않았다는 의심이 배준의 머릿속을 혼란스럽게 했다. 정희를 빼낼 정도라면 자기 손을 푸는 게 먼저였을 텐데, 왜 그러지 않았을까. 어쩌면 진에게 무언가를 확인하기 위해 기다린 것이 아닐까 하는 의심이 들었다. 심 경장이 살았을 것 같다는 말은 속으로만 삭였다.

"근데 아까 그놈이 했던 처음 만난 게 언제고 그 이상한 말은 뭐야?"

"두 사람은 구면인 것 같습니다."

배준은 심 경장의 포트를 한발 앞서 읽어내던 진의 실력을 보았다. 자신조차 대적할 수 없을 힘을 고작 스무 살짜리가 받아내고 있었다. 진은 시간과 관련된 또 다른 능력이 있는 게 분명하다. 이유를 알 수 없지만 진은 두 사람이 여섯 시간 뒤 카지노에서 만날 것임을 알렸다.

"아씨, 어쨌든 확실히 이놈만 남았잖아. 심 경장 그놈은 살았어도 골치 아픈 놈이라니까. 근데 배 팀장, 그거 납시계였나봐? 심 경장 만나니까 푸네? 우리가 네 심장이라도 꺼낼까봐 졸았던 거야?"

그게 아니었다면 벌써 자신의 심장을 꺼내 갔을 악마들이다. 한 회장의 병이 사실이 아니더라도 그의 포트 능력이 죽어버린 것은 사실이었으니 마음만 먹었다면 그를 죽이는 데 일말의 망설임도 없었을 것이다. 한 이사는 배준의 어깨를 툭 치며 말했다.

"뭐 해? 배 출항시켜!"

배준은 휴대폰을 들어 선실에 출항 메시지를 넣었다. 거대한 엔진음과 함께 배 전체를 울리는 묵직한 엔진의 진동이 느껴졌다. 폐선이 되기까지 몇 년 남은 낡은 유람선이었다. 300톤급 배를 개조해 긴급 수술을 할 수 있는 최적의 조건을 갖추었다. 카지노에 저당 잡힌 인생 중에는 흉부외과 의사도 있었다. 한밤에 수억이 든 돈 가방을 가지고 찾아온 배준과 한 이사를 마다하는 이는 없었다. 그들의 눈을 가리고 배 안으로 이동시켜 수술만 진행하면 그뿐, 그렇게 이 배 안에서 이뤄진 수술만 수십 건이었다.

누군가의 심장이 포트로 옮겨지고 대기 중이던 수술팀이 수술에 들어가면 그 최대수혜자는 심장을 이식받은 이가 아닌 한 회장이 되었다. 그들의 세상에서는 조각난 몸이 곧 돈이었다. 이제 낡은 배는 마지막 수술을 위해 나아간다.

그러나 출항한 지 삼십 분도 안 돼 심상치 않은 비바람이 몰아치기 시작했다. 일본 쪽으로 큰 태풍이 비껴간다는 예보가 있었고 영향권에 들 거리가 아님에도 악천후가 계속되었다. 선장은 가까운 항구로 돌아갈 것을 권유했지만 사라진 정희가 꺼림칙한 한 이사는 항로 유지를 지시했다. 배가 막 묵호항을 벗어나 속력을 높일 때 선교에서 긴급 호출이 들어왔다. 배준은 다급히 선장을 만났다. 그가 보여준 중앙장치 몇 개에 이상 경보가 들어와 있었다.

"선미 쪽인지 화물실 쪽인지 문제가 생긴 것 같습니다."

"무슨 문제요?"

"사람을 보냈는데 연락이 안 됩니다."

승조원이 건네준 무전기는 계속 먹통이었다. 배준은 아래 층에 일이 생겼음을 직감했다.

"언제 갔습니까?"

"5분 정도요."

그는 다급하게 선실로 내려갔다. 좁은 복도를 따라 난 선실 어디에도 사람의 그림자는 없었다. 한 회장이 머무는 VIP실에는 경호원 셋과 한 이사, 간호사 둘이 있었다. 나머지 의료진과 승조원들은 다른 객실에서 대기 중이었다. 한 층을 더 내려가 화물실로 들어간 배준은 가까이에서 포트의 기운을 느꼈다. 배 안에 포트를 할 수 있는 사람은 진과 자신밖에 없다. 호텔에서 묵호항까지 100킬로미터가 넘고 그 항구에서 수 킬로미터 떨어진 바다 위, 정희든 심 경장이든 GPS가 없이 움직이는 배로 포트할 수는 없다. 그럼에도 불구하고 포트의 기운은 또렷했다.

개조하지 않은 객실 층 복도는 작은 비상구 등만 들어온 상태였다. 발아래 화물실에서 이상한 소리가 들려오고 있었다. 배준은 계단을 내려가 불이 꺼진 화물실을 밝혔다. 기관실로 내려가는 계단에서 물그림자가 어른거렸다. 조심스레 다가간 그는 눈높이의 창을 통해 배의 아래쪽에서 물이 솟아오르는 걸 목격했다. 철문을 열고 그 아래로 발을 들인 순간 순식간에 한 손이 난간에 묶이고 납땜이 되었다. 배준의 나머지 한 손의 손가락들은 날카로운 포트에 의해 잘려 나갔다. 기다리고 있던 심 경장이 다가와 주머니에서 지퍼락 봉투를 꺼내 떨어진 손가락을 쓸어 담았다. 그는 고통에 몸부림치는 배준에게 알약 하나를 건넸다.

"먹어둬. 진통제야."

"……차라리 죽여!"

"너무 쉽잖아. 그 여자가 죽는 걸 볼 때까지는 살아 있어야 지. 그게 죽는 것보다 더 고통스러울 테니까."

"주연이는 건들지 마. 걔는 아무것도 몰랐어!"

"널 이해 못 하는 건 아니야. 근데 이해와 용서는 천국과 지옥만큼 멀지. 봉투 잘 챙겨둬. 혹시 살아 나가게 되면 붙여 보든가."

지퍼락 봉투가 툭 그의 옆에 떨어졌다. 배준은 혼미해져 가는 의식 속에서 심 경장을 바라봤다. 당장이라도 바닷물에 뛰어들 것 같은 얼굴이었다. 선과 악이 뒤엉켜 슬픈 괴물이 되고만 그에게서도 지독한 고통이 느껴졌다.

배가 흔들리자 더 많은 바닷물이 출렁이며 바닥에 들이쳤 다. 계단을 오른 심 경장은 마지막 철문을 닫고 지옥 속으로 사라졌다.

객실 세 개를 틔워 합친 한 회장의 VIP실에서는 둥근 창으로 바다가 보였다. 비껴간다는 태풍이 근접한 것 같은 비바람이었다. 바람이 거세지며 집채만 한 파도가 배 앞머리를 들어 올렸다. 한 이사는 불안한 표정으로 방안을 오갔다.

"형님, 이렇게 흔들리는 배에서는 수술이 힘들대요. 가까운 항구로 가는 게 안전해요."

"만약 포트가 열리면."

"게이트 할아버지라도 움직이는 배 위로는 어렵다니까요."

"심 경장은 그걸 했던 놈이야."

"그거야 몇백 미터 안 되는 배에서 배였고 이건 수십 킬로미터나 떨어져 있는데 아무리 재주가 좋아도 여기를 포트해서 오겠어요? GPS 없이 힘들다고요."

"배 팀장은?"

"아까 선교에서 호출이 들어와서 올라갔는데…….."

돌아오지 않는다는 것은 뭔가 문제가 생겼음을 뜻한다. 짧은 적막을 뚫고 휴대폰 벨 소리가 들려왔다. 두 사람은 서로를 돌아봤다. 벨 소리의 진원지를 찾아 주위를 두리번거리던 한 이사는 그 소리가 묶여 있는 진의 몸에서 흘러나오고 있음을 알아차렸다. 진의 주머니를 뒤지던 한 이사는 휴대폰을 찾아냈다. 저장되지 않은 번호였다. 진도 그걸 보고 피식 웃음을 흘렸다.

"전화기가 아니라 GPS 추적기였네."

그 순간 복도에서 긴 비명이 터져 나왔다. 복도로 나온 한 이사는 복도의 끝에 있는 커다란 포트에서 어마어마한 비구름이 몰아치는 모습을 보았다. 사람들과 집기들이 한데 섞여 날리며 홀 안은 순식간에 아수라장이 되었다. 한 이사는 당황하며 진에게 달려왔다.

"열어! 포트 열어!"

"몸이 이렇게 묶여 있는데 어떻게 열어."

한 이사는 다급하게 진의 실납을 풀었다. 날카로운 칼이 진의 목을 스치자 핏물이 흘러 나왔다.

"헛짓거리하면 바로 그어줄 테니까 딴생각하지 말고 열어!"

"어디로?"

"어디든, 빨리!"

진은 더 묻지 않고 포트를 열었다. 막상 포트를 열자 주저하던 한 이사는 바짝 칼을 들이대며 진을 떠밀었다.

"네가 먼저 들어간다. 형님, 뒤따라오세요!"

진이 어두운 포트 안으로 발을 들인 순간 포트의 문이 순식간에 닫혔다. 목덜미를 잡고 있던 왼손과 칼을 들었던 오른손이 잘려 나가자 한 이사는 비명을 지르며 그 자리에 쓰러졌다. 바로 그 순간 벽의 포트가 열리고 심 경장이 모습을 드러냈다. 하지만 방안에는 두 손이 잘린 한 이사만 남았을 뿐 어디에도 한 회장의 모습은 보이지 않았다. 심 경장은 땅바닥에 무릎을 대고 블랙라이트를 켜 주변에 남은 열상의 흔적을 되짚어보았다. 진이 열고 나간 커다란 포트는 배 안으로 이어져 있었다. 포트로 나간 게 누구든 독 안의 든 쥐였다.

진은 제 어깨에 달려 있던 한 이사의 잘린 손목을 툭 쳐서 떨어뜨렸다. 좁은 복도인 걸 보면 배의 아래쪽일 듯했다. 가까운 곳에서 쇠를 두드리는 듯한 규칙적인 소리가 들렸다. 누군가 구조 신호를 보내고 있었다. 진은 소리를 향해 걸어갔다. 소리는 기관실에서 한 칸 더 내려간 계단 아래쪽에서 올라왔다. 복도에 걸린 손전등을 들고 계단 아래를 비추는 순간 아래쪽에 출렁이는 바닷물이 보였다. 그 계단의 오른쪽에 손이 묶인 배 팀장이 있었다. 바닷물이 그의 무릎까지 올라와 있었고 왼손의 손가락은 잘린 채였다. 배 팀장의 손목을 풀고 그를 어깨에 떠받쳤다. 진을 바라보는 그의 눈빛이 흐렸다.

"정신 차려요!"

피를 많이 흘려 쇼크 직전이었지만 정신력으로 버티고 있는 듯했다. 진은 계단 위에 놓인 지퍼락 주머니를 챙기고 포트를 이용해 그의 손을 묶은 수갑을 잘랐다.

"여기가 어디쯤 돼요?"

"……묵호항과 울릉도 사이."

강릉항까지 멀지 않은 곳이나 바다 위다. 강릉 병원까지 한 번에 포트를 할 수 있을지 미지수지만 달리 대안이 없다. 진이 손의 열상을 모으려고 하자 배준이 그의 손을 잡았다.

"선교부터……."

"왜요?"

"가라앉기 전에. 사람들이 있어."

입안에서 쓴맛이 돌았다. 실수했던 답안지가 되돌아왔다. 사람과 상황, 자신의 심장을 빼앗아가려던 배준을 선택할 것인가, 배준의 상황을 선택할 것인가.

"여기서 몇 미터, 어느 쪽이에요?"

"십 미터 위, 오른쪽으로 오 미터쯤 앞."

진은 포트를 열었다. 하지만 바닷물이 몰아치는 갑판 위였다. 두려워하던 자신의 방향을 잡아주던 정희를 떠올렸다. 진은 배준의 오른손을 붙잡으며 말했다.

"방향만 잡아주면 내가 열게요."

단단한 진의 손이 배준의 손 위에 겹쳐졌다. 진은 희미한 배준의 에너지 위에 자신의 힘을 얹어 선교의 문을 열었다. 그들이 갑자기 포트에서 나타나자 선교 안의 두 사람이 소스라치게 놀라며 뒤로 물러섰다. 배준은 진의 어깨에 기댄 채 힘겹게 입을 열었다.

"바닥이 뚫렸어요. 여기서 빠져나가야 합니다."

배준의 말에 선장과 승조원이 동요하는 얼굴이었다. 배준은 진을 돌아보며 말했다.

"포트 지킬 수 있지……"

"네."

포트를 열 때마다 근접거리에서 늘 그의 포트를 닫으려던 에너지를 느꼈다. 그 힘을 막고 포트를 지킬 수 있을지라도 심 경장은 에너지를 쫓아 그에게 올 것이다. 딱 한 번이다. 심 경장이 한 회장 배를 통째로 바다에 수장시키기 전에 사람들을 내보낼 기회.

듣고 있던 선장이 다급한 소리로 말했다.

"승조원들을 모두 중앙홀에 모았습니다. 그 사람들을 무사히 내보내주시면 나머지는 제가 알아서 하겠습니다."

"어떻게 하시려고요?"

"뱃머리를 돌려야죠."

"선미 쪽에 물이 차고 있어요."

"이놈이 삼십 분은 버텨주겠죠."

선장은 다급히 조타실에 명령을 내렸다. 배는 경적을 울리며 크게 우선회했다. 진이 배준을 돌보던 승조원에게 지퍼락 봉투를 건네자 그는 얼음을 채운 통에 밀봉한 손가락을 넣었다. 진은 그의 안내를 받아 중앙홀로 달려갔다. 힘겹게 자리를 지키던 배준은 파리한 얼굴로 계기반에 눈을 고정시켰다.

선장은 레이더 영상을 가리키며 말했다.

"이상한 게 저희 배 근방 2킬로미터 안에만 구름이 몰려 있습니다. 다른 곳에는 비가 오지 않는데 여기만 태풍이 올라오는 비구름이에요."

배준은 희미한 시선으로 창밖의 하늘을 확인했다. 머리 위로 새카만 비구름이 몰려들어 있는데 눈으로 분간할 수 있는 먼 수평선에는 그 먹구름이 보이지 않았다. 자신의 상상이 맞다면 저 구름은 포트를 통해 유입된 것들일지도 모른다. 포트를 열어 태풍의 비구름을 데리고 온다. 정말 죽여주게 놀라운 능력이군.

진과 승조원은 수십 명의 사람으로 꽉 찬 중앙홀로 뛰어들었다. 사람들은 겁을 먹고 한곳에 몰려 있었다. 그들 앞에 심 경장과 그가 만들어놓은 커다란 포트 두 개가 있었다. 진은 사람들 사이를 지나 심 경장 앞으로 나아갔다.

"마침 왔네. 어느 쪽 문으로 갈지 선택권을 줬는데도 아무도 나서질 않아. 네가 설득해봐."

"어디로 연결되어 있길래."

"하나는 떠나온 묵호항, 또 다른 하나는 이 배의 바닥이지."

"복수를 할 거면 한 회장 한 사람만으로 족하잖아."

"그럴까. 저들 중 누군가는 가난한 사람 장기를 적출해서 돈을 받은 의사와 간호사고, 또 누군가는 한 회장 밑에 빌붙어 그 피 묻은 돈을 받아먹고 살아온 사람들인데 죄가 없다고 말하긴 힘들지."

"힘없는 사람들은 풀어줘요."

"아, 약자시다. 근데 약자가 늘 선이라는 건 대단한 착각인데. 저 사람들은 그냥 힘이 없을 뿐이지 너나 나 같은 힘을 가지게 되면 절대 선일 리가 없는 인간들이다."

진은 주먹을 움켜쥐었다. 자신은 심 경장의 상대가 되지 않는다. 심 경장이 자신을 죽이지 않은 이유는 시간이라는 열쇠를 자신이 쥐고 있기 때문이다.

"그럼 내가 가죠."

진이 포트에 다가서자 심 경장이 비릿한 웃음을 흘렸다.

"네 목숨을 걸 만큼 가치 있는 인생이 아니야."

"저들 중 누군가는 죽어가는 딸아이를 살리려던 그때의 당신일 수도 있잖아요. 사람이 아니라 상황을 보라고 한 건 당신이었어."

그 말은 심 경장의 마음에 보이지 않는 구멍을 냈다. 진은 망설임 없이 왼쪽 포트로 걸어 들어갔다. 그의 포트는 동굴과도 같은 어둠 속을 지나게끔 설계되어 있었다. 몇 미터를 더 걸어 들어가다가 발이 허공을 디뎠다고 생각한 순간 물속에 처박혔다. 차가운 바닷물이 뼛속까지 얼어붙게 만드는 기분이었다. 진은 몇 센티 안 남은 공간에 고개를 빼고 심호흡을 했다. 한 줄기 빛조차 없는 암흑 속에서 손의 열상으로 주위를 밝혔다. 이미 빠져나갈 문은 보이지 않는다. 어두워 포트를 부르기가 쉽지 않았지만 간신히 복도의 문을 열었다.

진이 물에 젖은 몰골로 다시 홀의 중앙문을 열고 들어오자 사람들은 경악스러운 얼굴로 그를 바라봤다. 심 경장은 풋- 가소로운 웃음을 흘렸다.

"자, 이제 선택할 건가."

그의 말에 몰려 있던 사람들이 오른쪽 포트 앞으로 달려가자 진이 그 앞을 막아섰다.

"그만둬요. 양쪽 모두가 바닥이에요!"

심 경장은 진의 말을 부정하지 않았다. 진은 물속을 빠져나오기 전 그 천장에 열린 다른 포트를 보았다. 심 경장은 열려 있던 두 개의 포트를 모두 닫았다.

"선택지를 줬는데도 걷어차시겠다면야."

"그 포트, 내가 열죠."

진은 심 경장을 노려보았다.

"이 사람들을 묵호항으로 돌려보내면 내가 당신에게 포트를 열어준다고."

"네 놈이 여는 포트가 나에게 필요할까?"

"당신이 간절히 원하는 곳이니까."

"……."

"팔 년 전 그날."

팔 년의 시간을 되돌릴 수 있을지 자신이 없었지만 달리 방법이 없었다. 심 경장이 절대 거절할 수 없는 제안으로 잠시라도 그를 저지해야 했다.

"열어도 돌아갈 수는 없다고 하지 않았나?"

"자신은 없지만 만약 내가 못 하면 그때 가서 뭘 어떻게 하든 그건 당신 마음이겠지."

"……좋다."

심 경장이 손을 열상을 모아 포트를 열려고 하자 진이 그를 가로막았다.

"내 포트는 내가 열어요."

진은 손의 열상을 불러와 묵호항이 아닌 강릉으로 향하는 포트를 열었다. 강릉 병원 주차장이 선명하게 보이자 사람들은 서로의 눈치를 보다가 앞다투어 포트로 돌진했다. 마지막 사람이 포트를 통과하자 진은 손의 열상을 거둬들였다. 어리지만 강렬한 진의 힘을 본 심 경장은 묘한 기분에 휩싸였다. 마치 어린 날의 자신을 보는 듯한 데자뷰였다.

"우리 같은 사람들은 포트를 보면 살아온 인생을 알 수 있지. 나처럼 검고 탁한 동굴을 통과해야 하는 사람이 있는가 하면 너처럼 깨끗한 유리창처럼 보이는 사람도 있고, 경계가 너덜거리는 걸레짝 같은 사람도 있지."

큰 파도가 쳤는지 배가 크게 한 번 출렁였다. 심 경장은 잠깐 왼손의 열상을 불러와 주위를 살폈다.

"아, 거기 숨어 계셨군."

그는 누군가의 열상을 찾아낸 게 분명했다.

"포트를 여는 건 다른 사람은 해치지 않는다는 전제였어."

"그 사람에 한 회장이 들어가지는 않아. 걱정 마, 이 배의 나머지 사람은 건드리지 않을 테니."

진은 심 경장이 다친 왼손으로만 포트를 열고 나머지 오른손은 더 붉은빛으로 타오르는 것을 보았다. 그의 오른손은 내내 다른 포트를 열어두고 있는 게 분명했다.

한 회장은 탈의실 한쪽 구석에서 GPS로 열상을 불러오고 있었다. 배가 계속 움직이는 데다 날씨까지 좋지 않아 묵호항에 주차 중인 자신의 차로 포트를 여는 것이 쉽지 않았다. 휴대폰 GPS에 뜬 자신의 위치가 묵호항에 가까워지자 그는 다시 한번 포트를 시도했다. 마침내 조그만 창이 열리고 세단의 뒷좌석이 보였다. 그는 조그만 포트에 몸을 욱여넣어 겨우 뒷좌석으로 건너왔다. 운전석으로 건너와 시동을 걸던 그는 차 앞을 가로막고 선 누군가를 보았다. 그를 기다리고 있던 것은 정희였다.

"웬 비실비실한 기운이 있나 했더니 그게 한승태, 당신이었네. 역시 다 사라진 건 아니었어."

"네 아들은 저 배에 있어!"

"알아. 뼛가루를 직접 보낸 게 당신 포트인 것도 알고."

"네 아들을 노리는 건 심 경장이라고. 가서 그놈을 잡아!"

감출 수 없는 경멸의 감정이 그녀의 얼굴에 피어올랐다.

"그놈의 말투, 뭐든지 네 명령에 따라 움직여야 한다는 재수 없는 그 말투는 목숨줄이 간당간당한 순간에도 고쳐지지 않네. 감히 내 아들 심장을 넘본 주제에!"

치졸함이 들끓던 한승태는 주머니에 손을 넣고 있던 정희의 두 손에 타오른 열상을 보지 못한 채 주차 브레이크를 풀고 엑셀에 발을 올렸다. 굉음과 함께 돌진한 차는 순식간에 정희의 앞으로 달려왔으나 투명한 포트에 먼저 닿았다. 포트를 통과한 차는 어두운 창고 안으로 돌진했다. 차는 벽을 박기 직전 가까스로 멈춰 섰다. 터져 나온 에어백이 가라앉는 사이 정희는 차를 뒤따라 포트 안으로 걸어 들어왔다. 그녀는 차를 한 바퀴 돌며 모든 문을 봉쇄했다.

"재주 좋으면 열어봐."

"열어!"

"늘 궁금했어. 너 같은 인간은 어떻게 죽나. 어차피 죽는 인생이지만 칫값대로 비참하게라도 갔으면 했는데……. 심 경장, 결국 당신 손을 빌리네요."

그녀의 시선이 향한 곳에 심 경장이 있었다. 한승태는 뒤늦게 심 경장을 발견하고 놀라 주변을 돌아보기 시작했다.

바닥이 크게 요동치며 차가 한쪽으로 기울자 자신이 다시 침몰하는 배로 돌아왔음을 깨달았다.

"이건 당신에게 졌던 빚이라고 해두죠."

그녀는 마지막으로 한승태를 물끄러미 바라봤다. 포트를 잡아먹던 괴물 같은 남자의 최후였다. 발밑에 포트를 열어 도망치려는 마지막 모습을 뒤로하고 정희가 떠나자 먹잇감을 선물받은 포식자가 한승태의 차로 다가왔다.

"난 또 웬 쥐구멍인가 했지."

"건방진 놈!"

"그 정도면 아직 쓸 만한 심장인데 바꾸기엔 아깝지 않은가. 아, 사람이길 포기해서 더 불러낼 감정이 없어졌댔나."

"잘난 척 하지 마, 새끼야! 네 놈은 천년만년 갈 줄 알아?"

그는 증오에 가득 찬 눈으로 저주를 퍼부으면서도 심 경장이 눈치채지 못하게 발밑으로 조금씩 포트를 열었다.

"잘 알지. 그래서 비밀 하나 알려줄까. 내가 포트를 불러오는 열쇠 말이야."

"……."

"사실 팔 년 전에 난 이 포트 능력을 완전히 잃어버렸었어. 근데 내 손을 떠났던 포트가 어떻게 더 강력해져서 돌아왔는지, 궁금하지 않나."

그 말에 한승태의 얼굴이 경직되었다. 아직도 제어할 수 없는 그의 욕망이 버둥거림을 멈추고 심 경장의 말에 귀를 기울이게 했다.

"포트를 여는 내 열쇠는, 절망이야. 모든 걸 포기하니 이게 찾아왔지. 네가 그 절망을 얻고 싶다면 네 스스로 죽으면 돼."

"미친 새끼!"

심 경장은 허탈한 웃음을 흘리며 그를 바라보았다. 능력을 그토록 갈구하는 한승태가 그 비결을 알면 따라 할 수 있을지 조금은 궁금했다. 인간의 심연인 절망을 배울 수 있었을까. 이제 답을 안다. 영원히 얻지 못하리라. 그렇게 바라는 능력이 저주라는 걸 여전히 깨닫지 못하니까.

"역시 힘들겠군, 당신은."

심 경장은 차의 육면에 포트를 설치해 마치 투명한 상자에 갇힌 것처럼 그를 포위했다. 그러고 나서 배의 바닥과 통하는 한 면을 열었다. 포트로 뒤덮인 큐브 안에 순식간에 바닷물이 들이차기 시작하자 한승태는 기겁하며 열려 있던 포트에 나머지 발을 쑤셔 넣었다. 하지만 그의 마지막 희망이 심 경장에 의해 서서히 닫히고 있었다. 순식간에 바닥을 채우고 창문 높이까지 차오르는 물을 본 그는 창문을 발로 찼다. 꿈쩍도 하지 않는 창문 사이와 바닥으로 물이 차올랐다. 차에 시동을 걸어보았지만 허사였다. 바로 그 앞에서 심 경장이 그를 지켜보고 있었다.

지금이라도 네 삶을 포기하면 살아날 수 있다는 말은 소용없을 듯했다. 어차피 그는 이 세상에 지켜야 할 존재가 없기에 끝내 그의 말을 이해할 수 없을 것이다. 한승태는 끝까지 저항했다.

"그 지옥 같은 삶을 포기했다면 포트의 저주는 널 조롱하며 되돌아왔을 텐데……."

검은 물살이 차 전체를 집어삼키는 순간까지 심 경장은 자리를 지켰다. 생과 포트를 동시에 포기했을 때 한 회장에게 더 큰 포트의 문이 열렸을지는 미지수다.

아마, 죽음이 그가 열 수 있는 가장 큰 문이었을 것이다.

6

　　　　　　　기울어진 페리가 항구에 들어왔다
는 소식에 사람들이 항구로 몰려들었다. 왼쪽으로 15도 가량
기울고 선미가 반쯤 가라앉은 배가 항구에 닿고 몇 명의 승
조원들이 내렸다. 경찰이 주변을 통제했지만 사람들은 좌초
직전인 배가 가라앉는 기념비적인 순간을 찍겠다고 자리를
떠나지 않았다.

　진은 대기 중인 구급차에 배준과 함께 올랐다. 그러나 비
바람이 몰아치는 상황에도 항구로 몰려든 차량들 때문에 비
좁은 2차선 도로가 꽉 막혀 구급차도 오도 가도 못하는 상황
이 되었다. 사이렌을 울려도 몰려버린 차들이 꼼짝할 수 없게

되자 진은 포트를 열기로 결심했다. 사람들의 시선을 신경 쓸 겨를이 없었다. 열상을 불러 모으는 바로 그 순간 주변에서 강렬한 에너지의 문이 열리는 것이 느껴졌다. 점점이 어둠을 밝히고 있던 가로등이 꺼지며 2차선을 가득 채우고 있던 차의 불빛이 하나둘 사라졌다. 그 어둠 속을 걸어오고 있는 사람은 정희였다. 그녀의 곁에 선 보이지 않는 포트는 손바닥의 열상을 쫓아 함께 움직였고 그 포트가 차를 스치면 보이지 않는 터널로 진입한 듯 차체가 사라졌다. 사라진 차들은 몇백 미터 떨어진 도로 위에서 나타났다. 그들은 자신의 차가 어떻게 순간 이동을 해서 그 난리 통을 빠져나올 수 있었는지 알지 못했다.

투명한 포트를 볼 수 있는 진만이 정희의 가공할 만한 에너지를 알 수 있었다. 게이트들조차 정희의 포트가 어떤 크기인지 알지 못했다. 보이지 않기에 제 능력을 숨길 수 있었고 진을 지킬 수 있었다. 순간 구급차의 블랙박스 전원이 꺼졌다. 그리고 차는 무언가의 힘으로 저절로 움직여 앞으로 나아갔다. 포트를 통과한 구급차는 강릉 병원 주차장에 모습을 드러냈다. 운전자가 홀린 표정으로 당황하는 사이 진은 배준을 데리고 구급차에서 내렸다. 응급실로 들어가기 전 포트 너머의 묵호항을 바라보았다. 검은 먹구름이 빠르게 걷히고 있었다. 하늘에 뿌려놓은 검은 잉크가 다시 누군가의 손에 의해 빨려 들어가는 듯한 기이한 모습이었다. 조금 전까지 저 배가 태풍이 치는 거친 바다를 힘겹게 헤쳐 왔다는 사실을 아무도 믿지 않을 것 같았다.

계속 열상을 모으고 있던 심 경장의 오른손을 보지 않았더라면 믿지 못할 일이었다. 하늘에 포트를 열어 태풍의 구름을 가져온다는 걸 상상이나 할 수 있었을까. 언젠가 김 사장은 포트란 누군가를 지키고 싶은 마음의 크기라고 했다. 가장 큰 절망과 가장 큰 소망, 심 경장과 정희가 그 가공할 만한 포트를 여는 이유였다.

엉망이 된 가게를 치우던 철민은 긴급 속보로 뜬 뉴스를 보고 떡 벌어진 입을 다물지 못했다. 묵호항을 출발한 페리가 반쯤 물에 잠긴 채 긴급 회항했다는 소식이었다. 바닥이 뚫려 배가 계속 가라앉고 있다는 게 실시간 전국 뉴스로 올라오고 있었다.

그의 본능이 저 기울어진 배에 진이 타고 있을지도 모른다는 경고음을 울렸다. 성 사장은 아침부터 보이지 않고, 이상한 사람들과 함께 사라진 진도 소식불통이다. 철민은 어느 순간부터 진이 상식적으로 설명할 수 없는 기이한 힘을 지니고 있음을 알았다. 성 사장도 그 사실을 알고 있는 눈치였으나 부지런히 그 흔적을 지우기에 철민도 눈치껏 모르쇠로 일관했다. 하지만 이상한 사내들이 나타났을 때 진은 손을 잡은 것만으로 순식간에 철민을 야산으로 이동시켰다. 혼자 야산에 떨어졌을 때에야 진에게 공간을 이동시키는 능력이 있다는 것을 깨달았다.

띠링- 도어 센서 벨이 울리며 어깨가 건장한 사내 넷이 줄이어 들어왔다. 철민은 자신도 모르게 한숨이 새어 나왔다. 또 누굴 찾아온 건달이신지.

"어떻게 오셨습니까?"

덩치 중 가장 험악한 인상의 사내가 권하지도 않은 남의 소파에 앉았다. 남자의 짧은 목에서 열 돈은 돼 보이는 굵은 금목걸이가 반짝였다.

"성제욱이가 여서 장사하나?"

경상도 사투리를 쓰는 금목걸이는 첫말부터 혀를 접었다.

"사장님이랑 약속되어 있으신가요?"

남자는 피식 기분 나쁜 웃음을 흘리며 말했다.

"약속 있지. 하안- 십 년 전부터."

"오늘 출근 못 하셨으니까 내일 오세요."

"휴대폰 넣어봐라."

"거기 쪽지에 이름이랑 연락처 적어놓고 가시면 전해드릴게요."

"와, 여기 알라들은 일을 아주 서마트하게 하네. 목줄 없이도 집을 잘 지키고."

너야말로 목줄을 못 채웠으면 입마개라도 하든가. 철민이 울컥 올라오는 화를 누르는 사이 금목걸이는 메모지에 뭔가를 적더니 철민 앞으로 메모를 내밀었다. 메모지에는 누구의 것인지 모를 불량스럽게 생긴 좆 하나가 그려져 있었다. 네 거냐, 물으려는 찰나 또다시 센서벨이 울렸다. 이번에는 제 주인을 위해 울리는 종소리였다. 철민은 성 사장이 반가우면서도 덩치들이 난동을 피울까 걱정됐다. 성 사장은 닫으려던 문을 활짝 열어놓고 말했다.

"할 말 없는 것들은 나가지."

성 사장의 서슬 퍼런 목소리에 서 있던 세 사람이 쭈뼛쭈뼛하며 가게 밖으로 나갔다. 소파에 앉아 있던 금목걸이가 육중한 몸을 일으키더니 한 손은 주머니에 찌른 채 다른 한 손을 내밀었다.

"하이고, 오랜만입니더, 행님!"

"왼쪽 손은 잘렸나."

"여전하시네요."

"소문이 더 늦게 날 줄 알았더니 빠르기도 하다."

"아, 내도 긴가민가했는데 하도 행님이 맞다고 우겨서 열일 제치고 와봤심니더."

"장부."

성 사장은 손가락으로 철민을 불렀다. 철민이 오늘치 거래
가 기록된 장부를 펼쳐 가져다 놓자 성 사장의 눈은 서류에
고정되었다. 금목걸이는 성 사장의 냉랭한 태도에 조금 열받
은 표정이었다.

"와, 천하의 성제욱 행님이 진짜로 꾼쟁이들 때 묻은 지폐
를 세고 사셨습니꺼?"

"배 쑤시고 받는 돈이나 이 돈이나 뭐가 다른가. 더럽기로
따지면 피 묻은 돈이 더 더럽지. 손님 드나드는 영업장이니까
맡길 물건 없으면 게임이나 하다 가라."

"행님은 여전하시네요, 그 사근사근한 서울 말투에, 고상
하게 차려입는 거에, 캐딜락만 타고 다니는 것도요."

죄다 제가 밥맛이라고 여겼던 것이라고 돌려 까는 재주였
다. 그가 입은 양복도 명품처럼 보였으나 돼지 목에 진주목걸
이로 보이게 만드는 재주도 있었다.

"용건."

금목걸이는 미간에 잔뜩 주름을 모으더니 찾아온 용건을
풀었다.

"행님, 큰형님이 행님 명의로 당감동 사거리 건물 돌리신
거 있잖습니까."

"근데."

"그기 고생한 애들 지분이 있는데 큰행님이 임의로 나누면 안 되신다 아입니꺼. 행님도 양심 없이 꿀꺽 묵으면 안 되는 거고요."

성 사장은 피식 웃음을 흘리며 그를 불렀다.

"수창아."

아, 김수창이! 정현섭이 아냐고 물었던 그 김수창. 철민은 눈앞의 금목걸이가 얼마 전 아우디가 성 사장에게 협박처럼 꺼냈던 이름임을 알았다.

"큰형님이 투병하실 때 간부들한테 건물 나눠주신 거 기억 나냐?"

김수창은 코웃음으로 뒤틀린 속을 대변했다.

"왜 너만 못 받았는지 아냐."

"와요."

"건달급에도 못 가고 이렇게 양아치 짓을 하니까."

김수창의 주먹에 힘이 들어가는 것이 보였다.

"가라, 좋은 말로 할 때."

"지도 말로 하고 싶은데요."

"내가 힘 안 쓰고 살았어도 밖에 있는 세 놈이랑 너 하나 못 당하겠냐."

철민은 성 사장이 시키지도 않았건만 그 앞으로 가 어깨를 펴며 섰다. 자기도 있으니 4대 1이 아니라 4대 2라고.

몇 초의 긴장이 흐르고 김수창은 차고 있던 손목시계를 벗어 탁자 앞에 툭 던지며 말했다.

"그라믄 시계나 좀 봐주이소. 애들 데리고 여까지 왔는데 게임 한판은 시키고 가야지 않겠습니꺼."

성 사장이 손가락으로 가리키자 철민이 시계를 가져다 성 사장 앞에 놓았다. 스탠드를 켜고 시계를 들여다보던 그는 뒷면을 열지도 않고 스탠드 불을 껐다.

"철민아, 작은 금고에 얼마 남았냐?"

"아까 휴대폰 하나 잡아서 한 삼백이요."

"가져와라."

철민은 작은 금고 문을 열어 현금을 꺼내왔다. 성 사장은 시계를 다시 내밀며 말했다.

"이것도 챙겨가라."

"와요? 내도 손님인데 전당품 잡히야지요."

"수창아, 남자가 좋은 시계를 차는 건 좋은 시간을 살고 싶다는 뜻이다. 다음에는 거기서 한 단계 높여서 차라."

그 말이 그의 무언가를 건드렸는지 무서운 눈으로 성 사장을 노려보았다.

"충고, 감사합니대이, 행님."

그와 덩치들이 떠나자 철민이 다가와 성 사장을 나무랐다.

"아니, 사장님! 저거 삼백 쳐주는 것도 많이 준 건데 시계를 안 받으시면 어떡해요?"

"가짜다, 새끼야."

"네에? 그럼 왜⋯⋯."

"동냥 그릇은 뺏는 게 아니다. 애들 데리고 돈 뜯으러 다니나 본데 밥값은 줘야지. 진이는?"

"휴대폰도 안 되고 연락 두절이에요. 근데 뉴스 보셨어요? 묵호항에 기울어진 배가 입항했다고. 헛소린지 모르겠는데 괜히 진이가 저기 탔나 싶고⋯⋯."

그 말이 끝나기도 전에 성 사장은 다급하게 휴대폰을 들어 누군가에게 전화를 걸었다.

"어, 나다. 몸조리 중에 미안한데 혹시 애들 풀 수 있니? 장진 찾으면 연락 좀 줘라. 그래."

성 사장이 통화를 끝내고 일어서자 어리둥절한 철민이 물었다.

"진이한테 무슨 일 생긴 거예요?"

"철민아, 오늘 문 내리고 넌 카지노랑 굴다리 쪽 뒤져서 진이가 있는지 확인해봐. 계속 휴대폰에 연락 넣어보고. 무슨일 있으면 바로 연락 주고."

"사장님은요?"

"전화해라!"

지난 십 년간 그 어떤 이유로도 닫히지 않았던 전당사의 셔터가 내려갔다. 성 사장이 다급하게 떠나자 철민도 그 뒤를 쫓았다.

전광판이 수술 시간 한 시간 십 분이 지났음을 알렸다. 병원 측에선 바로 왔다면 가능성이 있는데 너무 늦게 오는 바람에 접합 수술이 잘되지 않을 수도 있다는 이야기를 했다. 진은 그의 곁을 떠나지 못하고 있었다. 간호사가 진의 목 상처를 소독하고 치료하는 걸 정희는 반대편 벽에 서서 물끄러미 바라보다 주연에게 전화를 넣었다. 두 사람의 문제가 어쨌든 지금은 배준의 소식을 알리는 쪽이 나을 것 같았다. 그 사이 진을 찾는 여러 개의 문자가 속속 도착했다. 성제욱, 그가 애타게 진을 찾고 있었다. 그의 이름을 보는 순간 정희는 진을 보내야 함을 알았다.

"진아, 성 사장이 널 찾는 모양이다."

"왜요?"

"묵호항 소식을 들었나 보지. 가서 직접 말해."

성 사장에게 전화를 걸었지만 연락이 닿지 않았다.

"가게 좀 다녀올게요. 혹시 여기에 심 경장이 올 수도 있으니……."

"내가 있을 테니까 걱정하지 마."

정희는 덤덤한 목소리로 말했다. 원래 그녀의 모습이었을 냉철하고 단단한 얼굴이 드러났다. 자신이 보아온 정희 또한 그런 사람임을 알기에 진은 마음이 놓였다.

정희의 말대로 배준과 주연, 두 사람의 인연이 이어질지, 배준의 손가락이 접합될지는 하늘의 몫이라는 말을 흘려들으며 집으로 돌아왔다. 피가 묻은 옷을 갈아입는데 아버지가 그의 방으로 들어왔다. 그의 몰골에 놀란 장만호가 물었다.

"정희는……."

"엄마는 괜찮아요."

엄마. 그 한마디에 장만호는 진이 모든 것을 알았음을 깨달았다. 숨기고 억누를 수 있었던 시간은 끝났다. 그는 진을 보내주어야 했다.

"……조심해라."

"문 잠그고 안에서 락 걸고 주무세요."

포트를 다룰 수 있다면 이 세상의 모든 잠긴 문을 열 수 있는 놈이다. 그리 믿고 보내야 함에도 자꾸만 녀석의 뒷모습을 쫓았다.

진은 방전된 휴대폰을 던지고 집 전화 수화기를 집어 들었다. 성 사장에게 전화를 넣었으나 신호만 갈 뿐 대답이 없다. 왠지 모르게 초조해졌다. 다급하게 대문을 열고 나서려는데 그 앞을 진규 패거리 중 한 놈인 성환이 막아섰다.

"장진, 진규가 널 찾아."

"지금 바빠."

진이 그를 가로질러 가려는데 억센 손이 진의 어깨를 잡아세웠다.

"새끼야, 진규가 너 찾는 이상한 놈 막아섰다가 칼 맞았다고."

미친 소리 하지 말라는 말이 목구멍까지 올라왔지만 입을 다물었다. 이상한 놈이 있다는 건 백번도 믿겠는데 진규가 그놈을 막아섰다는 건 믿기지 않았다. 만약 사실이라면 제일 빚지기 싫은 놈에게 괜한 빚을 진 셈이다. 진은 일단 성환을 따라 진규가 입원 중인 읍내 병원으로 향했다. 스무 바늘이 넘게 꿰맸다는 녀석이 여기저기 감은 붕대도 아랑곳하지 않고 태연한 얼굴로 진을 맞았다.

"어떻게 된 거야?"

"이상한 구멍을 여는 남자가 널 찾아."

"알아, 누군지."

"그 새끼는 그렇다 치고 성 사장님이 널 보면 바로 연락 달라고 하셨다."

"하, 안다고."

진이 나가려 하자 성환이 그의 앞을 가로막으며 휴대폰을 내밀었다.

"뭐?"

"여기서 전화 넣어."

"와, 돌겠네."

진은 성 사장의 번호를 꾹꾹 누른 뒤 다시 통화 버튼을 눌렀다. 신호음이 한참 동안 계속되는데도 성 사장은 전화를 받지 않았다. 불안감이 가중됐다. 진은 다급하게 철민의 번호를 눌렀다.

"형, 나야, 진이!"

"야, 너 어떻게 된 거야? 온종일 어디 있었어? 너 혹시 묵호항에 들어온 이상한 배랑 관련 있는 거야?"

"나중에 얘기해줄게. 사장님 계속 통화가 안 되는데?"

"너 찾으러 나가셨지."

"다른 일은 없어?"

"참, 아까 깡패 같은 놈들이 찾아왔는데 그놈이 김수창이란다. 왜, 그 정 사장이 들먹이던 놈. 돈 뜯어내겠다고 악을 써서 사장님이 삼백 쥐어서 돌려보냈어."

"몇 명인데?"

"네 명."

"넷? 넷이 와서 얌전히 그 돈 받고 돌아갔다고? 형은 그 말을 믿어? 그 새끼들 어디 숨어서 사장님 족치려고 벼르고 있을 거야! 빨리 사장님 찾아봐!"

다급하게 전화를 끊자 주삿바늘을 뽑아버린 진규가 그 앞을 막아섰다.

"사장님이 뭐! 무슨 일인지 말해!"

"참견하지 마, 우리 일이야!"

"닥치고 그 전화기 계속 들고 있어라!"

진규는 옷을 바꿔 입고 성환과 함께 병실 밖으로 뛰어나갔다. 병원 앞에 대기 중이던 녀석의 친구 하나가 사이렌을 울리며 렉카를 몰고 나가자 대기 중이던 진규 친구들도 전화를 붙잡고 캐딜락을 수소문하기 시작했다. 기가 찼다. 녀석은 성 사장이 제 주인이 아니라는 것만 빼곤 충성스러운 사냥개가 맞았다.

진은 비상계단으로 가 성 사장의 집으로 향하는 포트를 열었다. 집은 비어 있었다. 혹시나 하는 마음으로 포트를 확인했지만 집안 어디에도 포트나 침입의 흔적은 없었다.

그의 집 이곳저곳을 뒤지다 책장 한 칸을 차지한 액자가 눈에 들어왔다. 진과 철민, 그리고 성 사장이 함께 찍은 사진이었다. 누군가에게는 무덤덤한 일상으로 보일 수도 있는 사무실의 풍경이었으나 무언가가 눈을 잡아끌었다. 소파에 앉은 철민과 자신의 옆에서 무덤덤하게 신문을 펼쳐 들고 있는 성 사장의 모습이 여느 날과 같았다. 하지만 진은 이런 사진을 찍은 적이 없었다. 무엇보다 성 사장의 왼손이 달랐다. 작년에 포트에 당했다던 손가락 두 개가 올해 찍은 사진 속에서는 희미한 흉터조차 없었다. 달라진 건 그뿐만이 아니었다.

분명히 최근에 찍은 걸로 보이는 사진인데 사무실 집기의 위치가 달랐다. 수년째 그대로인 커피 머신이 바뀌고, 배경의 컴퓨터도 달랐다. 사소한 차이들이 진의 신경을 긁었다.

엄마 왼손의 붕대와 성 사장의 달라진 손가락이 왠지 시간의 포트와 관련되어 있다는 느낌이 들었다. 처음은 반나절을 되돌렸을 때, 또 한 번은 일 년의 시간의 문을 연 이후에. 하지만 일 년 전의 포트는 건너가지조차 못했는데. 자신이 한 것은 그를 보지 못하는 성 사장을 향해 포트를 건너가라고 외쳤을 뿐인데.

진은 혼란스러웠다. 문을 열 때마다 누군가에게 상처가 생기고 또 다른 누군가는 그 위험에서 벗어난다는 것은 사람의 생명줄을 바꿀 수도 있다는 의미였다. 팔 년의 시간을 되돌리면 더 많은 이들의 목숨이 뒤바뀔 수도 있다.

진은 머릿속이 복잡한 채로 전당사로 향하는 포트의 문을 열었다. 녹화된 하루치 CCTV 화면을 돌려 찾아왔다는 네 명의 인상착의를 확인했다. 소파에 건들거리며 늘어진 놈이 김수창, 딸려온 놈이 셋.

주차장 쪽 화면을 열어 녀석들이 타고 온 차와 차량번호를 확인했다. 검은 그랜저에 네 놈. 진은 화면을 닫고 일어서려다 그 검은 그랜저를 뒤따르는 다른 차들을 확인했다. 어림잡아도 넉 대.

진은 성 사장의 서랍에 들어 있는 잭나이프를 챙겼다. 손의 열상을 모으려는 찰나 때마침 진규의 번호로 문자 하나가 도착했다.

'폐탄광촌 사택 뒤, 성 사장 차가 있다. 네가 필요할 것 같다.'

그 순간 전당사에 포트가 열리며 심 경장이 들어왔다. 하필 지금, 이 순간에.

"지금은 안 돼요."

"화장실 들어가기 전 약속이 똥값이 되었나?"

전화벨이 울렸다. 통화 버튼을 누르자 누군가의 비명이 귓전을 찢었다. 알아들을 수 없는 몇 마디가 흘러나오고 통화가 끊겼다. 진은 다급한 목소리로 심 경장에게 말했다.

"사장님께 일이 생겨서 가봐야 하니 몇 시간만 기다려줘요."

진이 열상을 만드는 사이 심 경장은 포트 하나를 더 열어 주연을 데려왔다. 팔이 뒤로 묶인 채 재갈이 입에 물린 주연은 절망스러운 눈으로 진을 바라봤다.

"포트 열어. 지금 열지 않으면 이 여자는 여기서 죽는다."

"어차피 당신이 돌아가면 그때의 주연 누나는 죽은 게 되잖아."

"약속이 다르네."

"내가 당신에게 말하지 못한 게 있어. 문을 열어도 내 힘으로는 그 에너지 막을 뚫지 못해. 일 년 전의 포트를 열었지만 들어갈 수가 없었어. 반나절조차 온몸이 찢어지는 것 같았다고. 그렇게 먼 과거로 포트를 열 수 있다 해도 통과하면 당신 목숨이 위험해질 거야."

"그건 내 문제고 넌 포트만 열면 돼. 그러면 그때의 사람들도 지금의 사람들도 살 수 있을 거야."

"그 약속을 지킬 거라는 걸 어떻게 믿지?"

그는 휴대폰에서 팔 년 전 신문 기사 하나를 불러왔다. A시에서 일어난 음주운전 사고로 맞은 편 운전자와 그 일행이 중태에 빠졌다는 기사였다. 심 경장은 사고가 난 장소와 시간이 적힌 또 다른 종이 한 장을 내밀었다.

"저 여자가 사고가 났던 날과 GPS야. 그 사고를 막으면 배준은 그날 이 심장이 필요하지 않게 될 거야. 자, 누구를 살릴지 선택은 네가 해."

"만에 하나 그 시간을 통과한대도 당신은 죽는다고!"

"내 걱정을 해주는 건가."

진에게는 선택의 여지가 없었다. 만약 심 경장이 팔 년 전으로 돌아가 이 모든 사건의 시발점을 없앨 수만 있다면 배준도, 주연도, 그리고 성 사장도 구할 수 있을 거란 실낱같은 희망이 들었다.

"약속 지켜. 주연 누나, 그리고 나머지 사람들 구하는 거."

심 경장의 눈이 책상 위 액자에 머물렀다. 그는 사진 속 성 사장의 얼굴을 물끄러미 바라보며 이상한 말을 중얼거렸다.

"이 남자를 살리는 약속은 내가 이미 오래전에 지킨 것 같군."

묘한 표정이었다. 진은 망설임 끝에 손의 열상을 불러왔다. 켜켜이 중첩된 수많은 포트가 불을 밝히며 나타났다. 깊이를 알 수 없는 검은 동굴과도 같은 팔 년의 문이 열렸지만 사람이 통과할 만큼의 크기가 되지는 못했다. 하지만 역량을 한참 넘어서는 힘을 쓴 진의 상태가 불안정했기에 포트는 중심을 잡지 못하고 흔들렸고 그들이 서 있는 공간조차 왜곡되기 시작했다. 처음부터 진이 감당할 수 있는 힘의 크기가 아니었다.

순간 진의 손 위에 심 경장의 손이 포개졌다. 진은 제 안으로 심 경장의 힘이 들어오는 것을 느꼈다. 제 속을 태우며 타오르는 숯덩어리를 만진 듯 강력하고 뜨거운 에너지였다. 제 의식 속에 그의 의식이 겹쳐지고 있었다.

"너의 세계는 이렇게 명료하고 밝군."

포트의 문이 커져서 단단하게 제 위치를 찾자 진이 초점을 맞추고 있던 GPS와 날짜가 조금씩 뒤틀리기 시작했다. 심 경장의 힘이 진을 지배하기 시작했다. 그는 진의 GPS를 조정해 주연의 사고 현장이 아닌 심장을 가져왔던 다음 날로 위치와 날짜를 조정했다.

"뭐 하는 짓이야!"

"네가 그랬잖아. 내 심장이 이 시간의 포트를 견디지 못할 거라고. 다른 대안이 있나. 걱정하지 마, 약속은 지킬 테니까."

팔 년의 포트를 통과하고 나면 그의 심장은 얼마 못 가 멈추고 말 것이다. 그걸 알면서도 포트의 문을 연 남자는 모든 걸 감내할 작정이었다. 심 경장이 포트 안으로 발을 디디려는데 진이 그를 불렀다.

"한 가지 더! 같은 시간으로 돌아가도 상황이 똑같지는 않았어. 미묘하게 사람들의 상황이 달라져 있고 그들의 생사가 뒤바뀔 수도 있어!"

"그렇겠지."

시간의 포트를 바라보는 그는 이미 그 비밀을 알고 있는 눈빛이었다.

"넌 네 시간만을 돌린다고 생각했겠지만 다른 사람들의 삶도 선택의 연속이었을 거고 그들 중 일부는 다른 선택을 했었을 테니까. 이 삶이 수많은 평행세계 중 하나라면 난 다른 세계의 문을 여는 거니 이 자체가 변수가 되겠지."

팔 년 전, 대부도 앞바다, 선양호는 심 경장 심장의 종착지가 될 터였다. 그는 제 마지막 힘을 진에게 더해주고 포트 안으로 걸어갔다. 하나의 고리를 통과할 때마다 극심한 고통이 가슴을 옥죄였다. 시간의 고리는 그 힘을 거스르려는 생명을 잔인하게 짓밟았다. 가까스로 마지막 고리를 통과한 뒤 그는 피를 토하며 선실에 쓰러졌다. 선양호가 아닌 미진호였다. 그는 선양호를 앞질렀던 미진호를 목적지로 설정했다. 갑자기 나타난 심 경장을 본 미진호의 선장은 아연실색한 얼굴로 그를 살폈다. 심 경장은 가쁜 숨을 몰아쉬며 바다를 손가락으로 가리켰다. 선장은 물 위에 떠 있는 또 다른 심 경장을 보았다.

백발의 선장은 이유를 묻지 않고 미진호의 뱃머리를 돌려 오던 길을 되돌아갔다. 심 경장은 검은 파도 위를 표류하던 자신에게 손을 뻗었다. 과거의 그는 의식을 잃은 채 바다 위를 표류 중이었다. 손을 뻗어 과거의 손을 맞삽은 순간 팔 년 전의 심 경장은 그와 하나가 되었다. 그는 지체 없이 선양호로 텔레포트했다.

배의 선수에선 위태롭게 난간을 잡고 몸을 던질 파도를 기다리는 정희가 있었다. 심 경장을 보자 그녀 역시 놀란 입을 다물지 못했다. 그는 정희의 이름 대신 자신을 이곳으로 보낸 사람의 이름을 불렀다.

"장진, 그 사람이 날 여기로 보냈어."

그 한 문장에 모든 것이 담겨 있었다. 그때 등 뒤에서 칼을 든 용의 발톱이 심 경장의 등으로 달려왔다. 심 경장은 포트로 그의 칼을 잡아챈 뒤 거구를 바다에 내던졌다. 그의 운명은 또다시 심 경장의 손에 의해 종결됐다. 심 경장이 숨을 고르기도 전에 예기치 못했던 포트가 그의 왼쪽 어깨를 스쳤다. 어깨의 끝이 베이고 피가 솟구쳐 올랐다. 뒤돌아 바라본 곳에 어린 배준이 있었다. 포트의 에너지를 느낀 배준이 승합차를 떠나 선양호에 오른 것이다.

"역시 네가 변수가 되는구나."

큰 파도에 배의 선수가 높이 솟구치자 난간을 놓친 정희의 몸이 공중으로 떠올랐다. 심 경장은 떨어지는 정희의 몸을 미진호로 포트시켰다. 그다음 선실로 뛰어들어 한 이사가 들고 있던 가방을 그의 팔과 함께 통째로 미진호로 이동시켰다.

심 경장은 심장을 지키기 위해 돌진해오는 배준을 필사적으로 막아냈다. 그는 선양호의 바닥에 바다로 통하는 포트를 열었다. 비바람 속에 어선의 선미가 가라앉기 시작하자 선원들은 구명조끼를 입고 바다에 뛰어들기 시작했다. 배준은 필사적으로 미진호로 가는 포트를 열었으나 심 경장의 포트에 저지당하고 말았다. 그는 배준의 손에 실납을 감고 갑판의 바닥에 손목을 가뒀다. 미진호의 불빛을 가늠하며 심 경장은 마지막 이야기를 전했다.

"김주연이란 사람이 그러더군. 자기는 살아난 팔 년 동안 죽도록 한 사람만 미워하고 살았다고. 네가 그 팔 년을 한 회장의 개로 사는 동안 말이야."

배준은 뒤통수를 얻어맞은 듯 얼얼했다. 심 경장은 떠나기 전, 그가 보았던 지옥도의 이야기를 마지막 선물처럼 건넸다.

"중국 배에는 늘 두 명의 대기자를 태운다. 같은 적합성을 가진 두 개의 심장. 네가 목숨을 건다면 여자를 살릴 수도 있다는 뜻이다. 그게 안 되면 남은 선택지는 네 심장이고."

심 경장은 멀어져가는 미진호를 향해 주파수를 맞췄다. 그가 가까스로 갑판의 끝에 내려서자 정희가 그를 잡아당겨 선실로 옮겼다. 심 경장은 더는 버틸 수 없음을 알았다. 그는 주머니 속에 있던 휴대폰을 정희에게 넘겼다.

"제일 마지막 번호가 대기 중인 구급차입니다. 가방을 넘기면 그 사람들이 병원으로 갈 거예요."

"당신은……."

그는 왈칵 피를 토했다. 정희는 가방과 그의 어깨를 안은 채 포트의 문을 열었다. 그는 자신을 붙잡은 정희의 손을 뿌리치며 말했다.

"일이 끝나면 아들에게로 돌아가요."

"정말 그 아이가……."

"아이는 아니던데. 가면 전해줘요. 나는 약속을 지켰다고. 혹시 팔 년 뒤 그 사람이 없다면 그의 선택이 조금 늦었을 거라고. 아마 멀리서 오고 있을 거라고."

그리고 남겨진 제 가족이 겪게 될 어둠의 깊이를 가늠해보았다. 팔 년 뒤 자신 혼자 남게 되었을 때와 자신 없이 아내와 딸 둘만이 살아갈 터널 중에서 어느 쪽이 더 어두운가. 어쩌면 그들의 삶은 금세 어둠을 지나쳐 다시 밝은 세상으로 나아갈 수 있으리라. 그는 가만히 딸의 이름을 불러보았다. 너무 오래 기다렸을까 봐 미안한 마음에 조심스레 아이를 달래듯. 그저 어둠을 뒤돌아보지 않고 빛을 향해 걸어가라고.

정희는 포트에 들어서기 전 그를 돌아보았다. 그의 흐릿한 눈이 먼 곳을 보고 있었으나 깊은 잠이 든 듯 편안한 얼굴이었다.

옛 탄광촌의 사택으로 쓰던 5층짜리 아파트는 을씨년스럽게 골조만 남은 상태였다. 근처 박물관이 재정비가 끝나면 이 사택을 손봐 숙박업소로 만든다는 계획이 발표되었지만 몇 년째 답보 중이었다. 덕분에 차를 판 장수꾼들이 몰려들어 사건 사고가 끊이지 않는 곳이 되었고 정현섭도 둥지를 튼 사람 중 하나였다.

정현섭은 김수창에게 전화를 걸어 성제욱이 있는 곳을 알려줬다. 양심의 가책이랄 것도 없는 찝찝함이 밀려들었다. 돈 몇 푼에 자신을 사람 취급하던 몇 안 되는 사람을 넘긴 뒤끝 때문에 낮술을 마셨다. 그 술을 마시는 바람에 또 카지노에서 입장을 거부당했다. 갈 곳이 없어 헤매다가 김수창이 성제욱을 유인한 사택 뒤 창고로 발길이 이끌렸다. 괜한 짓이라 생각하면서도 자꾸만 신경이 쓰였다. 창고의 유리창은 나무가 덧대어져 보이지 않았고 철문도 굳게 닫힌 상태였다. 정현섭은 뒤를 돌아 갱도를 오가는 기차가 드나드는 구멍으로 들어갔다.

성 사장의 얼굴과 온몸이 피투성이였다. 맞아서 찢어진 눈은 채 뜨지 못한 채였다. 건물 기둥에 묶인 채로 정신을 놓지 않으려 애쓰고 있었다. 김수창은 그 앞에 몇 장의 종이를 펼쳐놓았다.

"등기부등본이랑 토지대장등본은 떼놨으니까 행님은 계약서에 지장 찍으시고, 보자! 가방에 인감도장도 있고, 신분증도 있고, 다 됐네. 나머지 서류는 이걸로 알아서 뗄 테니까 지장이나 찍으소."

성제욱은 말없이 그를 바라봤다.

"얌전히 찍으면 이 정도에서 끝낼 끼고, 더 개기면 갈 데까지 가는 기고."

성 사장은 부은 눈으로 힘겹게 그를 보며 말했다.

"수창아, 너 밀려났구나."

그 말에 김수창이 험악한 표정을 지으며 성 사장의 뺨을 후려갈겼다.

"개소리할 힘 남았드나!"

"쟤들 말이야. 연장도 다르고 끼리끼리인 걸 보니 용역이
네."

김수창은 성 사장의 얼굴에 주먹을 꽂았다. 그러고도 분이
안 풀리는지 숫제 온몸을 발길질해댔다.

"내가 삼백 묵자고 이 시골 촌구석까지 찾아온 줄 알았드
나. 니는 내가 아직도 빌빌거리는 거지 똥구멍으로 보이나!"

숨을 죽이고 지켜보던 정현섭은 주머니를 뒤져 전당사 명
함을 꺼냈다. 제일, 황금 사이로 고이 모셔두었던 캐딜락 전
당사 명함이 있었다. 두 개의 전화번호 가운데 하나는 이상한
구멍을 여는 어린놈의 번호겠지. 그러나 신호가 가는데도 전
화를 받지 않는다. 종료 버튼을 누르려는 찰나, 누군가의 목
소리가 들려왔다.

7

진규는 다섯 대의 차를 돌아보았
다. 김수창이 끌고 온 놈들이 못 잡아도 저 다섯 대를 꽉 채운
덩치들이라면 자신을 포함해 다섯 명으로 이들을 상대하기
는 벅차다는 것과 그럼에도 성 사장을 두고 물러설 수 없다
는 사실을 동시에 인지했다. 굴다리에서 만난 그 이상한 남자
와 진이 같은 힘을 가졌다는 생각이 들었다. 녀석을 몇 번씩
이나 눈앞에서 놓쳤을 때마다 설명할 수 없는 일들이 있었다.
그리고 오늘에서야 그 이유가 분명해졌다. 지금 가장 필요한
사람은 장진이다.

잠긴 창고 문고리에 렉카의 견인줄 후크를 걸자 대기 중이

던 차가 반대쪽으로 돌진하고 문이 뜯겨 나왔다. 문이 열리자 마자 진규 일당은 창고 안으로 돌진했다. 소화기를 뿌려 녀석들을 분산시키고 성 사장에게 가는 길을 뚫었다. 앞으로 나아가는 사이 각목 세례가 이어졌다. 진규는 성 사장이 묶인 기둥으로 돌진하며 배트를 휘둘렀다. 겁을 먹은 김수창 일당이 뒤로 물러서자 나머지 친구들이 진규 곁으로 모였다. 녀석들은 야구 배트와 철근을 들고 성 사장을 에워쌌다. 스무 명 정도의 김수창 패거리에 비하면 열세였으나 진규는 물러서지 않았다. 성 사장은 터진 눈으로 진규를 알아보았다.

"뭐 하는 거야, 새끼야……."

"찢어먹은 현수막 값해야죠."

성 사장은 진규의 몸을 보았다. 상처를 감아둔 붕대에서 피가 새어 나오고 있었다. 무리들이 거리를 좁혀오자 성환이 소화기를 뿌리며 방어선을 만들었다. 그 사이 진규가 성 사장을 묶은 줄을 풀었다.

김수창이 그러모은 덩치들이 돈을 받은 며칠짜리 용역은 맞지만 제대로 힘을 쓰기 시작하자 진규와 친구들은 금세 열세에 몰렸다. 수적으로 말이 되지 않는 싸움이었다. 녀석 중 한 놈이 칼을 꺼내 들었다.

못 잡아도 스무 명을 상대로 다섯 명이 시간을 벌어야 하는 싸움이었다. 덩치들이 들고 있는 각목을 던지고 철근으로 연장을 바꿔 들었다. 진규는 버틸 수 있는 시간이 얼마 되지 않았음을 깨달았다. 녀석이 조금만 더 빨리 와준다면…….

뭉쳐 있는 다섯 명이 서로의 등을 맞대고 조그만 원을 그리며 성 사장을 지켰다. 수십 명이 뒤엉켜 피바다를 만들고 있을 때 어둠 속에서 흰 차 한 대가 돌진해왔다. 정현섭의 전화를 받은 뒤 성제욱의 캐딜락을 몰고 뛰어든 건 철민이었다. 철민은 그들 가운데 김수창을 향해 돌진해 그대로 벽으로 밀어버렸다. 김수창이 간신히 와이퍼를 잡고 매달린 사이 남은 놈들이 달려들어 각목을 휘둘렀다. 창문을 깨고 철민을 끄집어낸 한 녀석이 철근을 들어 철민의 머리를 조준했다.

철민은 제게 날아오는 그 철근을 똑똑히 보았다. 육중한 철막대기가 머리를 때리려는 찰나 눈앞에 서 있던 덩치의 몸이 흔적도 없이 사라져버렸다. 주변에 있던 나머지 놈들의 발이 모래 구덩이에 빠진 듯 땅에 처박혔다. 철민을 뒤에서 붙잡고 있던 덩치의 몸은 맞은편에 반쯤 붙박인 채로 나타났다.

놈들은 얼어붙은 듯 움직이지 못했다. 바로 그 순간 벽의 불고리 사이에 선 진이 눈에 들어왔다. 진은 불타는 포트를 열어 그를 막아선 놈들의 몸을 포트에 처박았다. 놈들이 김수창을 부축하며 끌어내리자 놈은 비틀거리며 앞으로 고꾸라졌다. 진은 피범벅이 된 진규와 성 사장에게로 가 상처를 살폈다.

진이 등을 보인 순간 물러섰던 놈들이 한꺼번에 진에게 달려들었다. 그러나 달려든 녀석들의 몸이 구덩이에 처박히듯 사라져버렸다. 진이 열상을 되살리고 일어서자 한 놈이 뒤에서 진의 목을 줄로 감았다. 열상의 손이 닿은 놈의 목 윗부분이 순식간에 다른 곳에서 불거져 나왔다. 목이 분리된 놈은 기절할 듯 소리를 질렀다. 진은 녀석의 목을 자르는 대신 포트를 조여 놈의 머리를 제 앞에 가져왔다. 진의 손바닥 위에 올려진 사람의 목을 본 녀석들은 기겁하며 뒤로 물러났다.

　진은 목이 달린 포트를 목의 주인에게 던졌다. 제 머리를 받아든 녀석은 그 머리를 목 위에 붙였지만 목과 몸 사이의 뚫린 공간은 메워지지 않았다. 붙지 않은 살아 있는 목과 몸이 주는 기괴한 이미지는 녀석들의 공격 의지를 꺾어버렸다.

　각목을 든 덩치들이 씩씩대면서 한 발도 다가오지 못하고 있었다. 그러나 기둥에 기대 있던 성 사장은 제 옆구리가 뜨거워지는 것을 느꼈다. 진은 성 사장의 옆구리에 난 칼자국을 보았다. 핏물이 그가 앉은 바닥을 적시고 있었다. 성 사장을 찌른 것은 김수창이었다. 놈은 피 묻은 칼을 성 사장의 양복바지에 닦으며 말했다.

“내가 가짜 시계 차고 다닌다고 우습드나.”

성제욱은 힘겹게 그를 바라봤다.

“근데 칼은 짝퉁이 아니제? 한방 더 쑤셔주까?”

김수창이 다시 칼 쥔 손을 치켜들자 진은 순간의 망설임도 없이 그에게 달려들었다. 김수창은 그 칼을 진의 배에 꽂아넣었다. 그의 어깨를 잡은 진의 얼굴에 고통이 어렸다. 그러나 형언할 수 없는 육체의 고통은 진이 아니라 칼을 휘두른 김수창에게 전가되었다. 김수창의 입에서 피가 뿜어져 나와 진을 적셨다.

곁에 선 이들의 눈에는 칼에 찔린 채 피범벅이 된 진의 처절한 얼굴만이 보일 뿐이었다. 모든 이들이 그 광경을 보았으나 김수창의 등 뒤에 나타난 조그만 포트를 보지는 못했다. 김수창이 진의 배로 찌른 칼이 김수창 등 뒤에서 나타나 그의 등을 찌른 그 통로를. 칼을 쥔 그의 손은 포트를 통해 그의 등으로 이어서 있었다. 자신의 칼로 제 등을 찌른 김수창은 충격에 빠진 눈으로 눈앞의 괴물을 바라봤다. 진의 눈 안에 고통으로 일그러진 제 얼굴이 있었다.

진은 그를 노려보며 말했다.

"너 같은 놈이 자살이라니."

진은 그의 손을 잡아 칼을 제 배 안으로 더 깊숙이 집어넣었다.

김수창의 차를 운전했던 스포츠머리가 제일 먼저 진에게 달려들었다. 틈을 노리고 있던 녀석들도 벌떼처럼 진에게 달려들었다. 진의 배와 등에 수많은 칼이 꽂혔다. 그의 몸을 통과한 칼은 그대로 김수창의 배와 등에 꽂혔다. 제가 데려온 놈들의 칼을 맞은 김수창은 피를 토하며 그 자리에 고꾸라졌다. 그들은 뒤늦게 괴물 같은 진의 정체에 경악하며 뒤로 물러났다.

텅 빈 얼굴로 진이 일어서자 겁을 먹은 나머지 놈들이 하나둘 뒷걸음질 치기 시작했다. 몇몇은 넘어진 채로 바닥을 기어 도망갔다. 녀석들이 창고 밖으로 도망치자 진규의 패거리가 그 뒤를 쫓았다. 진규와 철민이 성 사장에게 달려왔다. 성 사장은 가쁜 숨을 몰아쉬며 진의 이름을 불렀다.

"진아……."

상처를 누른 손 사이로 피가 새어 나오고 있었다.

"내가 돌릴게요."

진은 병원의 GPS 위에 두 시간 전의 좌표를 입력했다. 하지만 시간의 축은 꼼짝도 하지 않았다. 아무리 돌리려고 애를 써도 잠겨버린 문처럼 시간의 다이얼이 돌아가지 않았다. 팔 년을 돌린 대가였을까. 더는 그 안의 시간으로 돌아갈 수 없음을 깨닫자 참았던 울분이 터져 나왔다. 성제욱은 자신에게 시간이 많지 않음을 알았다.

"차로 가자."

진규와 철민은 성 사장을 부축해 차에 올랐다. 진은 말없이 운전석에 올라 핸들을 잡았다. 강릉의 포트를 연 진의 어깨 위에 성 사장의 큰 손이 올려졌다.

"……거기 말고, 한계령."

그는 피가 묻은 손으로 내비게이션을 열어 지점으로 등록된 한 곳을 목적지로 설정했다.

"……여기."

"사장님!"

"……시간 없어. 그리로 가."

"안 돼요. 병원으로 가요!"

성 사장은 진의 열상을 움켜쥐었다. 가까이 가는 것만으로 살이 타는 고통을 느꼈지만 손을 떼지 않았다.

"눈이 온다더라."

진은 한참 만에야 다시 손의 열상을 불러왔다. 그는 룸미러로 뒷좌석을 돌아보며 말했다.

"형, 진규 데리고 먼저 가 있어."

철민과 진규가 강릉 병원으로 포트되자 진은 캐딜락에 시동을 걸었다. 차를 돌린 진은 창고의 벽에 포트를 열었다. 단한 번도 가보지 않은 한계령, 하지만 절실함이 한 치의 오차도 없이 그들을 성 사장의 기억 속 그곳으로 안내했다. 열의고리는 그들을 순백의 설원으로 안내했다. 길을 살짝 벗어난숲 안으로 흰색 캐딜락이 들어왔다.

함박눈은 그들의 발자국을 지우고 눈 무덤에 파묻었다. 성 사장의 몸에서 서서히 힘이 빠져나가고 있었다. 그리고 그보다 빠른 속도로 생명 또한 그의 몸을 떠나고 있었다. 바짓단 아래가 피로 물들어 무겁게 늘어졌다.

진은 제 러닝셔츠를 찢어 안감으로 대고 뒷자리 현수막으로 성 사장의 배를 감았다. 현수막이 금세 검붉게 물들었다.

"왜요……."

성 사장은 희미하게 웃었다.

"왜!"

진의 절규에 성 사장은 그의 손을 가만히 잡았다.

정선 손바닥 안에서만 키워서 그런가, 새카만 밤하늘처럼 맑은 눈이 자신을 슬피 본다. 단 한 번도 가르쳐주지 않았는데 죽음의 순간을 읽은 모양이다. 주운 시계를 들고 당돌하게 전당사를 찾아왔던 첫 손님이 제 마지막을 지켜줄 줄 누가 알았을까. 눈을 감았으나 귓전에 그 열 살짜리 꼬마의 말이 들렸다.

"길에서 주웠는데……."

성 사장은 힘겹게 눈을 떴다. 눈앞에 시골과 어울리지 않는 하얀 얼굴의 소년이 서 있었다. 동네 꼬맹이들과 어울리지 못하고 집안 형광등 안에서 커가는 것처럼 유약해 보이는 녀석이 대뜸.

"파출소 가져다주면 그날 당직들끼리 나눠서 짬짜미하고,

전단 붙이면 제 거라고 우기는 가짜들이 들러붙고, 그래서 가져왔어요."

팔십 먹은 능구렁이 영감 같은 소릴 하기에 기가 차서 놔뒀더니 한술 더 떠서.

"돈 쳐주세요."

"엄마 가져다드리지 왜 이리 가져와."

"엄마 없어요."

"난 사기 칠 사람으로 안 보이나."

"아저씨 여기 초짜잖아요. 제일 잘 쳐준다면서요."

성 사장은 열 살짜리 어린놈을 바라보다 손가락으로 까딱 불러 세웠다. 그리고 그가 내민 롤렉스 시계를 돌려봤다. 상태가 A급은 아니었으나 시세대로라면 이백오십 정도 쳐줄 상품이었다. 성 사장은 어린놈을 시험해보기로 했다.

"많이 받아야 이십."

"말도 안 돼요. 인터넷에 쳐보니 신제품이 구백팔십이던데 어째 이십이에요?"

"감가라는 게 있어. 중고는 원래 반의반을 후려쳐서 받는 거야. 그것도 싫으면 다른 데 가보고. 참, 갔다가 덩치 아재들한테 꿀밤 맞고 뺏기지는 말고."

어린놈이 얼굴이 붉으락푸르락 달아오르더니 분에 차서 외쳤다.

"반의반이면 이백사십오잖아요!"

"이십. 싫으면 가봐."

"이백사십오!"

풋, 실웃음이 새어 나왔다. 절 놀리는 걸 알았는지 열불이 오른 어린놈이 목소리를 높였다.

"이백, 사십, 오!"

"목청만 크면 다냐."

"안 쳐주면 한 발도 안 나갈 거예요!"

성 사장은 맹랑하기도 하고 당차기도 한 어린놈을 유심히 들여다봤다. 눈이 총기로 가득 찬 것이 개똥밭에 굴려도 그 눈빛 때문에 살아날 놈이다.

"좋아. 이렇게 하자! 네가 지금 그 거금을 들고 여길 나가면 이 동네 손버릇 나쁜 형아들, 꾼들한테 잡혀서 털리기 십상이니까 매일 여기로 와서 만 원씩 받아 가는 건 어떠냐?"

"나랑 장난해요?"

"싫으면 들어온 문으로 나가."

녀석은 끙 속앓이를 했다. 그 모습조차 종내 귀여워 고개를 푹 숙이고 표정을 숨겨야 했다.

"맨날 만 원 준다는 보장이 어디 있어요? 시계만 받아먹고 배 째면요?"

성 사장은 서랍에 넣어뒀던 잭나이프를 꺼내 어린놈의 손에 쥐여주며 말했다.

"칼은 늘 여기 있다. 내가 약속을 지키지 않으면 여기서 이걸 꺼내서 진짜 배를 째면 되지."

차가운 칼의 감촉 때문이었을까. 어린놈은 겁을 집어먹었지만, 칼을 쥐여준 손을 뿌리치지 않았다.

"만 원씩 매일 이백사십오일."

"월요일은 휴무, 사십 주하고 오일이다."

어린놈은 그 사십 주와 닷새가 지난 뒤에도 무시로 그를 찾아왔다. 이따금 동네 애들에게 얻어터지는 걸 보고도 모른 척 놔뒀다. 그 순간에서 건져주면 녀석은 영원히 그 크기에 머물게 되기에 성 사장은 녀석을 외면했다. 녀석은 동네 애들에게 쫓길 때면 어김없이 캐딜락 뒤로 가 몸을 숨겼다. 차를 뺄 때면 일단 후방 카메라로 녀석이 있는지를 확인하는 게 일이었으나 그는 단 한 번도 아이의 고단한 세계에 손을 내밀어주지 않았다. 자기 힘으로 이기고 살아나올 만큼 강해질 때까지.

늦은 점심을 먹을 때면 능청맞게 들어와 자장면 먹는 걸 지켜보기에 몇 번 덜어준 뒤로 붙박이가 되었다. 곱빼기를 시켜도 양이 모자랄 때쯤 녀석에게 온전히 한 그릇을 시켜주고 일감을 던져주었다. 기계로 다 센 만 원권 백 장을 던져줘도, 백 한 장을 던져줘도 녀석은 곧이곧대로 돈의 액수를 말했다.

운동장 달리기를 시키고 5킬로그램짜리 아령을 손에 쥐여준 뒤로 캐딜락 꽁무니에 매달리는 일이 줄어들었다.

일방적으로 두들겨 맞고 온 날이 많았지만 헛주먹이라도 한번 날린 날은 탕수육을 시켜줬다. 잘 자라주어 기뻤다. 그 병이 찾아오기 전까지.

주차장 뒤에서 까무룩 의식을 잃은 녀석을 처음 발견했을 때, 그는 진심으로 온 동네를 다 뒤져 녀석을 괴롭힌 놈들을 거꾸로 매달아줄 생각이었다. 그러나 유전적 병이랬다. 녀석의 의지와 상관없이 잠이 드는 병이었는데 무의식중에 이상한 불고리를 만들었다.

서커스처럼 눈앞에 불이 붙은 고리 하나를 띄웠다. 그 손바닥만 한 구멍 뒤에 낯선 벽이 아른거렸다. 진의 가짜 아버지는 수시로 찾아와 그의 차를 얻어 탈 핑계를 만들어 블랙박스를 뒤졌고, 진의 계모인 척 하는 생모는 의식을 잃은 진이 만든 손안의 열상을 순식간에 꺼버렸다.

제가 알 수 없는 세계가 진과 연결되어 있었다. 열아홉의 생일에 진에게 새 롤렉스 시계를 선물로 내주었다. 마지막 순간 제 몸을 내어 주인을 살려야 하는 사냥개로, 자신 대신 끝까지 진을 지켜주길 바랐다.

성 사장은 흐릿한 눈으로 진을 바라봤다.

좀 단단해졌을까. 성 사장은 진의 어깨와 팔뚝을 이리저리 더듬었다. 어깨와 팔뚝이 잘 여물어 제법 사내티가 났다. 제가 피와 살을 주지는 않았지만 먹여 키웠으니 그만한 보람을 느끼는 것이라. 성제욱은 희미해져가는 의식 속에 제 마음이 무엇인지 번지수를 짚어보았다.

밑바닥 인생이라 세상에 제 핏줄 하나 떨어뜨리지 않는다 생각했는데 이놈에게만은 걸러내지 못한 마음이 내려가버렸다. 열 살의 녀석이 찾아왔을 때부터 녀석이 태어났을 때의 제 나이를 더듬더듬 계산해보고 그맘때 아이들의 아비와 제 나이를 가늠하게 되었다. 사람들이 이놈의 아비로 봐줄까, 함께 있으면 생판 남으로 보일까, 닮았다 할까. 성제욱은 받아본 적 없는 내리사랑을 녀석에게 주었다.

진은 애처럼 울고 있었다. 눈물 콧물이 범벅이 된 채로 끌어안은 성 사장을 놓지 못하고 자꾸만 세게 끌어안았다.

"이제 병원으로 가요, 병원 가자고요!"

성 사장은 눈을 돌려 창밖을 바라봤다. 새털 같은 눈이 내려 세상을 다지고 있었다. 더러움을 벌하듯 모든 것을 덮어버렸다. 차가운 공기는 천근만근의 눈덩이가 되어 그의 숨을 짓눌렀다. 매일의 무게를 견디며 살아왔지만 이제는 그 속에 녹아 빙벽이 되어야 할 순간이 왔다.

"……형광등 불빛은 외롭더라. 근데 여기는 죽기 좋은 자리지."

"이상한 소리 하지 마요! 가요, 가자고요!"

"진아…….."

남자는 처음으로 어린놈의 이름을 아들처럼 불러보았다.

"나는…… 십 년 전에 죽었을 사람이다. 그 마음으로 이놈이 가자는 대로만 달렸는데, 도착하고 보니 한계령이야……. 3월에 그렇게 큰 눈이 오는지 몰랐지. 워셔액도 떨어져서 와이퍼도 안 움직이고 차가 퍼지더라. 여기가 당신 목적지라고. 온 산이 한 군데도 빠지지 않고 눈으로 덮였어. 번개탄을 피웠는데 빌어먹게도 불이 안 붙더니, 한 시간도 안 돼 제설차가 내려왔지."

눈발이 시야를 막은 사이로 제설차가 먼저 지나가고 그 뒤를 이어 스노체인을 감은 순찰차가 내려왔다. 차에서 내린 순경 하나가 그의 차로 다가와 창문을 두드렸다. 도움이 필요하십니까. 기억 속의 그는 어딘가 낯이 익다. 두 사람은 잠시 먼 기억을 더듬었지만 서로를 기억해내지 못했다. 차가 시동이 꺼져서 못 올라간다고 했지만 열린 문 사이로 번개탄의 매캐한 탄내가 새어 나왔다. 이제 갓 초임이었을 순경은 내색 안 하고 배터리를 살려 강제로 시동을 걸어주었다. 그의 차가 내려가고 그 뒤로 천천히 순찰차가 따라왔다. 사이렌을 끄고 경광등만을 켠 차가 조용히 뒤따르는 동안 죽고자 했던 열의와 삶의 냉기가 자리를 바꿨다. 그길로 내려오다 탄광촌에 다다르니 차가 퍼지면서, 더 내려가 사람 가죽 쓴 짐승으로 살 수 없다는 목소리를 들려주었다.

진은 차갑게 식어가는 성 사장의 손을 움켜쥐었다. 그는 진이 아닌 눈 덮인 숲을 보고 있었다. 그곳에 자신을 기다리는 무언가가 있다는 것처럼, 희미하게 미소 짓고 있었다. 주머니 속 담배를 꺼내 성 사장의 입에 물려주었으나 손안에 짓이겨 감추었다. 그는 아무것도 가져가지 않을 생각이었다.

"넌, 일 년 전에 나를 한번 살렸다."

"……."

"봤어. 그 벽 속에 네가 있는 거. 네가 닫히는 포트를 붙잡아줘서 나를 살려줬으니 일 년은 덤으로 살았다."

잘리지 않은 손가락 두 마디의 이유를 알았지만 먼 미래의 자신이 지금 이 순간을 바꿔주는 순간은 오지 않았다.

"들리냐, 저 눈 소리……."

"무슨 소리요."

"넌 못 듣지. 심장이 뜨거우니까."

진은 흐느끼고 있었다. 더는 제 감정을 숨길 수 없는 막바지에 다다른 것 같았다. 성 사장의 눈이 흐려졌다. 눈이 쌓인 숲 사이로 길이 열렸다. 흰 캐딜락은 설산에 묶인 한 마리의 말이 되었고, 말의 주인은 한계령이 데려갔다.

　진은 성 사장을 그곳에 두고 한계령 고갯길을 올랐다. 눈속으로 발을 떼어놓을 때마다 눈의 냉기가 그의 발을 얼어붙게 했다. 미끄러지기를 반복하면서도 십 년 전 성 사장이 올랐던 그 길을 따라갔다.

　모든 것이 얼어붙은 설경의 세상에 인간의 감정은 발을 디딜 틈이 보이지 않는다. 스스로를 깨닫게 만드는 그 차가운 냉기만이 함께할 뿐. 진은 이 세계에서 아무것도 가져갈 수 없다.

　성제욱이란 남자가 그랬듯 눈에 담을 수 있을 만큼이 그에게 허락된 전부다. 진은 참아왔던 깊은숨을 뱉었다. 그가 뱉은 숨은 순식간에 결정이 되어 눈의 세계로, 성 사장이 떠난 피안의 세계로 건너갔다.

　눈물 대신 건넨 그 깊은숨을, 한때 아버지처럼 따랐던 그 사내는 이해할 것 같았다. 사내는 진이 마음의 그늘진 곳을 모르고 살아가길 바랐다. 그가 마지막 숨에 담았던 유언이었다. 흩날리는 눈 사이로 진의 몸이 눈꽃처럼 흩어지기 시작했다. 심 경장이 바꾼 과거가 드디어 팔 년 뒤의 시간을 바꾸기 시작한 모양이다. 지금의 기억도 사라질 것이고 성 사장은 돌아오지 않을 수도 있다. 어차피 그의 인생도 자신의 선택이었으므로.

진이 사라지고 그의 발자국도 지워지자 아무도 오르지 않은 한계령만이 남았다.

8년이 흐르고

        카지노의 옥상정원에 이른 봄에
어울리지 않은 코스모스가 피어 있었다. 지난겨울의 끝물, 어
디선가 날아온 꽃씨가 선물을 뿌리고 간 듯 점점이 꽃을 피
워 올렸다. 눈길이 닿지 않는 곳에 피는 곳이라더니. 시간을
되돌려 저 혼자만의 세상에 사는 듯한 그 꽃을 바라보며 정
희는 이상한 기분에 휩싸였다. 오래전 저 꽃을 본 적이 있었
던가.

  마치 아주 오래된 기억처럼 흐린 장면 몇 개가 머릿속에
떠올랐다 가라앉았다. 그 곁으로 커피를 든 주연이 다가왔다.
그녀는 정희에게 캔커피 하나를 내밀었다. 정희는 차가운 커

피를 볼에 비비며 솟구치는 열을 식혔다. 주연은 가만히 정희를 들여다보았다. 조금 전까지 통화를 하고 있었고, 두 볼이 발간 것으로 보아 보나 마나 아들과 통화를 하다 열을 낸 모양이다.

"또 진이지?"

"말하면 내 속만 썩어."

"걔처럼 야무진 애가 어디 있다고 속이 썩는데."

"내 발톱도 깎아놓으면 내 몸이 아닌 거야. 붙어 있을 때는 살가운 게 다 컸다고 떨어져 나가면 징글징글해지는 거."

"이제 다 컸잖아. 진이가 알아서 하게 언니도 좀 내려놓고 살아."

"……엄마란 게 롤러코스터니까. 제 발로 기어가서 탔으면서 다 알아도 소리 지르게 되는 거야. 그런 인생을 살았으면서 그럴 줄 아니까 뜯어말리는 게 돼. 왜 그 인생이 재미있다고, 한번 살아보라고 툭 못 놓아주는지 나도 모르겠다."

"스물이나 됐는데 자기가 잘 알아서 하겠지."

"그러게, 나중에 뭐가 되려고 전당사를 차렸는지. 근데 넌 심장 수술까지 한 애가 하루에 다섯 잔씩 커피 마시는 거 무리 안 가?"

"의사 선생님이 그 정도는 괜찮다고 했어. 워낙 튼튼한 공여자님이 주신 거라."

정희는 주연의 왼손에 채워진 그의 시계를 바라보다 먼 산으로 고개를 돌렸다. 그 심장에 관한 이야기는 영원히 가슴 밑바닥에 묻어두는 편이 좋을 듯했다.

"어떻게 그날, 그 심장이 내가 있던 병원으로 올 수 있었을까? 딱 하루만 늦었어도 난 그날이 끝이었는데, 가끔 소름 돋아. 살고 죽는 게 운명인가 싶고."

"누가 널 절실히 살리고 싶었나 보지."

주연은 커피를 마시다 갑자기 생각난 듯 말을 꺼냈다.

"참, 전당사 이름이 뭐랬지?"

"……한계령."

"한계령? 고개?"

"뭐에 꽂힌 건지 일주일에도 몇 번씩 거길 가. 꼭 누굴 만날 것 같다고, 어린놈이 세상 다 산 영감 같은 얘기나 하고 있고."

정희는 가끔 생각했다. 그날 물에 빠졌다가 다시 나타난 심 경장은 자신이 알던 사람이 아니었던 것 같다고. 어쩌면 그의 말대로 먼 미래의 진이 보내온 사람이 아니었을까.

그래서 진이 제 방의 한 면에 늘 한계령의 포트를 열어두는 걸 알면서도 모른 척했다. 활짝 핀 여름을 살아야 할 젊음이 한계령의 겨울로만 향했다. 인생의 사계절이 두루 오가는데 설산에만 온 마음을 빼앗겨버린 듯, 진은 늘 그 고개를 올랐다. 불행인지 다행인지 그렇게 오랜 시간 포트를 열어두어도 누구도 진을 찾지 않았다.

한 회장의 갑작스러운 사고 소식과 함께 조직은 구심점을 잃고 흩어졌다. 어딘가에 또 다른 게이트들이 모여 활동한다는 이야기가 심심찮게 들렸지만 정희는 더는 포트를 열지 않는 것으로 과거를 청산했다.

배준은 그날 이후 행방불명이 되었다. 가끔은 그렇게 서로 잊고 사는 것이 서로에게 최선일지도 모르겠다고, 정희는 주연에게 그 말만은 하지 못했다.

그러나 진은 심 경장의 말처럼 그렇게 긴 시간의 포트를 열지는 않았다. 진의 에너지가 좀 다르다 느껴졌지만 잘 조절하는 듯했고 함부로 시간을 여는 일은 없었다.

하지만 지금 진이 그토록 찾아 헤매는 사람이 없는 걸 보면 팔 년 전의 그 엄청난 포트로 그 사람의 미래도 돌이킬 수 없게 바뀌어버린 게 아닐까. 혹은 심 경장의 말대로 너무 먼 길을 헤매고 있거나.

활짝 열린 전당사의 문에서 피아노 소리가 들려왔다. 스피커에서 나오는 소리라기엔 이상하리만치 영롱해 오가는 사람들이 한 번씩 가게 안을 들여다볼 정도였다. 진은 스피커를 들인 후로 사설경비시스템을 설치하고 문의 안전장치를 바꿨다. 철민은 스타워즈에 나오는 R2-D2 로봇 같다며 깡통 스피커라 불렀지만 가게 물건을 통틀어 단품으로 가장 비싼 전당품이라 유독 신경이 갔다. 전당사의 첫 마수걸이가 자동차나 시계가 아닌 일억 오천만 원짜리 스피커인 걸 두고 말이 많았다. 한계령이란 이름값에 맞는 희한한 물건이라고.

스피커를 저당 잡힌 사람은 어느 사립대학의 교수였다. 차까지 모두 팔아치운 초로의 교수는 버스를 타고 집에 돌아가 택시에 로고스 사티아라는 스피커를 싣고 돌아왔다. 모든 전당사가 그 스피커를 거부했지만 진은 정희의 곗돈을 빌려 천만 원에 스피커를 받았다. 꼭 그 스피커를 찾으러 오겠다던 교수는 다시 돌아오지 않았다.

어쩌면 먼발치에서 스피커를 보고 있을지도 모를 그를 위해 진은 가끔 문을 열고 음악을 틀었다. 좋은 스피커는 좋은 피아니스트를 데리고 온다는 그 교수의 말을 온전히 믿은 건 아니지만, 누군가를 기다리는 마음은 계속되었다. 가끔 가슴 한구석이 공허했다.

3월이 되었는데도 눈발이 날려 오지게도 추운 날, 피아니스트와 전혀 닮지 않은 사람 하나가 가게 문을 열고 들어왔다. 출입문을 꽉 채우는 위압감을 주는 거구의 남자였다. 남자의 뒤로 눈보라가 휘몰아쳐 들어왔다. 커피를 내리던 철민은 남자를 보고 멈칫, 그 자리에 얼어붙었다. 그를 본 순간 진 역시 설명할 수 없는 이상한 기분에 휩싸였다.

"어떻게 오셨습니까?"

남자의 어깨에는 무거운 눈 뭉치가 앉아 있었고 손에는 든 것이 없었다. 타이를 매지 않았지만 멀쑥한 정장 차림이었고 카지노에서 다 잃고 전당사를 찾아온 사람으로도 보이지 않았다.

"마침 한계령을 지나오는 길인데 피아노 연주가 들려서요."

"들어오세요."

그는 문 앞에서 눈을 털고 소파에 앉았다.

"좋은 스피커네요."

"좋은지는 모르겠고 비싸답니다."

"안목이 있으시네요."

"저걸 맡긴 고객의 안목이신 거죠."

"인연이 닿아 왔으니 사장님께서 운이 좋으시네요."

철민은 그에게 갓 내린 원두커피를 내왔다. 향을 맡아본 남자는 싱긋 입꼬리를 올릴 뿐 제 이름도 용건도 말하지 않았다. 마치 오래된 단골처럼 커피를 마시며 음악을 들을 뿐, 아무도 이유를 묻지 않았다.

"근데, 이름이 왜 한계령입니까?"

서류를 정리하던 철민은 진을 돌아봤다. 진은 곰곰이 생각에 잠겼다가 입을 열었다.

"뭐, 올라가지도 못하게 하고 내려가지도 못하게 해서요."

그 말을 뱉고 나니 제가 한계령의 포트를 여는 비밀을 말해버린 것 같아 벙벙했다. 남자는 말도 안 되는 이유를 이해라도 한 듯 고개를 끄덕였다.

"……지금 사장님 계십니까?"

"왜요?"

"제가 이 전당사를 인수하고 싶은데요. 저 스피커까지 포함해서."

철민은 자신도 모르게 다시 진의 표정을 살폈다. 진은 어중이떠중이처럼 찾아와 진상을 부리는 사람들 앞에서는 단한 번도 자신이 사장임을 밝히지 않았음에도.

"제가 사장입니다."

"권리금, 얼마 드리면 되겠습니까?"

자신을 밝힌 진이나 그걸 믿는 눈앞의 남자나, 둘 다 이상하기는 마찬가지였다.

"시계가 파텍필립인가요?"

"이걸로 충분하시다면 드리겠습니다."

진은 웃음을 참으며 고개를 떨어뜨렸다. 떨어뜨린 얼굴 끝으로 설명할 수 없이 울컥하는 마음이 흘러내렸다. 포트를 열지 않았음에도 한계령의 환영이 보였다.

"가게는 못 팔지만 직원은 더 필요한데."

"기도는 취미 없습니다. 동업은 어떠실까요?"

그는 망설임 없이 차고 있던 손목시계를 풀어 내밀었다. 잡지에서나 봤던 수억짜리 시계를 실물로 처음 보면서도 그 시계보다 앞에 앉은 남자가 더 궁금했다. 진은 시계를 살피면서 짐짓 그를 떠보았다.

"수습 기간도 거쳐야 하고, 일도 배워야 하고, 시간이 오래 걸릴 텐데요……."

"얼마나요?"

"한 일 년 정도?"

남자는 커피를 한 모금 마시며 창밖을 바라봤다. 3월에 내리는 눈발이 거세지며 함박눈으로 바뀌고 있었다. 마치 그를 따라 한계령의 눈이 이곳으로 몰려온 것처럼. 고요함 속에서 드뷔시의 「달빛」이 다시 흘러나왔다.

"같은 사람이네요."

진은 멈칫 그를 바라보았다.

"삼 년 전, 삼 년 후, 같은 피아니스트, 시간이 다른 곡."

피아노와 어울리지 않는 남자의 크고 두꺼운 손이 선율을 따라 움직이고 있었다. 이 곡을 들으면 잔잔한 호수에 비치는 달빛이 아닌 설산의 눈빛이 떠오르는 까닭을 그는 알 듯했다.

진은 그의 앞으로 가 시계를 다시 내밀었다. 남자는 시계 아래 놓인 열쇠와 카드를 보고도 아무 말이 없었다. 창밖의 눈발이 거세져 흰 캐딜락은 눈 속에 파묻혔고, 차의 주인은 돌아가지 않을 모양이다. 한 마리의 흰 말과 흰 눈에 묻힌 산이 진에게로 왔다.

그는 흰 캐딜락을 타고 왔다.

그는 흰 캐딜락을
타고 온다—

초판 1쇄 인쇄 2021년 8월 1일
초판 1쇄 발행 2021년 8월 10일

지은이 추정경
펴낸이 김선식

경영총괄 김은영
기획편집 김한솔 **디자인** 심아경 **크로스교정** 이승환 **책임마케터** 박지수
콘텐츠사업3팀장 한나비 **콘텐츠사업3팀** 심아경, 이승환, 김은하, 김한솔
마케팅본부장 이주화 **마케팅1팀** 최혜령, 오서영, 박지수
미디어홍보본부장 정명찬 **홍보팀** 안지혜, 김재선, 이소영, 김은지, 박재연, 오수미, 이예주
뉴미디어팀 김선욱, 허지호, 염아라, 김혜원, 이수인, 임유나, 배한진, 석찬미
저작권팀 한승빈, 김재원
경영관리본부 허대우, 하미선, 박상민, 권송이, 김민아, 윤이경, 이소희, 이우철, 김재경, 최완규, 이지우, 김혜진
외부스태프 이솔지표지 일러스트

펴낸곳 다산북스 **출판등록** 2005년 12월 23일 제313-2005-00277호
주소 경기도 파주시 회동길 490 **전화** 02-704-1724 **팩스** 02-703-2219
이메일 dasanbooks@dasanbooks.com **홈페이지** dasan.group **블로그** blog.naver.com/dasan_books
종이 IPP **인쇄** 민언프린텍 **제본** 정문바인텍 **후가공** 제이오엘앤피

ISBN 979-11-306-4026-6 (03810)